KB237344

이토록
사소한 정치성

이광호 비평집
이토록 사소한 정치성

펴 낸 날 2006년 5월 30일
지 은 이 이광호
펴 낸 이 채호기
펴 낸 곳 (주)문학과지성사
등록번호 제10-918호(1993. 12. 16)
주　　소 서울 마포구 서교동 395-2(121-840)
편　　집 전화 338-7224~5　　팩스 323-4180
영　　업 전화 338-7222~3　　팩스 338-7221
홈페이지 www.moonji.com

ⓒ (주)문학과지성사, 2006. Printed in Seoul, Korea

ISBN 89-320-1701-8

* 이 책의 판권은 지은이와 (주)문학과지성사에 있습니다.
　양측의 서면 동의 없는 무단 전재 및 복제를 금합니다.

:: 이광호 비평집

이토록
사소한 정치성

문학과지성사
2006

책머리에

다섯번째 비평집, 오 년 만의 비평집 따위를 말하는 게 부끄럽다. 이
글들을 쓰는 동안 한국 문학은 '2000년대적인 것'의 '다른 몸'을 풍부하게
드러내었고, 그것은 문학을 명명하고 구획 짓는 재래적인 방식을 무기력
하게 만들었다. 이 낯선 움직임들 앞에서 문학에 대한 낡은 풍문들이 아
직도 떠돌고 있다는 것이 신기하다. 문학의 현실 공간은 좁아드는데, 한
번도 경험한 적 없는 '이상한 문학들'의 상상적 공간은 다시 솟아오르고,
여전히 문학에 대한 저 폭력적인 무지는 힘이 세다. 그래서 중얼거린다.
'근대문학' 혹은 '본격문학'에 대한 몹쓸 동경은 이제 접어도 되는지, '국
가 제도'와 '시장'으로부터 자유로운 것들은 존재하는지……

　'이토록 사소한 정치성'에 대한 관심은 '문학적인 것/정치적인 것' '리
얼리즘/모더니즘' '민족문학/자유주의 문학' '80년대 문학/90년대 문학'
등의 억압적인 재래적 이분법과 '진보적인 문학'과 '문학의 자율성'에 대
한 타성적인 오해를 교란하려는 비평적 사유의 방식이다. 한국 문학을 둘
러싼 위계적 이분법들을 사소한 정치성의 '위상학'으로 전환할 수 있다

면? 그렇다면 한국 문학의 근대성 비판에 관련된 비평적 개입이 다시 가능할지도 모른다. 90년대 이후 한국 문학은 작고 일상적인 영역에서 '정치성'의 문제를 탈중심화했다. 아니, 그랬다고 나는 읽었다, 혹은 읽고 있다.

하지만 그 모든 것들을 다 읽을 수 없고, 무력한 시간의 공허를 피할 수 없으니, 이렇게 비평의 우울을 고백하는 것으로부터 '다른 호명'의 가능성을 찾으려 한다. 다른 문학에서, 다른 삶에서, 다른 몸에서 다른 명명이 흘러나온다. 이 지상의 호명을 한없이 비껴가는, 그런 잘못 부른 이름들. 그러니 이미 다른 삶인 당신, 혹은 그, 혹은 나, 이제 어떻게 불러야 할까?

2006년 5월

이광호

차례

잘못 부른 이름에 관하여

홍상수의 영화 「오! 수정」은 기억과 일상의 정치학에 관한 영화이지만, 한편으로는 이름에 관한 영화이다. 영화의 제목은 '수정'이라는 흔한 여자의 이름을 감탄사를 붙여 호명하고 있다. 섹슈얼리티를 둘러싼 비루한 일상의 권력 게임이 날카롭게 묘사되는 이 영화의 흥미로운 장면 중의 하나는 '잘못 부른 이름'에 관한 것이다. 주인공 남녀의 성행위 도중에 남자가 그만 다른 여자의 이름을 부르는 사건이 벌어진다. 이 사건은 아주 우연한 사건이지만, 의미심장한 심리적 사건이다. 그리고 이것은 두 사람 사이의 욕망의 정치적 관계를 반영한다. 여자는 당연히 크게 마음이 상하여 성행위는 중단되고 남자는 여자를 달래보다가 여의치 않자, "내가 다른 여자의 이름을 불렀다 해도 결국 그것은 너를 부른 것이 아니냐"고 강변한다. 남자의 논리는 이러하다. 내 입에서 '실수'로 잘못된 '지시어'가 발음되었다 해도 그것의 진정한 '지시 대상'은 너였으니 결국 '너'를 부른 것이 아닌가 하는 것이다. 남자의 논리는 완벽해 보인다. 하지만 그가 부른 것은 정말 누구일까? 혹시 '수정'이도 다른 여자도 아닌,

자기 내부의 숨은 욕망을 호출한 것은 아닐까? '말실수'는 깊은 의미에서 개인의 욕망과 억압의 틈새에서 새어 나오는 어떤 것이다. 심리학은 이런 식의 '헛소리'와 '잠꼬대'에 주목할 것이다. '잘못 부른 이름'은 특이한 방식으로 개인의 내적 충동을 불쑥 드러낸다.

문학의 언어는 대상을 다른 방식으로 호명하는 작업과 관련되어 있다. 이것은 지시 대상과 지시어의 문법적 일치를 목표로 하지 않는다. 늘 대상에 대해 엉뚱하게 말할 준비가 되어 있는 것이 문학의 언어이다. 특히 시의 언어는 상징 질서를 넘어서 육체적 충동과 심리적 충동이 교차해서 흐르는 공간을 만든다. 시는 무의식을 드러내는 '헛소리'의 세계를 억압하지 않음으로써 '다른 삶'을 체험하려 한다. 규율 문법의 경계를 넘어선다는 측면에서 그것은 '과잉'의 호명이 될 것이다. 문학적 호명은 그렇게 기존의 호명과 부재하는 호명 사이에서 '틈새의 호명'을 창안하려 한다.

조금 다른 문맥에서 다시 호명의 문제를 생각할 수 있다. 현대 사회에서 개인은 다양한 방식으로 사회적인 호명을 '당한다.' 이를테면 개인은 '실명'과는 다른 맥락에서 '국민' 혹은 '시민,' '남자' 혹은 '여자,' '성인' 혹은 '미성년자,' '부모' 혹은 '자식,' '선생' 혹은 '학생' 등으로 호명된다. 이 호명은 '~다움'의 이데올로기적 규제를 동반한다. '국민다운' '남자다운' '성인다운' '선생다운' 행위의 윤리가 요구되는 것이다. 이것은 알튀세가 말한 "이데올로기는 개인을 주체로서 호명한다"는 명제와 관련되어 있다. 여기에는 '정상성·비정상성'의 체계가 작동하고 있다. 그러나 이런 정상성의 호명에는 '잉여'가 있기 마련이고, 이 호명의 사회적 메커니즘은 개체의 개체성을 박탈하게 된다. 물론 개인은 이런 제도적인 호명 너머에 있는 사적인 친밀성의 공간을 꿈꿀 수 있을지도 모르겠다. 사랑에 빠진 연인들의 '유치한' 연애편지에는 '애칭'이 등장한다. 거기에는 공적인 호칭과는 무관한 '허니' '애기' '토끼' '두꺼비' 등의 아주 민망한 이름이 등장할 수도 있겠다. 그 이름들은 제도가 호명하는 이름이 아니라는 측면에서 내밀한 사적 친밀성의 공간을 만든다. 물론 이러한 로맨스의 공간조차 사회적으로 규정되는 것이긴 하지만. 어쨌든 개체의 개체성이 보존되려면, 개인은 이데올로기적 호명으로부터 자유로운 어떤 다른 존재로 열려 있어야 한다.

문학 역시 '문학다운' 작품에 대한 제도적 요구가 있고, 개별적인 텍스트들은 그런 요구에 의해 이미 '해석'되어져 있다. 어떤 작품에 대한 해석과 평가는 그 작품을 비평적으로 호명하는 문학 제도의 영역에 포함된다. 문학 제도의 영역에서는 텍스트의 개별성이 적극적으로 발굴되기보다는 그것의 제도적 승인 여부가 중시된다. 그리고 익숙한 해석의 장치와 공인된 척도를 통해 평가가 완성된다. 문학 제도는 '문학성'을 닫힌 체계로 규정한다. 권력적인 문학 이념은 언제나 기존의 호명 방식을 고수하려 한다. 이것은 문학 작품의 개체성을 살해하는 일이다. 이런 방식으로 문학 이데올로기는 작품의 개별성과 복수성을 박탈한다. 문학비평이 만약 기존의 문학 제도를 공고히 하는 데 봉사하지 않으려면, 그것은 이데올로기적 호명을 비껴가면서 텍스트의 개체성을 읽는 방식을 모색해야 한다. 텍스트에 대한 굳어진 제도적 호명과 이데올로기적 척도의 틈새에서 새로운 호명의 방식을 찾아내는 일. 다른 곳에서 다른 시선으로 대상을 '다시' 읽을 수 있다면, 비평은 '해석'이 아니라 '생성'의 작업이 될 수 있다. 주어진 호명의 외부를 사유하고 낯선 호명을 창안하는 일. 그것은 '다른 삶'의 가능성을 여는 '혁명적인 사랑'의 방식이다.

1. 입장

'본격문학,' 죽은 시인의 사회

1. 본격문학과 적들의 이름

문학이라는 말 앞에 '본격'이라는 어사를 붙이는 것은 수상하다. 그냥 '문학'이 아니라 왜 '문학다운 문학'을 말해야 하는 것일까? 이것은 문학이 자신의 본질과 순결성을 재호명하는 방식이면서, 동시에 '문학 아닌 것들'에 대한 '구별짓기'의 욕구와 자의식을 드러내는 일이다. 그러나 '본격문학'은 실체를 가진 장르의 명칭이 아니며, 특정한 문학적 조류를 의미하는 것도 아니다. 이름은 텅 비어 있다. 그 고유한 미학적 관습이나 형식, 혹은 그 발생론적 기원을 찾는 일은 거의 불가능하다. 그런데 무엇이 그 텅 빈 이름을 살아 있게 만들었나? 미학적 구별짓기의 전략들이 그 이름 곁을 맴돌고 있다고 할 수 있다. 개념의 실체적 기원은 없지만, 그것을 만들어낸 차별화의 욕구는 '본격문학의 실체는 없다. 그러나 본격문학이 아닌 것은 있다' 혹은 '있어왔다'고 말하게 한다. '배제의 원리' 혹은 '부정의 전략'에 의해 개념의 자기 정체성이 주어진 것이다. 타자와

적 들을 호출함으로써, 본격문학은 자기 이름의 내용을 구성할 수 있었다. 그 구별과 배제의 논리화와 관련된 궤적을 더듬어보는 일이 우선 필요하다.

한국 문학의 공간 안에서 이 개념을 명료하게 사용한 사례로는 안회남의 「본격소설론」(1937)을 먼저 들 수 있다. 안회남은 '신변소설'과 '본격소설'의 관계를 논하면서, 신변에서 구한 소재라고 할지라도 인간의 내부적 심리 묘사에 주력하고 행동 원리를 심리적으로 깊이 추구한 것이라면 본격소설에 들어갈 수 있다고 주장한다. 당시 문단의 '사소설' 혹은 '신변소설'의 자기 한계를 돌파하기 위한 방편으로 '본격소설론'을 제기한 것이라고 볼 수 있다. 이 경우 본격소설이라는 개념은, 사소하고 신변적이며 통속적인 수준을 넘어서 깊이 있게 인간의 내부를 그린 작품을 의미한다. 안회남에게 본격소설의 정체성은 신변소설과의 관계 속에서 형성된다. 한편 임화는 본격문학이라는 말을 적극적으로 개념화하지는 않았지만, '내성소설'과 '세태소설'을 비판하면서 '문학 아닌 것들'에 대해 언급한 바 있다. 「세태소설론」에서 그는 "내성소설이 심리 묘사를 심화하고 세태소설이 현실 묘사를 확대하여 서로 각각 소설의 영역을 깊게 하고 혹은 넓혀 문학에 비익(裨益)한다고 보지 않는다. 그런 것은 문학이 아니고 문학의 한 부분 조그만 측면에 악착하고 있는 슬픈 상태를 너무나 안일하게 긍정해버리는 태만한 비평 정신이 하는 일이다"라고 비판한다. 그는 문단의 '세태소설화'에서 '소설이 와해된 시대' '문학이 궤멸된 시대'의 징후를 읽는다. 임화에게 세태소설은 동시대 문학의 결핍과 자기 한계를 드러내는 이름이었다. 그리고 그 결핍항의 '이름 부르기'를 통해 완전한 문학의 조건을 제시하고 있는 셈이다.

해방 이후 이 개념을 더욱 전략적으로 사용한 것은 김동리이다. 김동리는 "자본주의적 기구의 결함과 유물 변증법적 세계관의 획일주의적 공식성을 함께 지양하여 새로운, 보다 더 고차원적 제3세계관을 지향하는 것이 현대 문학 정신의 세계사적 본령이며 이것을 가장 정계적(正系的)으로 실천하려는 것이 시방 필자가 말하는 소위 순수문학 혹은 본격문학이라 일컫는 것이다"(「순수문학과 제3세계관」)라고 규정한다. 김동리에게 본격문학은 '순수문학'과 동의어였고, 그것은 경향파의 계급문학에 대한 반대 개념으로 제출된 것이다. 본격문학은 문학을 정치적 도구화하는 계급문학이라는 적대자를 상정함으로써 그 정체성을 획득하게 된다. 그는 여기에 '민족 단위의 휴머니즘'이라는 이념을 대안으로 제시한다. "순수문학이란 한마디로 말하면 문학 정신의 본령 정계(本領正系)의 문학이다. 문학 정신의 본령이란 물론 인간성 옹호에 있으며 인간성 옹호가 요청되는 것은 개성 향유를 전제한 인간성의 창조 의식이 신장되는 때이니만치 순수문학의 본질은 언제나 휴머니즘이 기조 되는 것이다"(「순수문학의 진의」). 김동리는 계급문학이라는 문학적 적대자에 대한 이념 투쟁의 전략적 거점으로 '본격문학'과 '순수문학'의 기치를 세우며, 계급문학의 유물 사관과 과학주의에 맞서기 위해 민족 단위의 휴머니즘을 그 이념적 기저로 주창한다. 김동리에게 본격문학은 계급문학이 아니라는 조건에 한해서 '본격문학'이 될 수 있었다.

안회남·임화·김동리에게서 보는 것처럼 본격문학이라는 이름의 정체성을 역사적으로 구성하게 해주었던 적들의 이름은 '신변소설' '세태소설' '통속소설' '계급문학' 같은 것이었다. 다른 방식으로 말하면, 문학의 표피성·쇄말성(瑣末性)·통속성·당파성·목적성 등의 항목들이 본격문학이 자기 동일성을 확인할 수 있는 계기가 되어준 '부정어 사전'의 목록들이다. 안회남과 임화에게 본격문학은 미학적 수준과 관련된 문제였다. 본격문학이 아닌 것들은 그 문학성의 전면적인 미학적 승리에 이르지 못한 것들이며, 그 부분적인 문학적 성취만을 보여줌으로써 그것에 미달하는 어떤 것이다. 그런데 김동리에게 그것은 문학 이념과 관련된 문제로 부각된다. 김동리는 계급 혁명과 '유물론적 과학주의'에 의해 도구화된 문학이 아니라 인간성 옹호를 내세우는 휴머니즘의 문학이 본격문학이라고 주창한다. 휴머니즘이라는 가치 역시 영속적이고 보편적인 진리의 세계에 속하는 것이 아니라 역사적으로 구성된 이데올로기의 일부라고 한다면, 김동리는 더욱 정치적인 의도에서 본격문학을 개념화하고 있다고 할 수 있다.

2. 문화 산업과 텅 빈 중심

산업화 이후, 본격문학은 새로운 적들과 대면한다. 주지의 사실이지만, 대중 사회의 성격이 강화되고 문화 산업의 팽창이 급속도로 진행되는 과정에서 본격문학은 대중 추수적인 문학과 출판물의 득세에 밀려나게 된다. 문화 산업의 성장으로 인한 예술의 탈예술화와 소비재로의 전환은 문학이 상품 미학의 논리에 편입하게 되는 과정이다. 문학이라는 문화 상품은 문학성이라는 명분 자체를 상품화하여 대중이 원하는 바에 따름으로써 대중을 기만한다. 대중에게 계몽과 위안을 선사하는 문학은 예술이 상품화되는 명분이 되어주면서, 동시에 그 실질적인 문학성의 내용에서는 시장으로부터 소외된다. 이제 본격문학은 문화 산업으로부터 이중의 모욕을 감당해야만 한다. 그리하여 본격문학과 문학 시장의 모순은 점점 더 깊어지고 복합적이 된다. 가령 '출판 시장에서 이른바 본격소설의 시장 점유율은 1퍼센트에도 미치지 못한다'는 데이터는 시장에서의 본격문학의 위상을 정보적 차원에서 단적으로 말해준다. 그 속에는 시장 경쟁력과 본격문학의 가치 척도가 상반되며, 본격문학은 시장에서 철저히 '소수'에 속한다는 전언이 포함된다. 그런데 과연 시장에서 유통되는 문학 작품들 중에 스스로 본격문학이 아니라고 말하는 작품은 몇 퍼센트나 될까? 그리고 그 구별의 기준은 또한 무엇이며, 누가 그것을 판정할 수 있을까?

문화 산업이 일대 약진을 이룩한 90년대 이후, 상황은 더욱 혼란스러워진 것처럼 보인다. 문화 산업의 팽창과 문학 상품화의 가속화는 상품 미학의 논리에 문학의 자율성이 급격하게 변질되는 과정을 밟는 것이다. 사태의 핵심은 문화 산업에 의해 문학의 자율성이 위축된 것이 아니라, 문화 산업이 문학의 자율성 그 자체를 상품화했다는 것이다. 신문 지면에 등장하는 문학 도서의 광고 문구는 오로지 발가벗고 문학 상품의 '재미'를 선전하지 않는다. 오히려 그것이 품고 있는 문학적 자율성의 가치를 내세운다. 물론 문학이 시장의 논리로부터 자유롭지 못한 것은 근대 이후 문학의 기본적인 존재 방식이었다. 그러나 그 이전의 문학이 그 상품성의 숙명에도 불구하고 고립을 자초하면서 문학의 비판적 자율성에 대한 의지를 유지하고 있었다면, 90년대 이후의 현상 중의 하나는 상품 미학의 가치와 시장의 논리가 본격문학의 창작 과정 안에도 스며들기 시작했다는 점이다. 이와 관련하여 90년대 이후 이른바 '전업 작가'군이 부각되었다는 것은 의미심장한 일이다. 창작이 예술 활동이 아니라 직업으로 인식되면서 창작의 의미도 일종의 생활의 방편으로서 사회적 생산과 노동의 이미지를 갖게 되었다.

문화 산업과 디지털 환경 속에서 본격문학의 '적들'과 '주변'은 너무나 다양해졌다. 문학의 이름을 빌린 주변적 장르들이 새로운 출판 상품으로 기획되었다. 가령 진부한 로맨스와 성적 판타지를 감상적인 언어로 포장한 연애소설, 불륜의 소재를 단순한 수준의 여성주의와 결합한 소설, 아마추어리즘과 조금도 구별되지 않는 상투적인 연애시, 어른의 내면을 유아적인 수준으로 끌어내리는 동화 스타일의 신비적인 우화소설과 불우와 가난을 조악하게 상품화하는 '감동적인' 서사물들, 삶과 사회에 대한 어떤 새로운 성찰도 없이 신변잡기를 늘어놓은 이른바 수필류, 진부한 소재와 보수적인 남성주의적 서사를 재상품화하는 역사소설, 새로운 세대의 감수성에 눈높이를 맞춘 스토리 중심의 판타지 소설 등은 문학의 주변들이 얼마나 다채롭고 풍요로워졌는가를 보여준다. 시장에서 이들 장르가 주류 상품으로 대두한 것은 본격문학을 둘러싼 문화적 지형을 더욱 복잡한 것으로 만든다.

이런 주변적인 장르들이 시, 소설 등의 전통적인 장르들보다 '하위'의 것이라는 선입관은 문화적인 맥락에서는 이제 무의미해졌다. 더욱이 이런 주변 장르로부터 문학의 '문학성'을 갱신할 새로운 미학적 에너지가 생성될 가능성, 그리고 그 주변 장르 자체가 새롭고도 주류적인 스타일이 될 수 있는 가능성은 열려 있으며, 이미 그 가능성을 실현하고 있는 작가들도 있다(그러니까, 이 문제는 뒤에서 다시 논의한다). 그러나 그 전반적인 상황을 볼 때, 문학의 주변들은 다채로워졌는데도 그 '중심'으로서의 문학은 지독한 빈곤 속에 머물러 있다고 할 수 있다. 본격문학은 그야말로 '텅 빈 중심'이 되었다. 문학의 고립과 빈곤은 심화되었는데도 불구하고 '문학인 척하는 문학 아닌 것들'의 양적인 팽창은 가공할 만하다는 것이다. 이런 와중에서 본격문학은 이제 문학에 관한 공허한 '알리바이'에 불과한 것이 되고 말았다는 의심마저 든다. 문학 제도권 안에서

'문학'으로 인정받은 '작가'들이 이런 B급 장르들의 상품 미학적 매력에 기꺼이 투항하면서 적어도 제도적으로는 본격적인 '작가'로 대접받으려 하는 '이중성'은 이런 상황의 소산이다. 이제 본격문학의 문제는 미학적 수준의 문제나 문학 이념의 문제가 아니라, 문화적인 문제 혹은 문화사회학적인 문제가 된 것처럼 보인다.

여기에서 이 시대의 본격문학이라는 이름을 둘러싼 두 가지 질문이 가능하다. 우선 하나는 본격문학이라는 미학적 구별짓기가 아직도 가능할 수 있는가 하는 질문이며, 이 질문은 대중문학과 고급문학의 문화적 경계에 대한 질문과 만난다. 둘째는 만약 그 경계의 의미가 아직 살아 있다 해도, 본격문학의 미학적 자기 규정은 역사적으로 가변적일 수밖에 없다는 것이다. 이 경우 본격문학에 대한 새로운 재의미화가 요청된다. 이 두 질문은 결국 이 시대의 본격문학의 존재 방식에 대한 반성적 성찰이라는 문제의식에 이어져 있다.

3. 이중의 척도, 기만의 게임

기본적인 논의를 다시 시작하자. '문학'과 '문학 아닌 것'을 구별 짓는 것은 영원 불멸한 가치가 아니라 사회적 신념의 체계와 제도적 현실의 문제이다. 문학을 둘러싼 미학적 가치들이 역사적·사회적으로 구성된다는 것은 이미 진부한 진실에 속한다. 이런 성찰의 연장에서 본격문학이라는 개념을 둘러싼 사회 구조의 문제를 들여다보는 일 역시 의미있는 것이다. 다소 단순하게 이해되곤 하는 부르디외의 문화사회학 역시 이 문제에 대한 몇 가지 시사점을 던져주는 것이 사실이다.[1] 부르디외에 의

하면 문화는 사회 계급들 사이에 변별적인 차이를 유지하는 것을 목적으로 하는 사회 집단들 간의 투쟁의 목표이자 장이 된다. 문화가 생산되고 소비되는 과정의 배후에는 권력 관계의 그물망이 자리 잡고 있다. 기존 질서가 사회적으로 재생산되는 것은 상징 폭력이라는 문화적 재생산 과정에 의해서이며, 문화의 영역에서 제도는 명명력에 의해 권위를 생산하고 지속한다.

문학적 질서는 자율화된 공간으로 제도화되어 하나의 장champ을 이루어왔다. 문학의 장은 정치의 장과 마찬가지로 특수한 형태의 권력과 정당성을 추구하는 투쟁의 장소이다. 문학 제도는 개별 행위자를 명명하며 세례를 주고 격식을 갖춘 수여의 의식을 치러냄으로써 문학적 직위와 라벨을 부여한다. 작가와 작가 아닌 자, 그리고 문학 작품과 문학 작품 아닌 것의 차이는 명백히 제도적인 차이이다. 제도적 권력은 제도적 의례를 통과한 자와 그렇지 못한 자의 경험적 차이를 본래적인 차이인 것처럼 만든다. 이렇게 경계를 설정하고 그에 따라 승인과 배제가 이루어지는 제도의 작동 방식을 '사회적인 마술 행위'라고 부른다. 한번 신춘문예를 통과한 자는 영원히 '작가'의 신분을 가지며, 한번 문학상을 받은 작가는 영원히 '수상 작가'로 인정된다. 어떤 작품을 본격문학으로 인정하고 어떤 작품을 인정하지 않는 것도 제도적 권위와 그 사회적 승인에 관련된 문제라고 볼 수 있으며, 그것은 창작자의 신분에 대한 사회적 인정과 관련될 것이다.

본격문학의 공간과 관련된 부르디외의 이론 중에 흥미로운 것은 '대량

---

1) 부르디외의 문화사회학에 관해서는, 『예술의 규칙: 문학 장의 기원과 구조』(하태환 옮김, 동문선, 1999), 『상징 폭력과 문화 재생산』(정일준 옮김, 새물결, 1997) 참조.

생산의 속장'과 '제한 생산의 속장'이라는 개념이다. '대량 생산의 속장'에서는 상업적 성공과 대중적 평판이 인정의 기준이 되는 상품 경제의 원리가 관철되지만, '제한 생산의 속장'에서는 경제적 이윤 추구와 대중적 명망은 거부되며 전문적인 동료 작가 집단 내부의 특수한 상징적 정당화의 원리를 통해 예술적 자율성이 추구된다. 대량 생산의 장이 경제자본의 추구와 관련된다면, 제한 생산의 장은 '상징 자본'의 추구와 관련된다. 그리고 이런 상이한 속장에 속한 작가들 사이에, 작가나 장르에 대한 '정의 내리기' 등을 통한 상징적 투쟁이 벌어진다. 이 개념은 대중문학과 고급문학 혹은 본격문학의 공간을 설명하는 데 부분적으로 유용할 수 있다. 본격문학은 문학의 자율적 가치를 중시하는 '제한 생산의 장'의 원리와 관련된다고 볼 수 있기 때문이다.

그러나 문화적 투쟁의 게임에서의 이원적 대립 구도와 관련된 부르디외의 분석 모델을 현재의 한국 문학에 적용하는 문제는 그렇게 단순하지 않다. 우선 이 두 장에 속한 작가들의 대립 구조는 매우 복잡한 양상을 띠고 있다. '대량 생산의 속장'에 속한 작가들과 '제한 생산의 속장'에 속한 작가들을 엄밀하게 구분하기는 어려우며, '전업 작가'의 개념이 부각된 90년대 이후에는 더욱 그렇다. 이른바 유명 작가들 중에는 이 두 속장에 동시에 속해 있거나 스스로 전환을 꾀하는 경우도 있다. 예를 들면 90년대 이후의 전업 작가들은 '장편'을 통해 경제적인 이해와 대중적인 승인을 추구하고, '단편'을 통해 문학상 등 전문가 집단의 제도적 인정을 기대하는 양면적인 전략을 추구하는 경향도 있다.

한국 문학에서 전문가 집단이 관여하는 제도적 권위는 문학적 자율성의 척도를 보존하려고 하기보다는, 시장과 '대량 생산의 장'에서의 상품 미학적 척도와 타협하고 공모하기도 한다. 문학적 자율성의 척도를 고수하는 것처럼 보이는 비평가 집단 또한, 작가와 작품에 대한 시장과 대중의 평가를 무시하지 못한다. 이것은 비평가 집단이 출판 자본의 경제적인 이해관계에 직접적으로 관련되어 있다기보다는, 시장으로부터 상징적 권력이 나온다는 것을 잘 알고 있기 때문이다. 반대로 베스트셀러에 대한 비평가 집단의 비판은 자신들이 보유한 문학적 자율성의 공간을 보존하려는 상징적 이익의 추구와 관련되어 있다고 볼 수 있다. 문학상에 관련된 문학 제도와 출판 자본의 이중적 가치 척도도 예가 될 것이다. 그것은 한편으로는 문학의 미학적 자율성이라는 가치 척도를 내세우면서, 한편으로는 시장이 요구하는 상품 미학의 원리에 영향을 받을 수밖에 없다. 문학 잡지 역시 이런 방식으로 문학의 자율적 가치를 주창하고 이를 통해 문학적 정당성을 확보하려 하면서, 다른 한편으로는 그런 가치를 담은 매체를 상품화함으로써 경제적 이익을 추구하고 시장과 대중에 대한 영향력을 확대하려 한다.

문학의 위계와 가치를 합법화하는 가장 강력한 문학 제도로서의 학교와 출판 자본과 저널리즘 역시, 그 안에 문학에 관한 양면적인 척도를 숨기고 있다. 출판 자본과 저널리즘은 물론 자본의 논리 때문에 필연적으로 시장의 척도를 중시할 수밖에 없고, 학교는 자율성을 중시하는 문학 이념을 전수한다고 볼 수 있지만, 반드시 그렇게 나뉘는 것도 아니다. 출판 자본과 저널리즘은 자신들의 문화적 생산 행위의 권위를 확보하기 위해 '정통성과 자율성을 가진 문학'의 이름을 빌리려고 노력하며, 학교의 문학 교육은 시장 경쟁력을 확보하기 위해 대중적인 것들과 타협한다. 대학의 특강에 본격문학 작가라고 보기 힘든 대중적인 작가들이 초빙되고 심지어 '본격문학의 잣대'로는 실릴 수 없는 작품들이 교과서에 수록되기 시작하는 것은 이상한 일이 아니다.

내가 지금 비판하려는 것은, 문학적 자율성의 공간과 문학 시장의 공간 사이의 경계의 혼용이라는 상황, 그 자체가 아니다. 그리고 그 결과에 따른 본격문학적인 척도의 실질적인 와해도 아닐 것이다. 어쩌면 본격문학의 이념은 소멸될 수도 있으며, 해체되어야 할지도 모른다. 문제는 통속성과 상품 미학 자체가 아니라, 본격문학의 알리바이와 보수적 문학 이념의 공모이다. 이렇게 되면 문학적 가치 기준의 이중성은 심화되고 본격문학의 미학적 기준점은 모호하고 흐릿한 것이 될 수밖에 없다. 문제는 그 모호함이 문화적 영역과 장르 간의 소통이라는 맥락에서 문화적으로 의미있는 혼종성이 아니라, 일종의 기만이라는 것이다. 그 기만의 게임은 본격문학이라는 개념을 더욱더 공허한 것으로 만들어버린다. 그것에 의해 두 가지 부정적인 사태가 동시에 벌어진다. 보수적이고 재래적인 미학 이념은 여전히 그 기만의 구조 안에서 제도적인 권위를 보존하게 된다. 한편으로 시장의 척도는 더욱 공고해지고 단기적인 이윤 추구의 논리만을 따라가는 '공급의 획일성'에 의해 문학 상품은 획일화된다. 결국 '새롭고 다양한' 문학의 가능성의 공간은 더욱 억압받는다.

4. 문학의 이름, 저편에서

다시 한 번, 처음의 문제로 돌아가자. 도대체 '본격문학'이란 무엇인가? 이제 그것은 문학 이념의 문제도, 장르의 문제도, 미학적 수준의 문제도, 상업성의 문제도 아니다. '본격문학 아닌 것'에 대한 부정과 배제의 방식으로 규명되는 본격문학의 정체성에 관한 이념화는 이제 더 이상 의미가 없다. 문학을 정치 도구화하는 당파적인 문학이 본격문학이 아니

라는 논리는 가능하지만, 완벽하게 도구화를 넘어서서 자율적 가치를 구
현하는 문학은 존재하지 않으며, '순수문학'의 테제 역시 하나의 정치적
인 문학 이념이다. 장르의 문제를 말한다면 시, 소설만이 본격적인 문학
이라고 말하는 것은 서구 근대 문학의 장르 개념을 본질적인 것으로 받
아들이는 편견의 소산이다. 장르의 등장과 소멸은 문학사적 변동의 핵심
적인 사안이다. 미학적 수준의 문제 역시 마찬가지다. 미학적 가치 기준
은 역사적으로 변화하는 것이며, 동시대에도 여러 집단과 개인에 따라
서로 다른 미학적 기준을 가지고 경쟁한다. 그러므로 자기 미학을 정당
화하는 차원에서 '수준'을 말하는 것은 보수적인 미학을 합법화하는 논리
에 불과한 경우가 많다. 상업성의 문제는 그 창작의 의도와 출판의 기획
방향, 시장에서의 결과를 구분해서 논의해야 하지만, 그 분별은 쉽지 않
다. '많이 팔린 작품은 본격문학이 아니다'라는 명제가 성립될 수 없는
것처럼, '팔리지 않는 작품은 본격문학이다'라는 명제 역시 결코 성립되
지 않는다.

그렇다면 이 시대에 본격문학에 대한 어떤 척도도 불가능하다는 것일
까? 또 한 번, 논의의 출발점으로 돌아가서, '본격문학'이라는 것 자체가
자기 이름을 재호명함으로써 문학적 자의식을 드러내는 방식이라는 점을
상기하자. 문학의 자율성에 대한 저 깊고 끈질긴 자기 의식이 '문학다운
문학'에 대한 재호출의 욕망을 만들어내었다. 본격문학의 실체적 기원은
없다 해도 그 심리적 기원은 여기에 존재한다. 이 최초의 자기 호명의 자
리로부터 다시 생각한다면, 본격문학을 본격문학으로 만드는 것은 문학
적 자율성에 대한 자의식, 또는 장르에 대한 미학적 자의식이다. 그 자
의식은 문학을 어떤 완성된 미학적 규율과 체계로 받아들이는 것이 아니
라, 문학성에 대한 질문의 방식으로 받아들인다. 본격문학이라는 개념은

문학성에 대한 질문의 한 형태이다. 그러므로 문학이란 무엇인가? 혹은 소설이란 무엇인가? 하는 질문을 내장한 문학은 그 자체로 생성하는 문학이며, 동시에 문학다운 문학이다.

한 가지 흥미로운 사례를 들어보자. 성석제의 단편 「통속」은 매우 ‘통속적인’ 내용을 담고 있는 소설이다. 이 소설의 사건들은 ‘통속적인’ 성격을 띠고 있으며, 작가 역시 그것을 잘 알고 있다. ‘기역’ ‘미음’ ‘치우’ 등 우스꽝스러운 이름이 붙은 인물들의 이야기는 각각 그렇고 그런 뻔한 세상사의 단면을 담고 있다. ‘기역’은 십오 년 만에 만난 옛날 여자와 대형 할인 매장에서 우연히 만나 대낮에 여관에 들어간다. 소심한 ‘기역’은 아내와 여자 사이에서 줄타기하면서 “후회와 불안과 공포와 긴장이 그의 영혼의 코털까지 속속들이 태우”는 경험을 한다. ‘기역’의 대학 동창인 바람둥이 ‘미음’은 예쁜 여자를 데리고 다니며 동창들의 기를 죽인 인물이고 능숙한 엽색 행각과 야비한 사업 수완을 자랑한다. 소설의 화자는 ‘미음’의 활약상을 질펀한 입담으로 표현한다. 공직자인 ‘치우’는 “나라의 장래가 점점 암담해지는 것”을 한탄하는 사람이지만, 사실은 바람난 사실을 처남에게 들켜 속을 끓이고 있다. 이 ‘통속적인’ 닳고 닳은 이야기를 작가는 특유의 구연적인 화법과 유머와 위트를 통해 드러낸다.

이 소설은 이 세상의 ‘통속’을 은폐하지 않고 그 자체를 소설적 탐색의 대상으로 드러낸다. 여기서 미학적으로 실현되는 것은 통속성 그 자체가 아니라, ‘통속성의 아이러니’이다. 이 소설 속에서 삶은 철저히 통속적이다. 그러나 소설은 그 통속의 통속성을 폭로함으로써 삶의 뼈아픈 통속성으로부터 이탈한다. 서술자는 통속적인 세상을 개량할 목표를 갖지 않으며, 그 통속성이 소설 텍스트의 ‘내부’에서 비판되고 개선될 가능성은 없다. 다만 이 소설의 제목이 왜 ‘통속’인가 하고 독자들이 궁금해한다면, 그 제목 하나만으로도 독자들의 '통속'에 대한 반성적인 독서가 시작될 계기가 주어진다. 이 소설에서 통속성의 아이러니는 이중적인 전선을 형성하고 있다. 이 소설은 '통속적이지 않음'을 주장하는 고상하고 고결한 보수적 소설 미학을 야유하면서, 삶의 피할 수 없는 통속성에 대한 반성적인 거리를 만들어낸다. 통속적인 삶을 다루고 있다는 측면에서는 통속적이지만, 대중의 무반성적인 기대와 취향을 비틀어서 제시한다는 의미에서 '탈통속적'이다. 이 탈통속성은 독자들이 위트와 아이러니의 공간에 참여함으로써 완성되는 미학적 '효과'의 문제일 것이다. 작가는 본격문학의 적대자인 통속소설의 스타일을 빌려 그것을 뒤집음으로써 열린 장르인 소설만이 할 수 있는 서사적 모험을 시도한다. 물론 이 작품이 '본격문학'으로서의 드높은 문학적 성취도를 갖추고 있다거나, 성석제 문학을 대표한다고 말할 수는 없으며, 새로운 본격문학의 '대안'이라고 단언할 수도 없다. 그러나 무엇이 '통속'이고 무엇이 '본격'인가에 대한 경계의 의미를 사유하게 해준다. 통속성과 소설 장르의 문법에 대한 근본적인 자의식이 이 작품을 '탈통속적인' 작품으로 만든다는 것이다.

문학성과 장르에 대한 자의식을 미학적 모험의 에너지로 삼는 문학. 그런 문학을 여전히 '본격문학'이라는 이름으로 불러야 할지, 나는 알지 못한다. 하지만 그런 문학은 필연적으로 '전위'와 '소수'의 미학적 코드를 가질 수밖에 없다. 그것이 전위의 미학을 가지는 것은 문학과 장르에 대한 근본적인 질문을 통해 문법과 미학이 갱신되고 전복될 수 있기 때문이다. 그런 문학은 전통적인 장르 개념이나 미학적 규율을 고수하는 문학이 아니라, 그것에 대해 근본적으로 질문하는 문학이며, 그 질문의 과정에서 본격문학에 편입되지 못했던 하위적이고 주변적인 장르와 언어들과 혼종적 접속을 통해 장르의 순결성을 넘어설 수 있다. 그것이 '소수'의 미학적 성격을 갖는다는 것은, 양적인 개념이 아니라 질적인 개념을 의미한다. 문학적 자율성의 최대치를 추구하는, 그래서 현실에서 저주받은 문학은 '죽은 시인의 사회'와 같은 비밀스러운 결사와 소집단의 문학이 될 수밖에 없을지도 모른다. 그러나 문화적 '소수화'를 실천하는 문학은, 소집단의 문학이라거나 대중과 문학 시장으로부터 고립된 문학이라는 의미만을 보유하는 것이 아니다. 문학과 장르에 대한 근본적인 자의식과 질문을 내장한 문학은, 시장주의와 보수적 문학 이념의 결합으로 나타난 다수성·주류성·평균성·획일성의 문학에서 이탈하는, 스스로 이방인이 되는 문학이다. 그것은 주류의 미학을 합법화하는 문학 제도로부터 비껴나가는 문학이며, 이때 비로소 문학은 '문학의 이름으로' 자신의 척도를 부정하고 동시에 재생성할 수 있다. '본격문학'의 이름을 지움으로써, 문학의 이름을 재호명하는 이런 기획은 가능할까? 이제 문학은 문학 자신에 대한 뼈아픈 비명, 혹은 날카로운 침묵이 된다.

시선과 관음증의 정치학
― 한국 현대시와 남성 주체의 눈

1. 시선 혹은 응시란 무엇인가

시 안에서 이미지를 구성하는 것은 누구의 '눈'인가? 현대시의 주인공은 관념이 아니라 이미지이다. 시가 '보는' 시 혹은 '보이는 시'로서 존재한다는 것은 현대시의 위상에 관한 익숙한 일반론이다. 이것은 현대 세계에서 시각적인 지각이 갖는 특권적인 지위와 관계가 있다. 그런데 현대시에 대한 이런 규정은 이미지의 내용과 장면 혹은 그것의 의미론에만 주의를 집중할 뿐, 그 이미지를 구성하는 '시선regard'의 체계에 대한 질문은 누락되어 있다. 그 어떤 이미지도 순수하게 객관적이거나 자연 발생적이지 않으며, 그것을 구성하는 특정한 시각적 관심의 결과물이다. 이미지는 객관적인 진리의 대체물이 아니라 '누군가'의 '시선의 각도'에서 구축된 것이다. 이미지는 특정한 것은 보고 특정한 것은 보지 않는 시선 혹은 시선들의 체계의 소산이다. 이때 시선의 주체는 볼 수 있는 것과 볼 수 없는 것을 나누는 특권이 있다는 측면에서 '권력'의 자리에 위치한다. 물론 그 뒤에는 그것을 가능하게 하는 사회적 조건이 있다. 문제는 이미지의 소비자인 관객 혹은 독자가 그 이미지를 구성한 주체의 시점과 자신의 시점을 동일시하게 됨으로써 그 '프레임'과 배치의 메커니즘에 종속된다는 것이다. 따라서 시선의 시학은 가시적인 것과 비가시적인 것을 구분하는 '프레임' 혹은 전시 방식의 체계와 그 안에 작동하는 권력과 그 사회·역사적 관계를 분석하는 시선의 정치학을 요구하게 된다.

그런데 시선은 단지 주체의 의식 작용이라는 차원에서만 다루어지는 것이 아니다. 주체의 지향성을 고스란히 담고 있는 '주체의 응시'라는 개념은 비판적으로 검토될 수 있다. 응시gaze는 단지 의식의 차원에서 성립되는 것이 아니라, 무의식의 층위에서 작용한다. 라캉 식으로 말하면 무의식의 층위에서 작용하는 '보여짐' 혹은 '응시gaze'는 그런 맥락에서 의식의 눈이 보는 시각과 구별되며, 또한 '분열'된다. 주체는 보는 자인 동시에 보여지는 자이며, 본다는 것은 무의식적으로 타자의 응시를 욕망한다는 것이다. 응시는 주체와 사물의 관계에서 재현과 시선에 의해 빠지고 숨겨진 빈 곳을 의미한다. 사물과의 관계가 시각을 통해 이루어지고 재현이 여러 형태들로 배열될 때, 무언가는 빠져나가고, 사라지고, 단계별로 전달되고, 숨겨져 드러나지 않는다. 이것이 바로 응시이다.[1] 인간과 이미지의 관계는 단순히 의식적인 시선에 의한 요구와의 일대일의 차원으로 설명되는 것이 아니다.

시의 이미지는 단지 단일하고 의식적인 주체의 욕망에 의해 만들어지지는 않는다. 시의 이미지를 구성하는 드러난 시선 못지않게 그 함축적 시선 혹은 타자의 시선이 갖는 복합적인 의미에 관한 분석이 요구된다.

---

1) 자크 라캉, 민승기 외 옮김, 『욕망 이론』(문예출판사, 1994), pp. 186~202 참조.

텍스트 속에 등장하는 이미지를 구성하는 것은 주체의 시선과 타자들의 응시의 복잡하고 모순된 관계이며, 그것은 더욱 정밀한 차원의 시선과 응시의 정치학을 다시 요구한다. 이 시선과 응시의 문제가 더욱 두드러지게 부각되는 영역은 성적인 모티프가 등장하는 시들에서이다. 여기에서 문제화하려 하는 것은, 시에서의 에로티시즘 일반의 문제가 아니라, 시선의 시학과 특화된 에로티시즘의 영역으로서의 '관음증'의 모더니티와 섹슈얼리티에 관한 것이다.

여성주의 문화 이론들은 이 문제와 관련하여 응시의 문제를 '남성 응시male gaze'의 정치학에 적용한다. 이런 논의들은 라캉의 응시 개념을 상대적으로 단순화한 것으로 보이지만, 그 응시의 섹슈얼리티와 정치성을 부각했다는 점에서 의미가 있다. 가부장제 사회에서 여성은 남성 관객, 혹은 남성 관음자의 시선의 대상인 '성적 스펙터클'로서 존재해왔다. 남성만이 시선의 담지자이고 '시각 양식'을 구성하는 특권을 점하고 있다. 여성의 이미지는 남성의 타자로서 남성의 욕망을 구현하거나 남성의 결핍된 존재로서 만들어진다는 것이다. 남성의 시선은 거리를 두고 관찰하며 쾌락을 취하는 관음증으로 특징지워지며, 여성의 시선은 갇힌 채로 이미지와 동일시하거나 이미지의 반사 속에서 쾌락을 발견하는 나르시스적인 것이 된다. 남성 관음자는 자신이 본 것의 의미를 자신이 결정할 수 있는 통제권이 있다. 몰래 대상을 볼 수 있는 힘 자체가 쾌락이 되는 것이다. 미디어에서 여성은 남성 욕망을 위한 시각적인 소비의 대상이며, 여성들은 대상화된 자신의 이미지를 소비하는 모호한 자리에 놓인다. 영화에서 카메라의 눈은 바로 남성 관음자의 눈이며, 관객은 그 눈과 자신을 동일시한다. 물론 이러한 상황으로부터 탈주하는 '여성적 응시'의 가능성이 이론적·현실적으로 완전히 봉쇄되어 있는 것은 아니다.[2]

시선과 응시에 관한 이런 논의들을 통해 현대시에서 시선의 문제로 돌아가보자. 시선의 시학과 관음증의 정치학이라는 입장에서 한국의 현대시를 다시 읽는다면 어떤 새로운 '읽기'가 가능할까? 그것은 한국 문학의 주류적인 시들을 지탱해온 미학적 가치를 그 근저에서 다시 성찰해야 할 요구와 만난다. 분명한 것은 이러한 시선과 관음증의 문제를 둘러싼 비평적 논의가, 한국 현대시의 모더니티와 그 정치성을 새로운 차원에서 해석할 수 있는 가능성을 열어놓는다는 점이다. 이제 이런 문제의식과 관련하여 몇 가지 사례를 제시해보자.

2. 누이를 보는 시선과 역사를 욕망하는 남성 주체: 고은

고은 문학은 그 압도적인 문학적 질량과 넓이로 말미암아 한국 현대문학에서 지울 수 없는 족적을 남겼다. 그 안에는 다양한 문법과 양식들이 공존하고 있다. 지금 그의 문학의 정체성을 전일적으로 규정하는 일 못지않게 의미있는 것은, 그의 문학 안에서 모순과 분열을 동시에 읽어내는 일이다. 특히 그의 초기 시는 그의 전체 시력에 비추어 다분히 이질적인 영역으로 남아 있고, 시인 자신도 부정하는 공간이라는 측면에서 문제적이다. 그럼에도 불구하고 고은의 초기 시는 1950년대 후반 한국시의 모더니티의 내용과 수준을 이해하는 데 중요할 뿐만 아니라, 그의 후기 시를 이해하는 데도 중요한 시사점을 던져준다. 이른바 그의 초기

---

2) 수잔나 D. 월터스, 김현미 외 옮김, 『이미지와 현실 사이의 여성들』(또하나의문화, 1999) ; 아네트 쿤, 이형식 옮김, 『이미지의 힘: 영상과 섹슈얼리티』(동문선, 2001) 참조.

시의 '탐미주의'를 대표한 시 중의 하나가 등단작 「폐결핵」(1958)이다.

> 누님이 와서 이마 맡에 앉고
> 외로운 파스 · 하이드라지드瓶 속에
> 들어 있는 情緖를 보고 있다.
> 뜨락의 木蓮이 쪼개어지고 있다.
>
> 한 번의 긴 숨이 창 너머 하늘로 삭아가 버린다.
> 오늘, 슬픈 하루의 오후에도
> 늑골에서 두근거리는 神이
> 어딘가의 머나먼 곳으로 간다.
> 지금은 거울에 담겨진 祈禱와
> 소름조차 말라버린 얼굴
> 모든 것은 이렇게 두려웁고나
> 기침은 누님의 姦淫,
> 한 겨를의 실크빛 戀愛에도
> 나의 시달리는 홑이불의 일요일을
> 누님은 그렇게 보고 있다.
> 언제나 오는 것은 없고 떠가는 것뿐
> 누님이 치마 끝을 매만지며
> 化粧 얼굴의 땀을 닦아 내린다.　　　　　— 고은, 「폐결핵」 부분

　이 시는 '폐결핵'이 상징하는 탐미적인 비극과 상실감의 정조를 감각적인 이미지들로 그려내고 있다. 이 시가 1950년대라는 시대적 상황을 뛰

어넘는 현대성을 드러내고 있는 것은 화법과 비유의 감각적인 면모 때문
만은 아니다. 여기에는 시적 화자의 폐결핵과 그를 돌보는 누님, 그리고
형의 죽음과 남아 있는 형수라는 극적인 상황이 설정된다. 후기의 고은
이 부정한 바 있는 이러한 '허구'는 시인이 자신의 정서적 현실을 극대화
하여 표현하려는 일종의 '개인 신화'의 의미를 갖는다. 시적 자아가 스스
로의 삶을 신화화하는 이러한 낭만주의적 위장술은 고은 특유의 시적 포
즈인데, 집단의 신화가 아닌 개인의 허구적 서사를 바탕으로 하고 있다
는 측면에서 현대적이다. 그 개인 신화의 핵심에 자리 잡고 있는 것이 병
과 죽음과 허무의 미학, 그리고 누이와의 근친상간적인 정조와 원죄 의식
이다. '나'의 폐결핵을 간호하다가 대신 죽는 누님이라는 개인 서사는 그
의 다른 시 「사치(奢侈)」에도 이어진다. 이때 폐결핵이라는 모티프는 생
의 우수와 허무를 상징하는 낭만주의적 환상이며, 동시에 근친상간과 성
적인 충동의 비극성을 원죄 의식적 차원으로 몰고 가는 설화적 장치이다.

첫 연의 지배적인 행위를 진술하는 문장은 '누님이 보고 있다'는 것이
다. 누님은 "외로운 파스 · 하이드라지드병(瓶) 속에/들어 있는 정서(情
緒)를 보고 있다." 그리고 "나의 시달리는 홑이불의 일요일을/누님은 그
렇게 보고 있다." 여기서 '본다'는 행위는 여러 가지 의미를 함유한다.
우선 "정서를 보고 있다"는 문장 속에서 정서를 시각적인 대상으로 설정
하는 파격성이 돋보인다. 정서는 인간 주체의 내부에 있는 것이 아니라,
사물 속에 혹은 사물을 보는 시선 안에 들어 있는 것이 된다. 정서를 인
간 주체의 자기 표현이라는 관점에서 이해하지 않고 그것을 시각적으로
대상화하는 것은 그 이전의 시에서는 찾아보기 어렵다.

그런데 이 '본다'는 동사의 의미 구조는 시선의 시학에 관련되어 좀더
중층적인 양상을 띤다. 누님은 폐결핵에 걸린 나를 '돌본다.' 그러면 이

시에서 누님을 보는 화자는 누구인가? 이 시는 나를 '보고' 있는 누님을 '보는' 시선에 의해 씌어졌다. 누님의 시선은 '나'를 '돌보는' 시선, 다시 말하면 '나의 질병'을 보는 것이고, 이 시선은 이 시의 텍스트의 표면에 드러난 시선이다. 그 누이를 보는 일인칭 화자의 시선은 은폐된 함축적 시선이다. 그 함축적 시선은 자신이 누이를 본 것처럼 독자도 누이를 보도록 유도한다. 이런 맥락에서 이 시는 누이를 '엿보는 시선'에 의해 구축된 시이다. 바로 이런 '관음의 시선'은 텍스트의 심층적인 이미지를 구성하는 함축적인 시선이다. "기침은 누님의 간음(姦淫)" 혹은 "한 겨를의 실크빛 연애(戀愛)" 등에 암시되는 누님의 은밀한 개인사와 근친상간적인 모티프는 시적 화자가 엿본 누님의 이미지이다. 그 이미지의 절정은 "누님이 치마 끝을 매만지며/화장(化粧) 얼굴의 땀을 닦아 내린다"는 묘사이다. '치마'와 '화장'은 누님의 여성성을 환기하는 세목들이다. 그런데 이 소품들로 환유되는 누님의 내면은 어떤 부끄러움과 갈등을 암시한다. '나'는 그 누님의 내면을 엿본 자이며, 그 시선의 방향을 따라 독자역시 누님의 내면을 엿보게 된다. 그런데 '치마'와 '화장'은 누님 그 자체가 아니다. 그것은 누님으로 환유되는 물신화된 이미지에 가깝다.

　2연에서는 누님 대신에 형수가 등장한다. "형수는 형의 이야기를 해준다./형수의 묵은 젖을 빨으며/고향의 병풍(屛風) 아래로 유혹된다"와 같은 더욱 과감하게 에로틱한 문장으로 시작된다. 여기서 형수는 고향의 동의어로 의미화되고 그래서 고향의 메타포로서 형수의 '묵은 젖'은 '넓은 농지(農地)'의 이미지에 이어지며, "영웅을 잠재우는 미인(美人)"의 신화적인 이미지와 겹쳐진다. 이 연에서도 형수의 이미지는 '묵은 젖' '미인' '밤의 부엌 램프' 등의 부분적인 이미지의 조합으로 등장한다. 그리고 시선의 체계 역시 앞의 연과 동일하다. "눈허리의 명암(明暗)을 씻고 그분은 나를 본다"에서 드러나는 것처럼, '나를 보는 형수'를 '나'는 엿보고 있다. 그것 역시 형수에 대한 관음증의 시선이다. 이 시에서 시인은, 자신을 바라보는 대상을 다시 엿보는 심층적인 관음증의 시선을 통해 재래적인 서정시의 일반 문법을 넘어서 현대적인 시적 시선을 성취한다. 그런데 이 지점에서 이런 의문이 제기될 수 있다. '누님'과 '형수'는 정말 '나'를 보았던 것일까? 오히려 '나'를 보는 '누님'과 '형수'의 시선이야말로 나의 '응시'로 인해 만들어진 타자의 이미지로서의 시선이 아닐까? 그렇다면 나의 시선은 '누님-형수-타자'의 시선과 내면마저 규율하는 시선이다. 이 시에서 함축적 화자는 "내가 창조한 것은 누가 이을까"라는 문장에서 보이는 것처럼 이미지의 창조주로서 심미적 주체를 세운다.

고은에게 이와 같은 시선은 '관음증의 에로티시즘'이라는 미학적 문맥에서 설명될 수 있다. 그러나 이 미학은 동시에 여성을 성적 대상화하는 시선에 관한 정치적 분석을 요구하는 것이다. 이런 시선의 체계는 그의 후기 시에서 정치적 신념과 결합하여 다른 방식의 주체의 시선을 구성한다. 그의 초기 시에서 남성 관음증의 시선 체계가 탐미적인 관음증의 수준에서 드러나 있다면, 그의 정치적 관심이 부각되기 시작한 후기 시에서 이 관음증의 미학은 더욱 완강한 차원에서 역사의 주인으로서 남성 주체의 이데올로기를 드러내기에 이른다.

사적인 영역에서의 관음증적 시선이 폐기되고 역사·민중·통일 따위의 공적인 담론을 제시하게 되면서, 고은의 시는 역사를 욕망하는 주체가 역사의 큰 이름으로 대상을 호명하는 단계에 진입한다. 가령 "북한 여인(北韓女人)아 내가 콜레라로/그대의 살 속에 들어가/그대와 함께 죽어서/무덤 하나로 우리나라의 흙을 이루리라"(「休戰線 언저리에서」, 전문)와 같은 더욱 단순한 형태의 정치적 에로티시즘을 보자. 이때 시선 혹은 행위의 주체로서 '남한 남자'는 대상화된 '북한 여인'의 살 속으로 들어감으로써 '통일'이라는 정치적 신념 체계를 미학화한다. 여기서 콜레라라는 질병의 전염성은 의식적인 지향성을 가진 것으로 등장한다. 남한의 주체를 남성적 주체로 설정하고 응시 대상으로서의 북한을 여성적인 육체로 설정하는 '남남북녀'의 시선 체계.

이러한 응시의 극단적 형태는 "우리 성욕은/팔일오 과부들을 밤나무 밑에서 쓰러뜨렸어./그래서 그해 밤송이들이/하지 중장(中將) 앞에서 쩍쩍 벌어졌지. 〔……〕 팔일오보다 육이오보다/그리고 사일구보다/더 세찬 성욕이 자라나고 있어./산과 들 금남로에 광복동에 넘치는 날/그날의 성욕이 우리 성욕이지. 역사를 찾는 성욕 우리 성욕이지"(「성욕」, 부분)와 같은 사례이다. 이 시에서 한국 현대사의 오욕은 남성적인 성욕에 짓밟히는 여성의 이미지로 그려지고 있으며, 사일구와 같은 사회 변혁적인 운동은 "우리 성욕은/사일구 처녀들과 밤새도록 뒹굴었어"와 같은 방식의 표현으로 드러난다. 그래서 역사를 되찾는 주인은 이런 남성적인 성욕으로 상징화된다. 이것은 에로스적인 충동을 역사적 에너지로 전화하려는 시적 발상으로 해석될 수 있다. 여기에 이르면 「폐결핵」에서 사적인 영역에서 은밀하게 드러났던 남성적 관음증의 시선은, 남성 주체의 욕구를 공적 이념화함으로써 역사의 남성 주체화를 구축한다.

3. '민중의 눈'과 남성 주체의 시선: 신경림, 이성부

앞에서와 같은 남성적 시선의 체계는 사실 이른바 '민족문학' 계열의 '민중시' 일반에서 발견되는 미학적 메커니즘이다.

1) 징이 울린다 막이 내렸다
　　오동나무에 전등이 매어달린 가설무대
　　구경꾼이 돌아가고 난 텅 빈 운동장
　　우리는 분이 얼룩진 얼굴로
　　학교 앞 소줏집에 몰려 술을 마신다
　　답답하고 고달프게 사는 것이 원통하다
　　꽹과리를 앞장세워 장거리로 나서면
　　따라붙어 악을 쓰는 건 쪼무래기들뿐
　　처녀애들은 기름집 담벽에 붙어 서서
　　철없이 킬킬대는구나　　　　　── 신경림, 「농무」 부분

2) 두려움 무릅쓰고 너를 찾아갔다
　　도적처럼 천천히 고요함을 열고
　　창문을 열고
　　들어갔다 커다란 어둠 속에
　　너는 자고 있었다 깨어 있는

　　사물이여
　　빛이여
　　많은 눈들이 나를 보고 있었다
　　아 기어이 손을 댈 수 있을 것인가
　　어떻게 할 것인가
　　망설임이 오고 속 떨리는

성욕이 오고 눈뜬 死者들이 왔다

너그러운 밤은 놀라 물러가고
너는 얌전히 맞아들였다
더벅머리 선머슴을 껴안고
너 양갓집 계집은 밤새 흐느꼈다
— 이성부, 「전라도 4」 부분

이른바 '민중시'를 대표하는 위의 시들에서 발견되는 것은 민중 계급의 캐릭터를 정형화하고 남성 주체의 시각적 특권을 관철하는 미학적 메커니즘이다. 1)의 「농무」에서 화자의 시선은 가설무대의 공연이 끝나고 동네를 돌아다니며 농무를 추는 '농민-남자들-우리'의 관점으로 구성되어 있다. 따라서 시는 마치 카메라를 들고 움직이는 것처럼 구성되며 이런 문법적 특징이 농민의 육성을 담은 어조와 함께 이 시의 역동성을 보장한다. 움직이는 렌즈의 주체적 시선은 '농민-남자들-우리'의 시점과 동일하다. 그런데 이런 시선 체계에서 '쪼무래기들'과 '처녀애들'은 상대적으로 타자화되어 있다. 특히 '처녀애들'의 경우는 "기름집 담벽에 붙어서서" '농민-남자들-우리'의 농무 장면을 훔쳐보면서 "철없이 킬킬대는" 것으로 표현된다. 이 시의 시각적 주체의 시선은 '농민-남자들-우리'를 훔쳐보는 '처녀애들'을 내려다보면서 그것을 다시 시선의 체계 내에서 주변화한다. 이런 시선의 구조는 '나를 보고 있는 누이'를 '관음'하는 고은의 「폐결핵」에서의 시선 구조와 유사하다. 사회적 소외 계층인 농민의 울분을 다루는 이 시의 시각적 공간 안에서 또 다른 소외와 배제가 일어나는 것은 일종의 정치적인 아이러니이다.

2)의 「전라도 4」에서 행위와 시선의 주체는 '나-더벅머리 선머슴-민
중 계급'이다. '나'는 '너-양갓집 계집'의 방에 몰래 숨어 들어간다. 창문
을 열고 '너'에게 들어가는 '나'의 행위는 관음증적 시선의 연장선상에서
볼 수 있다. '창문'은 관음증적인 욕망의 창구이며, 통로이고, 남성적 욕
망의 시선 체계가 만든 시각적 프레임이다. 주목할 만한 것은 '너-양갓
집 계집'의 반응이다. '너'는 놀라거나 '나'를 거절하지 않고 "더벅머리 선
머슴을 껴안고" "밤새 흐느"낀 것으로 기술된다. 이런 기술은 거칠게 말
한다면 일종의 '남성 판타지'의 일부이다. 민중의 계층적인 소외감을 드
러내려는 이 시는 '민중의 눈'을 남성 일인칭 관음자의 눈과 일치시킴으
로써 '상류 계층-양갓집 계집'을 성적 욕망의 표적으로 대상화한다. 이렇
게 남성 주체의 성욕을 전경화하는 방식으로 민중 계급을 대표하는 전형
적 캐릭터를 구성하는 것은, 고은의 「성욕」과 같은 발상의 연장이다.

4. 훔쳐보는 산책자와 메타적 관음증: 장정일, 유하

80년대 후반에서 90년대로 이어지는 도시적 일상성의 탐구에서, 의미
있는 시적 성취를 이룬 시인으로 장정일과 유하를 거론할 수 있다. 이들
의 시에서 도시는 매혹과 환멸, 관능과 죽음이 뒤섞인 공간이다. 흥미로
운 것은 그 도시의 이미지를 보는 화자의 시선이다. 장정일과 유하의 시
에는 도시 공간의 스펙터클과 관능을 경험하는 시적 화자가 등장한다.
이 '도시 산책자'의 등장은 이미 보들레르와 박태원의 소설 등에서 충분
히 그 의미가 분석된 바 있다. 급격한 도시화와 함께 등장한 익명적인 군
중은 그 근대적 제도와 물질적 편리에 안주하면서 기계적으로 걸어 다니

는 자기 소외적인 존재이다. 이에 비해 반성적인 사고가 가능한 룸펜 지식인인 산책자는, 생활에 얽매이지 않고 도시 공간을 무목적으로 배회함으로써 대중의 모순과 소외를 비판적으로 성찰할 수 있다.

장정일과 유하의 시의 시적 화자 역시 도시의 일반적인 생활인이 아니거나, 혹은 생활의 궤도를 문득 이탈한 자이다. 그는 도시적 공간 속에서 그 도시적 이미지들을 훔쳐보는 자이다. 그는 그 도시 속의 건설적인 생산자가 아니며, 그 일상적 시간의 바깥에서 소요하는 도시 이미지의 소비자이다. 이들 산책자는 도시의 관능을 탐닉하고 거기에 매혹되는 '훔쳐보는 산책자'이다. 훔쳐보는 산책자의 시선이란 무엇인가?

> 바람 부는 날이면, 압구정동에 가야 한다 사과맛 버찌맛
> 온갖 야리꾸리한 맛, 무쓰 스프레이 웰라폼 향기 흩날리는 거리
> 웬디스의 소녀들, 부띠끄의 여인들, 까페 상류사회의 문을 나서는
> 구찌 핸드백을 든 다찌들 오예, 바람 불면 전면적으로 드러나는
> 저 흐벅진 허벅지들이여 시들지 않는 번뇌의 꽃들이여
> 하얀 다리들의 숲을 지나며 나는, 끝없이 이어진 내 번뇌의 구름
> 다리를
> 출렁출렁 바라본다 이 거추장스러운 관능의 육신과 마음에 연결된
> 동아줄 같은 다리를 끊는 한 소식 얻기 위하여, 바람 부는 날이면
> 한양쇼핑센터 현대백화점 네거리에 떡하니 결가부좌 틀고 앉아
> 온갖 심혜진 최진실 강수지 같은 황홀한 종아리를 뚫어져라 바라
> 보며
> 不淨觀이라도 해야 하리 옛날 부처가 수행하는 제자에게 며칠을
> 바라보라 던져준

　　구더기 끓는 절세 미녀의 시체, 바람 부는 날이면 펄럭이는 스커
트 밑의
　　온갖 아름다움을, 심호흡 한번 하고, 부정해보리 내 눈은 뢴트겐
처럼 번쩍
　　　　— 유하, 「바람 부는 날이면 압구정동에 가야 한다 6」 부분

　유하는 압구정동이라는 풍요하고 관능적인 도시적 스펙터클의 매혹을
드러낸다. 압구정동 스펙터클을 이루는 것은 소비사회의 물질적 기호들
이지만, 그 핵심에는 "흐벅진 허벅지들"이 자리 잡는다. 매혹당하는 시
선의 중심에 그 거리의 '허벅지들'과 "황홀한 종아리" "스커트 밑의/온갖
아름다움"이 부각된다. 이것은 거리의 관음증이라고 부를 수 있다. 그
시선은 남성 관음자에 의해 대상화된 여성의 파편화된 몸이라는 틀을 벗
어나지 않는다. 이때 관음의 대상으로서의 여성의 몸은 '다리'라는 특정
한 신체 부위로만 물신화되어 있다. 그러나 화자는 그 이미지들에 대한
매혹을 드러내는 데 멈추지 않는다. 화자는 그 매혹을 반성하고 부정할
수 있는 공간을 설정하려 애쓴다. 화자는 그 관능의 이미지들이 결국 "구
더기 끓는 시체"일 뿐이라는 불교적 깨달음을 언급하기도 하며, 어릴 적
"원두막지기의 딸" "단발머리 소녀"의 "그 눈부시던 구릿빛 종아리"를 떠
올린다.

　그러니까 압구정동의 황홀한 다리들은 이 시에서 두 번 부정된다. 육
체의 유한성과 욕망의 덧없음이라는 불교적 인식에 의해, 그리고 다른
한 번은 순수한 어린 날의 기억 속의 건강한 다리 이미지에 의해. 그 두
번의 부정에 의해 거리의 관음증은 스스로에 대한 반성과 성찰의 공간을
갖는다. 이 시의 함축적 화자는 거리의 관능에 매혹된 자이며, 동시에

그 매혹을 다시 반성하는 자이다. 다른 방식으로 말하면 이 시의 함축적인 시선은 관음자의 시선을 반성하는 또 다른 시선이다. 그러나 관음증에 대한 이런 반성적인 성찰에도 불구하고 여성의 몸을 '유혹'의 기호로 상정하는 거리의 남성 관음자의 시선은 근본적으로 전복되지 않으며, 그 매혹과 반성 사이에서 시는 오히려 어떤 활력을 유지한다.

> 나 대낮에 여우에 홀린 듯이 따라갔네
> 어느덧 그녀의 흰 다리는 버스를 타고 강을 건너
> 공동묘지 같은 변두리 아파트 단지로 들어섰네
> 나 대낮에 꼬리 감춘 여우가 사는 듯한
> 그녀의 어둑한 아파트 구멍으로 따라 들어갔네
> 그 동네는 바로 내가 사는 동네
> 바로 내가 사는 아파트!
> 그녀는 나의 호실 맞은편에 살고 있었고
> 문을 열고 들어서며 경계하듯 나를 쳐다봤다
> 나 대낮에 꿈길인 듯 따라갔네
> 낯선 그녀의 희고 아름다운 다리를
>
> — 장정일, 「아파트 묘지」 부분

　장정일의 이 시 역시 훔쳐보는 산책자의 면모를 또렷하게 보여준다. 이 시에서도 산책자는 "희고 아름다운 다리"로 특화되는 거리의 관능에 매혹된다. 역시 남성 관음자는 여성의 물신화된 이미지에 매혹된다. 시인은 그 도시적 관능의 스펙터클 위에 신화적이고 설화적인 모티프를 개입시킨다. 여우에 홀려 그 집으로 따라가는 남자라는 설정은 그 낯익은 전설적인 내러티브를 도시 공간 위에 펼쳐놓는다. 그리하여 도시적 공간 자체를 몽환적이고도 설화적인 차원으로 옮겨놓는다. 도시의 대낮이라는 시간은 그래서 "꿈길인 듯"한 어두운 전설적 공간으로 전이된다. 그것은 '내'가 "사무실로 돌아갈 일도 모두 잊은 채" '그녀-여우'를 따라가게 되는 마법적인 영역이 된다. "붉고 푸른 불이 날름거리는 횡단보도와/하늘로 오를 듯한 육교를 건너"라는 묘사는 도시의 거리를 신화적인 모험의 공간으로 변화시킨다.

그런데 이 시는 마지막에 가서 결정적인 반전을 선사한다. '그녀-여우'에게 홀려 따라간 곳이 바로 자신이 살고 있는 변두리 아파트의 어둑한 '구멍'이라는 것. 여기서 관음증의 시선은 유하와는 다른 방식으로 관음증의 아이러니를 구현한다. '-네'의 서정적 어투 사이에서 유일하게 예외적인 산문적인 문장으로 등장하는, "문을 열고 들어서며 경계하듯 나를 쳐다봤다"는 묘사는 설화적 공간에서 현실로 돌아오는 환멸의 순간을 보여준다. 그러나 이 환멸의 순간이 관음자가 거리에서 경험한 여성-몸 이미지의 매혹을 전면적으로 무화하는 것은 아니다.

> 동굴 밖 눈부신 빛처럼
> 영화는 시작되었어요
> 눈 푸른 여주인공은 에로스의 화신
> 그녀는 내게 극장의 우상이었지요
> 나는 그녀의 매혹적인 몸을
> 그 몸의 구체성을 탐닉하고 싶어
> 스크린을 향해 걸어가기 시작했지요
> 그러나 가도 가도 극장의 어둠은

끝이 없었어요   — 유하, 「화신극장 옛터를 지나다」 부분

후미진 다락방마다 돌아가던 8미리 에로티카 문화 영화
포르노의 세상이 내 사랑을 잠식했다
여선생의 스커트 밑을 집요하게 비추던 손거울과
은하여관 2층 창문에 매달려 내면의 음란을 훔쳐보던
거울의 포로인 나, 오 그녀는 나의 똥구멍
가끔은 서양판 변강쇠 존 홈스가
나의 귀두에 다마를 박으라고 권했다
금발 여배우의 매혹이 부풀린 영화 감독이라는 욕망,
진실은 없었다, 오직 후끼된 진실만이 눈앞에 어른거렸을 뿐
                    — 유하, 「세운상가 키드의 사랑 2」 부분

　유하에게 관음증의 중심 무대는 스크린이다. 영화라는 매체 자체를 관음증적인 시선의 장소로 분석하는 측면에서, 그것은 남성 관음자의 시각적 쾌락이 집중되는 장소이다. 카메라 렌즈는 관음적 시선의 기계화를 실현한 것이라고 볼 수 있다. 카메라는 그것으로 대상을 찍은 사람의 시선과 그 촬영의 결과물인 영상 이미지를 보는 관객의 시선을 기계적으로 일치시킨다. 영상 이미지를 보는 '나'의 초점과 카메라의 초점의 동일시가 이루어지는 것이다. 이 동일시는 카메라의 시선이 대상에 대해 가지는 통제력과 특권적 시점 자체를 '나'의 그것으로 여기게 만드는 지배적 시선 체계의 메커니즘에 의해 가능해진다. 영화는 이런 카메라 렌즈에 의해 주체화된 동일시의 효과를 이용한다. 영화관의 공간은 위의 시의 비유처럼 일종의 '동굴'로서 스크린 이외에는 사방을 어둠으로 뒤덮어 다

른 것을 볼 수 없게 만드는 곳이며, 이 독점적인 시선의 배치 때문에 현실보다 압도적인 시각적 흡인력을 갖는다. 포르노는 그 카메라의 시선의 독점적인 사용을 극대화한 장르이며, 그 프레임이 집요하게 보여주는 육체의 일부 이외에는 어떤 시선의 틈새도 용인하지 않는다. 포르노는 육체의 특정 부분을 강조함으로써 여성 육체는 프레임에 의해 파편화되고 단절된다.

유하의 시는 그 카메라가 부여하는 매혹적인 영상 이미지에 대한 매혹을 거침없이 고백한다. 그런데 화자는 그 매혹의 공간을 결국 환멸이 뒤섞인 서정적인 추억의 자리로 설정한다. 서정적인 성찰의 거리 때문에 관음증의 포로였던 자신에 대한 반성적인 자리가 확보된다. 그 성찰은 스크린 위의 성적인 스펙터클이 결국 진실이 아니라 "후끼된 진실"이라는 것을 깨닫는 과정이기도 하다. '욕망의 거울'인 이미지는 끊임없이 욕망의 시선을 복제하지만, '욕망의 허기'는 끝내 채워질 수 없다. 그래서 그 성적 판타지의 자리는 추억과 환멸이 뒤섞인 자리가 된다.

옷을 벗는 요정. 담뱃불 자국이 송송한 소파에
비스듬히 눕는 요정. 신비스레 신비스레
가라앉는 요정. 뜨거운 입술로
이리 오세요 예쁜 아기, 속살거리는 요정
환영이 들끓는 밤 열두 시, 이윽고 샴푸의 요정은
그의 머리를 끌어당겨
냄새를 맡아본다. 제가 권한 것을 쓰셨겠지요
물론 그리하셨겠지요?　　　　　　── 장정일, 「샴푸의 요정」 부분

　　장정일의 이 시에 등장하는 것은 영화적인 이미지가 아니라 텔레비전 광고의 이미지이다. 텔레비전은 영화적 이미지가 소비되는 공간과는 다르다. 가족들의 산만한 생활 공간에 둘러싸인 작은 화면에서 분출되는 이미지는, 그 집중력이라는 측면에서 영화보다 미약할 수 있다. 그러나 그 반복성과 일상 공간으로의 침투력은 새로운 영상 매체로서 가공할 영향력을 보여준다. 더욱 흥미로운 것은 텔레비전은 '남성적인 응시'와 관음증적인 시선으로만 설명되지 않는다는 것이다. 오히려 텔레비전은 '스스로 시선을 가지고' '일상의 파노라마를 바라보는 시선'과 공모한다.

　　장정일의 시에 등장하는 남자는 그 텔레비전의 광고 이미지에 중독된 자이다. 광고는 그 반복성과 무차별성이라는 측면 때문에, '중독성'의 효과를 발휘한다. 남자는 그 '샴푸의 요정'과의 로맨스에 중독된다. 장정일은 이 미디어에 중독된 남자의 이야기에 '요정'이라는 동화적인 판타지를 대입한다. 이때 남자는 시선의 주체로서의 관음자라기보다는 텔레비전의 시선에 포로가 된 수동적인 존재이다. 여기에 등장하는 여성적인 이미지는 단지 관음증의 대상이 아니다. 그녀는 자신을 보는 관람자와 로맨스를 가질 수 있음을 적극적으로 암시함으로써, 그 관람자를 자신의 시선 안에 끌어들인다. 그런데 삼인칭으로 이 상황을 보여주는 함축적 화자의 시선은? 시의 마지막 부분은 그 사내가 "꿈에서 깨어나" 타자기를 두드리는 장면이다. 사내는 "굴지의 미용주식회사가 있다./그리고 현존하는 유일한 요정은/샴푸 요정이다"라는 문장을 타자기로 친다. 그렇다면 이 시는 함축적 화자가 '샴푸의 요정'에 중독된 자신의 꿈을 기술한 자기 반영적인 메타시가 된다. 여기서 '타자기'란 그 판타지에서 깨어난 자의 자기 반영적인 글쓰기를 상징한다.

나는 본다. 매일 방 안에서 벌레처럼 꼬물거리는
남자와, 하루에도 수차례 발을 씻어야
마음이 놓이는 여자를 나는 나, 실크 커튼을 통해
보고 있다. 나는 그 여자가 발을 씻을 때마다
나, 실크 커튼을 통해 그녀의 모습을 훔쳐보며
수음에 열중하는 남자를 보고, 그 남자가
모래 흩어지는 소리를 내며 쓰러지는 것을 본다.
그래, 그는 정말 모래성같이 풀썩
쓰러졌다. 단 한 번의 가래침으로 만들어진 우리들.
계속해서 나는 본다. 그녀가 마른 수건으로 손과 발을 닦고
흘낏, 골방 쪽의 창문을 바라다보는 것을, 그러나
그녀는 나, 실크 커튼 뒤에 있는 나를 보지 못한다.
　　　　　　　　　　　　── 장정일, 「나, 실크 커튼」 부분

　장정일의 「나, 실크 커튼」은 관음증에 관련된 가장 복합적인 텍스트의
하나로 평가될 수 있다. 이 시에서는 "조그만 창이 나 있는 골방 속에 들
어 있는 남자"가 "씻기 위해 사는 것 같"은 여자를 훔쳐보는 상황이 설정
되어 있다. 이것은 아주 일반적인 관음증의 상황이다. 문제는 그 상황을
지켜보는 또 다른 시선인 '나, 실크 커튼'이다. '나, 실크 커튼'은 그 외로
운 남자가 여자를 훔쳐보며 수음하는 것을 지켜보며, 또한 그 외로운 여
자가 그 남자의 시선을 눈치 채고 있으면서 "그의 욕정을 유발시키고 있
는 중이고, 강간당하기를/바라는 것"임을 알고 있다. 그녀를 "그 남자가
골방 속에서 뛰쳐나와/그녀를 비누 묻은 채 거칠게 수돗가에 쓰러뜨리기
를/원하고 있는" 존재로 묘사하고, "처녀들의 결벽증은 그녀들의 욕망과

비례하는 듯이 보인다"고 단언하는 화자의 시선은 여성을 성적 존재로만 대상화하는 남성 판타지의 전형성을 보여준다.

그런데 '나, 실크 커튼'이라는 존재는 여기서 무엇인가? 일단 '실크 커튼'이라는 물질적 존재를 의인화한 설정이라고 생각할 수 있다. '나, 실크 커튼'은 남자의 골방의 작은 창에 달려 있는 물건이다. 그러나 후반부에 가면 '나, 실크 커튼'의 존재는 다시 모호해진다. "그녀는 나, 실크 커튼 뒤에 있는 나를 보지 못한다"는 문장에서 드러나는 것처럼, 이제는 그 실크 커튼 뒤에 숨어 있는 제3의 존재가 등장한다. 남자는 "나, 실크 커튼 앞에 서서" 그녀를 훔쳐보며, '나'는 "나, 실크 커튼 뒤에"서 두 사람을 동시에 훔쳐본다. 그러니까 여기서 '나'의 시선은 관음증에 대한 관음증의 시선이다. 그것을 메타적 관음증의 시선이라고 볼 수 있다면, 그 시선은 관음증의 상황 자체를 관음증의 대상으로 삼는다.

5. 시선과 탈시선의 모험

고은의 「폐결핵」이 관음증의 시선이 숨겨진 채로 '누이'를 보는 주체의 시점을 특권화하고 있다면, 후기의 고은 시는 이 특권화된 주체의 시점으로 역사를 욕망하고 역사의 남성 주체화를 이념화한다. 이것은 신경림과 이성부 등의 '민중시'에서 주류적인 시선 체계로 관철되어, 여성을 주변화·대상화하는 남성적 주체의 시선으로 '민중의 눈'을 구축한다. 한편 도시적 일상의 공간을 다룬 장정일과 유하는 관음증의 상황을 텍스트의 표면에 드러내고 그것을 자기 반영적인 대상으로 삼는다. 장정일과 유하는 도시적 공간 속에서 성적 이미지의 매혹을 보여주며, 그 매혹 안의 소외와 공허, 혹은 그 불구성을 성찰하려 한다. 장정일과 유하에게서 나타나는 것은 관음증의 의식화라는 차원이다. 그것은 관음증이란 무엇인가를 묻는 관음증의 층위이다. 그런데 장정일과 유하에게서도 역시, 시선의 주체로서 남성 관음자와 시선의 대상으로서 여성의 물신화된 몸이라는 완강한 이분법적 틀은 전복되지 않는다.

그러나 장정일과 유하 이후, 관음증을 넘어서는 어떤 시적 응시의 가능성을 생각해볼 수 있게 되었다. 그것은 적어도 두 가지 방향에서 미학적 가능성을 품고 있는 듯이 보인다. 우선 하나는 근대적인 투시법에 대한 교란과 해체이다. 근대적인 시선 체제의 중심에 놓여 있는 투시법 혹은 원근법은 회화와 시각적 예술 양식에 지대한 영향을 미쳤다. 시각적 주체의 한 중심점을 상정하는 원근법의 구조와 합리성의 주체 구성은 밀접하게 관련된다.[3] 근대적 시선의 체계가 특권화된 중심점의 시점에서 주체화를 실현하는 것이라면, 현대시는 그런 근대적 투시법과 원근법적 시선 체계의 변동과 관계가 있다.

이와 연관해서 생각할 수 있는 것은 우선 주체의 특권화된 시선 사이의 균열과 분열을 드러내는 작업을 극단적으로 밀고 가는 것이다. 이 작업은 주체화하는 시선의 체계와 그 동일시 메커니즘을 교란함으로써 그 틈새에서 새로운 이미지가 생성될 수 있는 가능성을 탐구하는 작업이다. 탈인간적인 관점 혹은 분열증적인 응시를 실현하고 있는 시들에서 이것은 다양하게 실험될 수 있다. 넓은 의미에서 이것은 근대의 투시법적 시선 체계 전체를 교란하는 문학적 모험을 의미한다. 둘째는 남성 주체의 시선과 대상화된 여성의 몸이라는 관음증의 메커니즘을 전복할 수 있는

---

3) 이와 연관해서는 주은우, 『시각과 현대성』(한나래, 2003) 참조.

새로운 '여성적 응시'의 미학을 펼쳐 보이는 작업이다. 여성의 몸이 남성 관음자에 의해 물신화된 대상이 아니라, 새로운 응시의 열린 주체가 될 수 있는 가능성은 열려 있다. 이런 시선의 특권화·주체화에 대한 비판적 성찰 혹은 '성찰적 관음'의 과정 속에서, 현대시는 시선의 시학을 넘어서는 '탈시선의 모험'을 밀고 나갈 것이다. 그렇다면 다음은, 한국 현대시에서 이런 탈시선의 모험을 밀고 나간 시인들에 관한 논의가 필요하지 않을까?

문제는 리얼리즘이 아니다
— 미적 근대성과 문학의 정치성

1. 이분법의 망령

한국 문학비평의 지배적 척도였던 '리얼리즘/모더니즘'의 이분법은 이제 문학에 대해 아무것도 알려주지 못한다. 이 이데올로기적 호명 방식은 개별적인 문학 경험들의 다양한 움직임을 억압해왔다. 지금의 시점에서는, 그 폐해를 지적하는 것 자체가 진부한 논의가 될 수 있다. 이분법적 체계의 둔중한 몸은 문화적 지형의 변화로 인한 텍스트의 다원화를 따라잡을 수 없다. 더욱이 새롭게 등장한 미학적 가치 체계들은 낯선 탈이분법적 이론들을 제출하고 있다. 90년대 이후의 문학 지형 안에서 이런 이분법적 체계로 그 미학적 내용을 설명할 수 있는 작품은 별로 없다. 가령 '리얼리즘/모더니즘'이라는 이념 체계가 신경숙·성석제·백민석·배수아·김영하 작품의 문화적·사회적 복합성을 어떻게 감당할 수 있을까? '사생활의 발견에서 일상의 정치학'으로 움직여왔다고 판단되는 90년대 이후의 한국 문학은, '리얼리즘/모더니즘'의 제도적·이론적 경계를 넘어서 미학적 모험을 수행해왔으며, 그것은 새로운 비평적인 문제틀을 요구한다.

더 극단적인 사례를 들어보자. 가령 디지털 환경 속에서 SF라는 하위 장르를 '문학화'하고 있는『태평양 횡단 특급』(2002)의 '듀나'는, '인간 이후'의 인간-기계에 관한 존재론적 질문을 내장하고 있다는 측면에서, '21세기 문학'의 어떤 가능성을 시사하고 있다고 보인다. 물론 이 작품이 진정한 의미에서 미학적으로 전위적인가에 대해서는 유보적일 수 있다. 그런데 근대적인 문학 작품 속에서 다루어지는 '현실'과는 전혀 다른 차원에서 '현실'을 상상하고 제시하는 이러한 형태의 문학은 '리얼리즘/모더니즘'의 재래적인 문학 이념으로는 이해될 수 없다. 그것은 객관적이고 총체적인 현실이라든가 자율적인 인간 주체의 특권적인 자기 동일성과 보편성 등의 관념들을 일거에 돌파하는 상상적 공간이기 때문이다. 이 공간에서 모든 환상은 근본적으로 '리얼하다.'

물론 '리얼리즘'의 원리가 한국 문학사에서 차지했던 역사적 무게를 전면적으로 부정할 수는 없다. 당대 사회 현실의 모순에 대한 서사적 해명과 비판은 궁핍과 억압과 소외의 테마로 점철된 한국 문학사의 중요한 당위일 수밖에 없었다. 그러나 당위가 문학 제도를 낳고 문학 제도가 다시 당위를 공고히 해나가면서 리얼리즘은 정신이 아니라 이데올로기가 되었다. 그리하여 '현실'을 드러내는 방식의 다양성과 창조성을 스스로 제한함으로써, 리얼리즘은 더는 '리얼하지 않게 되었다.' 그러니 이 진부한 이론에 대한 비판 역시 진부한 것이 되지 않기 위해서는, 차라리 그 진부한 것들을 살아남게 하는 구조에 대해 말해야 하리라.

문제는, 이 이분법의 망령이 텍스트 해석력이 고갈되었음에도 사라지지 않고 끈질기게 한국 문학비평 안을 떠돈다는 사실이다. 왜 그럴까?

우선 아주 단순한 대답이 가능하다. 그것은 일종의 비평적 나태의 소산이다. 개별 작가와 작품의 미학적·역사적 개별성과 복합성을 읽어내지 않고, 이미 확정된 이데올로기적 구획 안으로 작가와 작품을 서열화하는 것은 비평적 관성과 안이함을 의미한다. 그런데 단지 비평가들이 실제 비평에 게으르고 무능하기 때문에 이러한 재래적인 이분법의 척도에 그토록 긴 세월을 매달리고 있다는 것은 이상하다. 뭔가 이러한 비평 체계를 유지하게 만드는 다른 정치적 동인이 있을지도 모른다. 혹시 이 비평적 안이함은 자발적인 나태와 전략적인 무능으로 볼 수도 있지 않을까? 모든 이분법이 그러한 것처럼 이 이분법 안에도 이미 강력한 우열의 가치 체계가 내장되어 있다. 한국 문학의 '유일한' 이상적 프로그램으로서의 '리얼리즘'과 그것의 대립항 혹은 결핍항으로서의 '모더니즘'이라는 도식이 그것이다. 한국 문학에서 이 이분법은 리얼리즘의 자기 동일성을 확보하는 방식으로 모더니즘이라는 개념을 호출하고 타자화함으로써 성립된 것이다. 이 이분법이 구성되는 방식은 '민족문학/자유주의 문학'이라는 이념적 도식의 경우와 동일하다. 리얼리즘과 모더니즘의 상호 관련을 말하는 논리 역시, 이 두 가지 개념의 실체성과 동일성의 전제를 승인하는 이상, 이분법의 이론 체계는 어떤 손상도 입지 않는다. 이러한 척도는 작품 위에 군림하는 이데올로기적 '호명'을 의미하며, 그 이념적 주소를 판정하는 심판관으로서 비평가는 호명의 주체로서 비평 권력을 갖게 된다. 심판관으로서 비평가는 작품의 '내부'에 대해 아무것도 말하지 않아도 되며, 단지 그 작품이 어떤 서열에 속해 있는가만을 규정하면 그 임무가 완성된다. 텍스트의 실제 분석을 등한시하거나 이에 대한 무기력을 노출하는 비평가와 비평 집단이 이런 이데올로기적 구조에 집착한다는 것은 전혀 우연이 아니다. 텍스트를 일종의 희생양으로 만드는 이러한 이념적 규정을 통해 비평가의 제도적 권력은 지속된다. 물론 실제 비평 안에서 그 모순은 극대화되어 나타날 수밖에 없다. 리얼리즘의 정당성을 실제 작품 비평에 적용하려 하면 할수록, 리얼리즘의 개념을 지나치게 확대해야 하거나 혹은 그것을 일종의 윤리적 문제로 환원하는 오류에 빠지게 되기 때문이다.

나는 지금 이분법 체계를 설명하면서 불온하게도 '권력'이라는 개념을 구사했다. 이 개념만큼 함부로 상투적으로 쓰이고 있는 용어도 없기 때문에, 여기서 '리얼리즘/모더니즘'의 이분법적 서열 체계가 왜 비평적 권력으로 작동하는가 하는 문제를 설명할 필요가 있다. 엄밀한 의미에서 '권력'이란 모든 일반적 힘에 대한 규정이 아니라, 힘의 운동 방향 혹은 제도화된 존재 방식에 관한 문제이다. 권력이란 개체의 운동을 하나의 고정된 제도적 이데올로기적 틀로 묶어두려는 욕구이고, 그 욕구는 기존의 고착화된 상황에서 누릴 수 있는 동일자의 자기 권리를 보존하고자 한다. 비평적 권력은 선험적이고 도식적인 이론틀을 고수함으로써, 그 틀을 빠져나가는 개체 혹은 개별 텍스트들의 운동을 봉쇄하고 포섭하려 한다.

이러한 비평적 권력의 체계에서 자유로워지기 위해서는, 리얼리즘만이 진보적인 관점에서 문학을 견인하는 유일한 프로그램이라는 관념에서 해방되어야 하며, 이미 그 역사적 에너지를 상실한 '리얼리즘＝민족문학'의 도식에서 벗어나 문학의 정치성을 사유해야 한다. 만약 아직도 리얼리즘과 모더니즘의 개념에 관련된 문제틀이 필요하다면, 중요한 것은 리얼리즘과 모더니즘과 같은 견고한 이념형을 유지하는 것이 아니라, 변화하는 문학의 미학적 양식과 그 정치적 효과로서의 '리얼리티'와 '모더니티'를 문제 삼는 것이다. 그것이 '효과'의 문제와 관련되어 있다고 말하

는 것은, 리얼리티와 모더니티는 독자의 참여에 의해서 자신의 형상을
얻을 수 있기 때문이다.

2. '소통론'을 넘어서: 김명인

　최근에 와서 '리얼리즘/모더니즘'의 상호 소통에 대한 논의가 진행된
바 있다. 이런 논의들은 물론 '민족문학론'과 '리얼리즘론'의 자기 갱신과
유연화의 과정 속에서 제출되었다는 측면에서 의미가 있다.[1] 그러나 이
분법의 이데올로기적 도식을 근본적으로 폐기하지 않은 조건에서 상호성
의 강조는 전면적인 반성적 성찰이라고 보기 어렵다. 이분법의 이데올로
기적 구조를 승인하는 전제 위에서의 소통은, 결국 이분법의 새로운 변
종과 자기 재생산으로 귀착될 수 있기 때문이다. 리얼리즘의 이념적 자
기 동일성을 폐기하지 않는 상황에서 '소통'과 '수용'을 말하는 것은, 모
더니즘이라는 이인칭 타자를 재호출함으로써 그 이분법의 구도를 다시
환기하고 그 이론적 유효성을 유지하려는 전략이다. 리얼리즘론자들이
이 대화의 비평적 파트너로 버먼의 모더니즘론을 적극적으로 참고한 황
종연을 선택한 것은 우연이 아닐 것이다. 그러나 황종연이 지적한 것처
럼, 이것은 '리얼리즘에 의한 모더니즘의 극복'이라는 '민족문학'의 오랜
금과옥조를 유지하면서, 리얼리즘의 자기 동일성을 유지하고 이념의 영

---

1) 최원식, 「리얼리즘과 모더니즘의 회통」(『문학의 귀환』, 창작과비평사, 2001), 임규찬,
　「리얼리즘과 모더니즘을 둘러싼 세 꼭짓점」(『창작과비평』, 2001년 겨울호), 윤지관, 「놋
　쇠하늘에 맞서는 몇 가지 방법」(『창작과비평』, 2002년 봄호), 김명인, 「자명성의 감옥」
　(『창작과비평』, 2002년 가을호) 등의 일련의 글이 여기에 해당한다.

토를 확대하기 위한 논리이다. 이 '소통'과 '수용'의 기획에서도 역시 그 운동의 주체는 '리얼리즘'이어야만 하며, 이것은 애초에 이분법의 성립 주체가 리얼리즘이었던 것과 정확하게 일치한다. 이 낯익은 논리는 90년대 중반에 나타난 것처럼, 신경숙·김기택·최영미 등의 90년대 작가들을 '민족문학' 범주 안에 포섭함으로써 '민족문학'의 작품과 비평의 빈곤을 돌파하고 그 이념적 확장을 도모하려 했던 백낙청 등의 논리와 동궤의 것이다.

이런 과정에서 발표된 김명인의 「자명성의 감옥」은 '리얼리즘·모더니즘' 논쟁에 대한 생산적인 정리를 시도했다는 점에서 의의가 있다.[2]

특히 리얼리즘론과 민족문학론에 참여했던 비평가가 그 용어들을 "역사적 한정 속에서는 사용하되 이제부터의 문학을 말하는 데에는 사용하지 않는 것은 어떤가" 하고 과감하게 제안하고, 이 개념들에 관해 "'자명성의 감옥'을 벗어나는 것이 무엇보다 시급할 것 같다"고 발언했다는 것은 주목할 만하다. 이것은 '리얼리즘/모더니즘'의 이분법적 도식이 그 이념적 구조에 기대어온 비평 집단의 내부에서조차 용도 폐기의 요구에 직면하고 있다는 것을 보여주는 사례이다. 그런데 김명인은 이 글에서 또 하나 중요한 문제를 제안하고 있는바, 그것은 '리얼리즘·모더니즘'을 둘러싼 논쟁들이 "이전의 논쟁들과는 다르게 담론 논쟁으로 일관되지 않고 90년대에 산출된 구체적인 작품을 매개로 하는 해석 논쟁의 형식을 띰으로써 리얼리즘/모더니즘 논쟁이 현 단계 한국 문학의 실상과 함께 가는 바람직한 양상을 낳고 있다는 것"을 지적하고 있는 부분이다. 이런 논의는 '리얼리즘/모더니즘' 논쟁 자체의 한계를 비교적 정확하게 지적하고

---

2) 김명인, 「자명성의 감옥」, 『창작과비평』, 2002년 가을호.

'해석 논쟁'으로의 전환을 촉구했다는 측면에서 의의가 있다. 이런 맥락에서 이러한 진술들은 이 논쟁에 관한 가장 유연하고 '진보적인' 태도를 보여준 것으로 평가된다.

그런데 이런 논리가 80년대 이후 '민족문학론' '민중문학론'과 관련된 김명인 자신의 기왕의 이론적 주장에 대한 엄정한 자기 점검 위에 성립된 것인지는 분명하지 않다. 물론 비평가의 이론적 자기 부정은 어떤 의미에서 비평가의 임무이기도 하며, 이론적 일관성의 문제를 윤리적 비판의 대상으로 삼는 것은 무의미하다. 중요한 것은 이론적 전환에 대한 내적 필연성을 얼마나 설득력 있게 제시해왔는가일 텐데 그 역시, 이 글에서 문제 삼을 사안은 아니다. 결국 남는 문제는 "작품의 실상에 기대어" "논자들이 거론하고 있는 작가와 작품들에 대한 이들의 견해를 비판적으로 검토함으로써 '리얼리즘'도 '모더니즘'도 아닌 새로운 미학 이념의 형성 가능성을 조심스럽게 타진해보고자 하는" 김명인 자신의 포부가 어떻게 실제 분석에서 실현되고 있는가이다. 이와 관련하여 흥미로운 것은 김명인의 장정일에 관한 해석과 평가이다. 장정일은 '민족문학'이나 '리얼리즘'과는 먼 거리에 위치했다고 평가되었던 작가이기 때문에, 이에 대한 김명인의 독해는 그의 실제 비평의 방식과 내용을 가늠할 수 있는 중요한 사례가 될 수 있기 때문이다.

그는 우선 장정일의 소설이 "그다지 '병리'가 못 되는 것과 마찬가지로 그다지 '위반과 전복'도 되지 못한다는 게 내 생각이다. 떠들썩했던 화제작 『내게 거짓말을 해봐』조차도 '병리'가 되기에는 매우 윤리적이고, '위반과 전복'이 되기에는 너무 소심한 작품이다"라고 말한다. 이런 평가는 장정일 소설에 대한 비교적 '진보적인' 태도를 드러낸 것이라고 볼 수 있다. 그런데 문제는 김명인의 장정일 비판의 핵심적인 비평적 거점이 어디인가 하는 점이다. 다음 문장들을 보자.

1) 장정일의 '비루한 영웅들'은 나름대로 세상과 맞서 싸우지만 그 싸움은 대단히 불성실하다. 2) 장정일 소설의 서사 구조 안에서는 세상을 넘어설 아무런 해결책도 전망도 없음은 물론 그것을 획득하기 위한 방법도 끝장을 보는 투쟁도 없다. 단지 서사 구조 밖에서의 사실은 기만적인 메타픽션적 관조와 진부한 해설과 투정 어린 '진정성'이 있을 뿐이다. 3) 장정일의 소설이 소설 이전인지 아니면 소설 이후인지 잘라 말하지는 않겠지만, '진짜 시뮬레이션'으로서의 소설이 아닌 것은 분명하다.

1)에서 김명인은 장정일 소설 속 인물들의 세상과의 싸움이 "대단히 불성실하다"고 비판한다. 소설 속 인물의 사회에 대한 투쟁의 '성실성'을 소설에 대한 가치 평가의 척도로 삼는 것은 편협한 것일뿐더러, 진부한 비평적 태도이다. 소설은 세상과 타협하거나 싸움 자체를 포기한 인간을 통해서도 사회를 비판적으로 드러낼 수 있다. 2)에서 그는 "서사 구조 안"에서는 세상에 대한 "해결책도 전망도" "끝장을 보는 투쟁"도 없다고 비판하는데, 이 역시 단순한 척도이다. 소설이 세상에 대한 '해결책'과 '전망'과 '끝장을 보는 투쟁'을 '서사 구조 안'에서 보여주어야 한다는 명제는 경직된 리얼리즘론의 연장에 서 있다. 물론 장정일 소설 속의 숨은 서술자의 글쓰기의 자의식에 대한 배설과 이른바 '포스트모더니즘'과 관련된 날것의 문화 정보들은 자기 소설에 대한 알리바이와 변명에 머문다는 측면에서 비판될 수 있다. 또한 그의 소설 속의 단순한 알레고리적인 장치들이 사회에 대한 저항의 평면성과 관념성을 노정하고 있다는[3] 등의

비판은, 필자를 포함한 평자들이 이미 지적한 것이다. 그런데 소설은 '서사 구조 밖'에서 세상에 대한 '전망'과 '투쟁'을 사유할 수 있는 공간을 만들어줄 수도 있다. 장정일 소설의 한계는 오히려 그 '서사 구조의 밖'에서 정치적 의미의 공간이 제한적이라는 것이다. 3)에서 김명인은 장정일의 소설이 '소설'로서 미달하거나 넘친다고 암시하고 있는데, 이것은 소설 장르의 미학 원리에 대한 선입관을 전제한 논리이며, '진짜 시뮬레이션'이라는 규정 역시 근대 이후의 소설 관념의 일부분일 뿐이다. 다른 측면에서 보면 소설 장르의 가장 큰 미학적 경쟁력은 그 문법적 유연성에 기인하며, 소설 장르의 자기 역사는 '서사가 될 수 없는 것은 아무것도 없다'는 명제를 스스로 실현해왔다. 장정일의 소설이 '소설'이 아니기 때문에 비판되어야 한다면, 장정일 이후의 젊은 작가들의 소설 역시 소설이 아닐지도 모른다.

이러한 논리는 "장정일이 지닌 가장 큰 문제는 세계에 대한 딜레탕티슴적 태도"라고 단언하게 만든다. 장정일 문학의 위반과 전복의 핵심적인 에너지가 '딜레탕티슴'과 관련되어 있다는 것을 인정한다면, 이런 평가는 장정일 문학에 대한 내재적인 비판이라고 볼 수 없다. 차라리 장정일적인 '딜레탕티슴'의 개별성과 정치적 함의에 관한 비판이 진행되는 것이 더욱 생산적일 것이다. 이와 같은 미학적 편견은 결국 장정일에 대해 "한 사람의 지극히 개인주의적인 프티부르주아 작가에 불과하다"고 판정하게 만든다. "그가 사실은 타이프라이터와 턴테이블과 뭉크 화집만 지닐 수 있고(『아담이 눈뜰 때』), 얼음을 재운 콜라 한 잔만 있으면(『보트하

---

3) 졸고, 「환멸의 신화: 장정일론을 위하여」, 『환멸의 신화』(민음사, 1995)에서 이런 점들을 지적하였다.

우스』) 행복한, 한 사람의 지극히 개인주의적인 프티부르주아 작가에 불과하다는 사실"이라는 문장에서 드러나는 것처럼, 이 판정은 위험한 논리의 비약을 수반한다. 작품 속의 주인공의 의식 수준을 작가의 계급적 존재 위치에 대한 근거로 삼는 것은 경직된 리얼리즘론에서도 흔치 않은 사례에 속한다.

의아스럽게도 아니 어쩌면, 당연하게도 김명인의 장정일 비판은 '리얼리즘'의 이념적 정당성에 기초한 진부하고 추상적인 장정일 비판과 구별되지 않는다. 이것은 황종연이 임규찬 논리를 비판하면서 제기했던바 '리얼리즘'의 경직성을 벗어나려는 '사고와 선언 사이에 일정한 모순이 존재한다는' 문제를— 이 비판을 김명인은 수긍하고 있는데— 김명인 스스로 껴안고 있음을 의미한다. '모더니즘/리얼리즘' 이항 대립의 틀을 시원하게 벗어던지자'는 김명인의 '선언'과 그의 비평적 '사고'에는 균열이 존재하고 있음을 그의 실제 비평은 스스로 입증하고 있는 것이다. 그렇다면, 자신의 주장과 포부와는 달리 김명인은 적어도 실제 비평의 층위에서는 리얼리즘의 가치 체계에 관한 '자명성의 감옥'에 여전히 갇혀 있는 것이 아닐까?

만약 지금 이 시점에서 '리얼리즘'과 다른 척도에서 장정일이 비판될 수 있다면, 장정일 문학의 '아버지 죽이기'의 정치적 내용과 효과에 대한 분석이 더욱 의미있을 것으로 여겨진다. 이를테면 장정일의 문학은 가부장적인 자본주의에 대한 비판을 환멸과 자기 모멸의 극단적 미학으로 밀고 나간다고 볼 수 있다. 그런데 그의 텍스트에서 숨은 서술자의 남성적 '시선'은 여성을 타자화하거나 관음증의 대상으로 물신화하는 경우가 적지 않다. 장정일 문학에서 아버지는 완전히 살해된 것이 아니라, 여전히 유령으로 떠돌고 있다. 장정일의 텍스트는 작가가 그토록 혐오하는 아버지의 망령, 혹은 그것의 분신인 남근적 세계관을 가진 남자아이의 시선으로 구축되고 있다는 비판이 가능하다.

사실 장정일 문학의 실험적 성격은 지금 한국 문학의 상황에서는 10여 년 전의 상황이며, 그것은 단순히 연대기적인 차원의 문제가 아니다. 장정일 이후 한국 문학은 그의 미학적 문제성을 새로운 메타픽션적 방식으로 탐색하는 작가들, 이를테면 백민석·김영하·박성원·김연수·김경욱 등의 작가들을 만날 수 있었다. 이런 맥락에서 장정일의 문학은 이미 '문학 현장'이 아닌 '문학사'의 문제로 다루어질 수밖에 없게 되었다. 더욱이 그 문학사적인 현재성의 많은 부분은 그의 소설보다는 그의 시에 한정되어야 할 텐데, 이 부분 역시 자주 누락되곤 한다.

김명인의 경우에서 볼 수 있는 것처럼, '리얼리즘/모더니즘'의 이분법을 벗어나려는 노력은 단지 메타적이고 선언적인 차원에서 성취될 수 있는 것이 아니다. "리얼리즘도 모더니즘도 아닌 새로운 미학 이념의 가능성"을 탐색하는 비평적 작업은 그 당위와 포부를 밝히는 수준에서가 아니라, 텍스트에 대한 열린 독해로부터 '시작'될 수 있다. 그렇지 않으면 한국 문학 안에 끈질기게 떠도는 저 리얼리즘의 망령은 결코 사라지지 않는다.

3. 미적 근대성과 생성의 문학

앞에서 언급한 글의 말미에서 김명인은 "'80년대적인 것과 90년대적인 것'의 '변증법적 소통'의 시기가 올 때가 되지 않았는가" 하는 기대를 내비친다. 이런 기대는 겉으로 보기에 균형 잡히고 온당한 것처럼 보이지만, 따져보아야 할 여러 문제를 안고 있다. '80년대적인 것'과 '90년대적인 것'을 무엇으로 볼 것인가 하는 문제, 그리고 '80년대/90년대'라는 낯익은 이분법적 도식에 '변증법적 소통'이라는 또 하나의 안이하고 진부한 해결책을 추가하고 있다는 점이 그것이다. 만약 이런 발상이 90년대적인 '개인주의'의 극복이라는 착상을 포함하고 있다면, 더욱 문제가 된다. 90년대 문학의 문제는 '개인주의'와 '나르시시즘' 자체의 문제가 아니라, 그것을 더욱 전위적이고 정치적인 미학으로 제기하지 못한 데서 비롯된다. 그리고 극단적 개인주의는 그 자체로 급진적이며 정치적인 것이다. 또한 이른바 '변증법'은 늘 '이분법'을 전제하고 있기 때문에 그 논리의 효과는 '이분법'의 철폐가 아니라 재승인을 의미하는 것이며, 그런 의미에서 모든 변증법적 착상은 이분법의 발본적인 해체와는 거리가 멀다.

나는 지난 몇 년간 '리얼리즘과 모더니즘의 대립' 혹은 '리얼리즘＝민족문학＝한국 근대 문학'이라는 두 가지 지배적 도식의 철폐를 주창하고, '미적 근대성'이라는 개념을 둘러싼 한국 문학 내부의 실제적이고 개별적인 문학적 모더니티의 양상과 운동을 문제화할 것을 요구해왔다. 이러한 요구는 '리얼리즘'과 '민족문학'이라는 이념형을 대체할 새로운 미학 이념을 건설하려는 것이 결코 아니다. 여러 번에 걸쳐 지적한 것처럼 '미적 근대성'은 단일하고 실체적인 개념이 아니다. 그것은 완결된 문학 이념이기보다는, 이질적인 문학적 지향들이 만나는 자리이다. 미적 근대성을 단수의 이념형으로 이해한다면, 한국 문학 안에 숨 쉬고 있는 다양한 근대성의 요소를 발견할 수 없다. 문학에서의 모더니티는 하나의 사건일 수가 없다.[4] 미적 근대성의 주제에서 그 '미적'인 것만을 보는 측면에서

---

4) 졸저, 『미적 근대성과 한국 문학사』(민음사, 2001)는 이러한 논리를 바탕으로 하고 있다.

는 그것을 일종의 '예술 지상주의'로 편협하게 이해하고, '근대적인 것'만을 보는 측면에서는 그것을 '근대적인 것'에 대한 맹목적 추구로 오해한다. 그러나 나에게, 미적 근대성 혹은 '작은 근대성'이라는 주제는 보편적이고 동일적인 서구 중심적인 근대성의 추구에서 벗어나, 작고 주변적인 모더니티를 발견함으로써 한국 문학의 근대성에 있어서의 개별성과 복수성을 적극적으로 사유하자는 기획이다.

이 기획은 '리얼리즘/모더니즘' '80년대/90년대' '문학적인 것/정치적인 것' '개인적인 것/사회적인 것'이라는 이분법적 이데올로기 구조를 근본적으로 재구성할 수 있는 이론적 가능성을 포함한다. 왜 그런가? '미적 근대성'은 완성된 문학적 이념형이 아니라, 근대 혹은 현대 문학의 자기 갱신 혹은 자기 부정의 에너지가 사건화되는 공간이다. 미적 근(현)대성의 기획을 미적 절대성과 절대적 자율성의 신화와 동일시함으로써 그것의 함의를 제한하는 논리도 있지만, 그것은 현대 문학의 자기 전복적 가능성, 내재된 전위성을 축소시키는 것이다. 미적 근대성의 주제 안에는 제도화된 문학성의 역사적 성립 과정과 그것에 대한 항구적인 위반의 운동이 함께 포함된다. '미적 근대성'의 영역에서 문학은 이미 '근대' 비판적이며 동시에 '근대 문학' 일반에 대해 반성적이다. 이 기획은 근대적인 문학 제도들을 탈규범화하는 한편으로 미적 근(현)대성의 자기 갱신 가능성을 재문맥화하는 문제의식이다. 미적 근대성이라는 범주 속에서 문학이 '근대성'의 산물이면서 동시에 '근대성'을 배반하고 탈주하는 것이라면, 결국 그것은 미학적으로 '정치적인' 문학이 될 수밖에 없다.

여기서 문학의 정치성은 두 가지 층위를 포함하게 된다. 첫째는 문학 안에 표현된 삶에서 그 현대적 삶의 아이러니와 정치학을 드러내는 문제이고, 둘째는 그것의 언술 방식과 언어의 층위에서 개별 텍스트의 전위적 정치성을 개방하는 문제이다. 그러나 텍스트 안에서 이 둘은 사실 하나의 미학적·정치적 기획 혹은 효과와 만난다. 문학에서 스타일은 이미 그 자체로 세계에 대한 태도를 의미하기 때문이다. 그런데 모든 문학, 모든 스타일은, 기본적으로 정치적인 것이지만, 모든 문학이 생성하는 문학인 것은 아니다. 생성의 문학, 혹은 생성하는 문학은, 주류적이고 제도화된 문학성을 넘어서려는 문학이다. 주류에 대해 스스로 소수화된 문학이야말로 '근대'가 만들어낸 문학성의 척도에 저항하면서 자기 반역의 운명을 극단적으로 밀고 나가는 것이기 때문이다. 따라서 문학 작품에서 문학의 진보성·진위성은 그것이 리얼리즘의 원칙을 따르고 있는가 하는 지극히 '보수적인' 척도로 가늠되는 것이 아니라, 그것이 제도적 삶과 스타일을 어떻게 미학적으로 전복하는가에 달려 있다. 공적인 차원에서 탈정치적인 것처럼 보이지만, 사적이고 문화적인 공간의 정치성이 드러날 수 있는 가능성은, 그래서 열려 있다.[5]

새로운 미학을 창안하려는 문학이 문화적으로 소수적인 것, 하위적인 것, 주변적인 것에서 모티프와 영감을 가져오는 것은 따라서 필연적이다. 근대 이전의 '전(傳)'의 형식을 차용한 성석제, 하위적인 키치와 컬트 문화를 모티프로 활용하는 『16믿거나말거나박물지』의 백민석, 추리소설과 같은 하위 장르를 활용하는 「사진관 살인 사건」의 김영하, 연애와 가족 관계의 일상적 정치학을 비정치적인 방식으로 드러내는 배수아와 같은 사례는, 90년대 문학의 의미있는 성과로 기록될 것이다.

생성의 문학은 주어진 제도적 문학성의 외부를 사유한다. 생성의 공간

---

5) 졸고, 「이토록 사소한 정치성의 발견: '90년대 문학 논쟁'을 넘어서」(『문학생산』, 서울타임스, 2002년 여름, 창간호)는 이런 관점에서 씌어졌다.

에서 문학은 그 스스로의 미적 다양성을 증거하기 위하여 문학성의 공간을 탈제도화하고, 이 과정에서 자신의 미적 정체성의 균열을 경험한다. 그 경험이 문학적인 전위의 사건이 된다. 생성의 문학은 기존의 미학과 부재하는 미학 사이에서 창안된다. 이러한 문학은 생성의 동력으로 움직일 뿐, 어떤 곳으로 귀환하지 않는다. '귀환'이라는 어사에서는 돌아가야 할 고정된 거처가 있다는 전제가 승인되어 있지만, '문학성'의 역사성에 관한 한 그러한 거처는 없다. 그러니 여전히 이분법 사이의 '소통'과 본질로의 '귀환'을 말하는 논리들은 제도로서의 문학성을 특권화하려는 재래의 논리에 머물러 있는 것이다. 문학성에 관한 제도적 척도들은 이미 그 안에 개별적인 텍스트의 움직임을 규제하려는 권력의 작용을 담고 있다. 생성의 문학은 그 척도의 '다수성'과 '평균성'에 저항하면서 급진적으로 개별화된 낯선 문학성을 제기하려 한다. 그것은 제도적인 척도와 주류적인 문학성으로부터의 고립과 자폐를 의미하는 것이 아니라, 그것을 교란하고 전복하는 개체의 운동을 실현하는 문학이다. 이 생성의 문학에 관하여, 더 이상 문제는 리얼리즘이 아니다.

이토록 사소한 정치성의 발견
— '90년대 문학 논쟁'을 넘어서

1. '90년대'를 어떻게 읽을 것인가: 최원식

확실히 '90년대 문학'은 마감된 것이 아니다. '90년대 문학'은 근대 이후의 문학 일반의 성격이 그런 것처럼, 미완성과 비정형을 향하고 있다. 99년 이후 '90년대 문학'을 둘러싼 이해와 평가와 관련하여 몇 가지 비평적 문건들이 제출되었다. 이 논의들은 지나간 시대의 문학에 대한 정리라는 측면에서뿐만 아니라, 우리 문학의 현재와 미래를 탐문하는 지표에 관련된다. 이것은 우리 문학의 '과거'에 대한 논쟁이 아니라 '현재'에 관한 논쟁이다. 내가 이 논의에 개입하려는 지점 역시, 우리 문학의 현재성에 관한 질문들을 구성하려는 의도와 연관된다. 문학의 미래를 구성하는 일은 과거를 호명하는 작업과 겹쳐져 있다. 문제는, 과거를 바깥으로부터의 폭력적인 호출에서 구원하여 그 안의 풍부한 시간성을 드러내게 함으로써 스스로 미래를 살도록 만드는 작업이다. '2000년 이후의 문학'의 지형을 탐색하려는 이 글은 그런 입장에 서 있다.

이런 태도는 90년대 문학의 전체성을 일방적으로 규정하고 어떤 경향을 단순하게 이름 붙임으로써 그것을 과거화하려는 시도들을 거절하고, 그 다양성을 현재화하려는 문제의식의 연장에 서 있다. 90년대 문학이 아직 미완의 것이기 때문에, 90년대 문학에 대한 이해와 평가는 현재적인 의미를 획득한다. 이 말은, 오해를 차단하기 위해서 말한다면, 연대기적 차원으로서의 90년대 문학을 연장하려는 것이 아니라, '90년대 문학에 대한 열린 독서'가 우리 문학의 현재성을 가늠하게 해준다는 의미이다. 90년대 문학에 대한 비평적 개방은 지금 우리 문학의 새로운 정치적 상상력에 대한 열림과 대응한다.

논쟁의 중요한 매개 지점에 서 있는 것은 최원식의 비평 「문학의 귀환」(『문학의 귀환』, 창작과비평사, 2001)이다. 이 글에서 최원식은 '회통의 상상력'을 통해 자신의 민족문학적 시야를 넓혀가고 있다. 이 글에서 그는 '문'과 '학,' 그리고 '리얼리즘과 모더니즘의 회통'을 사유한다. 이러한 균형 감각은 물론 민족문학론의 유연화라는 맥락에서 존중할 만하다. 그런데 이 회통의 기획은 '80년대＝학＝리얼리즘' '90년대＝문＝모더니즘'이라는 설정하에서 이루어진다. "80년대 혁명문학의 사회성의 과부하와 그 반동으로 나타난 90년대 문학의 탈사회성은 동전의 양면인지도 모른다. 문학을 정치 투쟁의 하부에 편제했던 80년대의 혁명문학과, 그 압박으로부터 문학을 구원하겠다고 공공 영역에서 썰물처럼 퇴각했던 90년대 문학이 함께 문학의 쇠퇴를 향해 기울었다는 것은 쓸쓸한 반어가 아닐 수 없다"는 진술은 '80년대/90년대'＝'사회성/탈사회성'의 이분법이라는 저 강력하고도 상투적인 풍문의 변형이다. 물론 이 이분법은 상당한 현실적 근거와 담론적 영향력을 가지고 있다. 최원식은 회통의 기획을 통해 이분법을 변증법적으로 극복하는 구상을 펼쳐 보인다. 그 구상

은 정당한 명분을 표명하고 있는 듯하지만, '80년대/90년대'적인 문학의
특수성을 '문과 학,' '리얼리즘과 모더니즘'의 일반 대립으로 환원함으로
써, 결국 그 구체적 문학성과 역사성에 대한 분석을 누락하고 추상적인
의제로 '귀환'하고 만다.

더욱 문제가 되는 것은 이 이분법 안에 "90년대에는 하강기의 치열한
미학 대신 하강의 포즈만 범람했으니, (포스트)모더니즘의 이름 아래 적
절히(의식적으로 무의식적으로) 자본의 시대와 제휴한 의(擬) 모더니즘
만 횡행했다고 해도 지나친 말은 아닐 것이다"와 같은 90년대 문학을 둘
러싼 '나쁜 소문'에 대한 선입견이 작동하고 있다는 점이다. 이 글에서
그는 이런 부정적인 규정을 뒷받침할 만한 90년대 문학에 대한 분석적인
실제 비평을 보여주는 것 대신에, 자신의 폭넓은 문학사적·비교문학적
지식을 전경화하는 데 주력하고 있다. 실제 분석을 동반하지 않은 이런
식의 부정적 이름 붙이기는 90년대 문학의 구체적인 내부에 대한 이해의
부족을 드러낸다. 이 글에서 그가 유일하게 분석적으로 언급하고 있는
90년대의 작가는 성석제이다.

위대한 소설은 '작은 이야기'를 통해 '큰 세상'을 탐구한다. 소설
이 전자를 통해서만 후자에 도달할 수 있다는 점을 망각한 80년대
식 유토피아주의도 병통이지만, 후자에 대한 감각을 잃고 전자에만
몰두하는 90년대식 채팅주의도 문제다. 그의 소설은 거대 서사 붕
괴 이후 우리를 엄습한 정신적 공황 상태를 달콤하게 위무하였다.
과장과 풍자와 환상을 거침없이 구사함으로써 사실주의적 기율을
자유롭게 넘나드는 그의 형식 실험 또한 이중적이다. 프로시니엄 무
대에 중독된 한국 근대 서사의 답답한 엄숙주의를 방일하게 부수는

그의 서사적 능력은 무대와 객석의 경계를 자재하게 접었다 펴곤 하
는 탈춤과 판소리의 민중적 전통의 부활이라는 성격을 가지고 있는
것이 사실이다. 그런데 그 자유 속에서 현실이 어느 틈엔가 가상 공
간의 약호처럼 비물질화함으로써 대놓고 '허구＝거짓말'을 향락하
는 것으로 날아가고 만 그의 소설 작업은 90년대를 거스르는 듯 90
년대적인 전형을 잘 보여준다고 할 수 있다. 80년대의 거대 서사에
대한 반동으로 나타난 90년대 소설의 성석제적 경향 역시 골방의 심
리주의처럼 서사의 붕괴적 징후였다. 90년대 작가 가운데 그 누구
보다도 이야기꾼의 재능이 발랄한 성석제가 오히려 소설의 해체를
촉진했다는 반어는 90년대 문학이 직면한 어려움을 단적으로 웅변
한다.

최원식이 성석제를 통해 90년대 문학의 한계를 지적했다는 것은 흥미
롭다. 성석제의 소설에서 90년대 문학의 전형을 발견했다는 것은, 성석
제 문학이 함유한 풍부한 문학적 문제성을 보여주는 것이라고 할 수 있
다. 그런데 성석제 소설의 한계를 지적하는 과정에서 그는, 미학적 다원
성이라는 90년대 문학의 핵심적 성취를 그것의 한계로 지명하는 논법을
구사한다. 이런 논법은 그가 90년대 문학에 대한 닫힌 독서를 하고 있다
는 것을 의미한다. 가령 "대놓고 '허구＝거짓말'을 향락하는 것으로 날아
가고 만 그의 소설 작업은 90년대를 거스르는 듯 90년대적인 전형을 잘
보여준다고 할 수 있다"와 같은 문장에서 '대놓고'와 같은 부사어 속에
선명하게 각인되어 있는 리얼리즘의 완강한 윤리적 척도는, 그가 90년대
문학의 외부에서 그것을 '타자화'하고 있다는 것을 보여준다. 더 나아가
'채팅주의'와 같은 내용 없는 저널식 용어를 통해 성석제와 90년대 문학

을 규정하는 것은 새로운 문화에 대한 막연한 감성적 반감을 상기시킨다. 성석제 소설의 90년대적인 성취는, 최원식의 표현을 빌리면, "사실주의적 기율을 자유롭게 넘나드는" "프로시니엄 무대에 중독된 한국 근대 서사의 답답한 엄숙주의를 방일하게 부수는" "소설의 해체"를 보여주었다는 것이다.

성석제 문학의 파괴력은 근대적 리얼리즘 소설의 문법을 단숨에 뛰어넘어, 한국 근대 서사의 엄숙주의와 남성적 지사주의, 그리고 여성적 고백 서사의 자폐의 수사학을 동시에 돌파했다는 점에 있다. 이 둘은 진정성과 동일성의 문법 위에 건설되었다는 측면에서 미학적으로 근친의 것이기도 하다. 다른 방식으로 말하면 그의 소설은 남성적인 서사로서 남성적인 서사의 위엄을 무너뜨리는 이중 전략에서 그 위반의 에너지를 얻고 있다. 그의 초기 소설에서 남성적 신화를 발가벗기는 '깡패 서사'는 이런 측면에서 문제적이다. 한국 근대 소설의 주류 문법에서 이탈하면서 '전'과 '야담'의 구비적·구연적 전통을 현재화한 작업 역시, 그의 소설의 성취이며 90년대 문학의 성취이다. 최원식이 성석제 소설을 비판하는 거점을 '소설' 개념의 동아시아적 기원으로부터 끌어올 때, 그의 관심은 이미 90년대 문학의 내재적 특수성이 아니라, "소설과 대설의 회통"이라는 고전주의적·보편주의적 기획으로 돌아가고 있다. 더욱이 그 중도적인 것에 대한 문학적 입론이, 동아시아에서의 '학'이 강조된 문학과 한국에서의 '리얼리즘 문학'의 정통성과 연속성의 신념 위에 건설되고 있다는 측면에서 그 기획의 추상성과 재래성은 다시 확인된다. 그런 의미에서 "문학과 문학을 넘어 문학으로! 80년대와 90년대를 가로질러 문학의 귀환을, 그 오묘한 출현을 기다린다"는 그의 주장은 정당한 만큼, 공허하다.

2. 골방의 민족문학? : 윤지관

최원식보다 완고한 입장에서 '90년대 문학'에 대한 닫힌 독서를 보여 준 것은 윤지관의 글들이다. 윤지관의 90년대 읽기는 최원식의 보편주의와 재래성에서 더 나아가 그 개념들에 정치 이데올로기의 색채 이미지를 입힌다. 「90년대 정신분석」(『놋쇠하늘 아래서』, 창작과비평사, 2001)이라는 글에서 그는 "'민족문학'을 포함한 진보적 문학관이 일시에 '억압적'이고 심지어 '독재적'인 이념으로 화하는 그 변환의 과정에는 정신분석을 요구하는 착잡한 심층 심리적 요인이 있다는 심증"에서 논리를 출발시킨다. 그러니까 이 글은 그 '심증'에 대한 분석인 셈이다. 그런데 이러한 '정신분석'은 처음부터 분석의 주체와 대상 사이에서 자기모순을 안고 출발한다. 이 글은 90년대라는 추상적인 집단적 표상의 정신분석과 민족문학 내부의 심리적 상처에 대한 분석, 그리고 민족문학에 대한 가해자들의 심리 기제의 비판 사이에서 분석의 시점을 정리하지 못하고 시종일관 흔들리고 있다. 그 결과 90년대 정신분석이 '상처받은 민족문학＝나'의 피해의식의 자기 노출로 귀결되는 사태를 연출한다. 물론 이 자기 노출은 자신에 대한 투철한 정신분석의 차원을 의미하지 않는다. 피해자와 분석자의 동일시라는 상황에서, 외재적이고 객관적인 정신분석이 진행된다는 것은 처음부터 불가능하다. 사실 이러한 결과는 '90년대'를 '어두운 기억의 저편'으로 설정하는 발상 자체에서 이미 예정된 것이다. "90년대적인 담론의 징후를 읽어"냄으로써 "그 담론을 낳고 성장·유포시키는 (사회적) 무의식을 읽어내려"는 이 글의 야심적인 기획은 스스로 말한 바의 "분석가다운 객관적 태도"를 처음부터 상실하고 있다. 그 결과 온전한 의미의 "자신을 향한 정신분석"조차 엄밀하게 진행되지 못한다.

그의 90년대 정신분석은 민족문학에 대해 공격적인 비평 담론을 재공격함으로써 피해자의 '담화적 치유'의 욕망을 보여줄 뿐이다. 진보의 개념과 민족문학 이념에 대한 재래적인 관념에 붙들려 있기 때문에, 그의 글은 정치적 타자들에 대한 '정신분석'의 이름을 빌린 이데올로기적 이름 붙이기로 나아간다. 그는 90년대 비평가들의 민족문학 담론에 대한 비판을 다음과 같이 '정신분석'한다.

> 그러나 비평의 권력을 향한 소영웅적 의지라는 한 가지 충동으로 이 같은 복합 심리를 환원해버릴 수는 없다. 그만큼 그것은 중층적으로 결정되어 있을 가능성이 더 큰 것이다. 가령 이 가운데는 포스트모더니즘과 연관된 서구의 새로운 담론에 대한 새것 콤플렉스가 개입된 경우도 있겠고, 때로는 부담 없는 글쓰기 자체에 대한 순수한 동경이 작용할 수도 있겠다. 그러나 무엇보다 중요한 것은 여기에 사회 전체의 성격이 변화하는 과정에서 생겨난 집단적 심리의 형성과 전개가 필경 맞물려 있다는 것이다. 한마디로 필자는 이 같은 정서 복합은 기본적으로 자유주의가 처해왔고 처해 있는 곤경과 깊게 연관되어 있다고 본다. 자유주의가 처한 곤경이 억압을 낳고 이렇게 억눌린 충동이 공격성으로 나타나는 심리 기제를 우리는 이해할 필요가 있다.

90년대 비평 담론에 대한 윤지관의 정신분석이 "권력을 향한 소영웅적 의지" "새것 콤플렉스" "부담 없는 글쓰기에 대한 순수한 동경"이라는 소박한 층위에서 이루어지고 있다는 것은 놀라운 일이다. 사실 이 정도의

'심증'적 진술에 대해 '정신분석'이라는 개념을 굳이 도입하는 것은 의아스럽다. 그런데 더욱 문제적인 것은 이렇게 안이한 심증적 추측을 뒤이어 '자유주의'라는 이념을 거기에 덮어씌우는 논리적 비약을 감행한다는 점이다. 민족문학 비판 담론을 '자유주의' 이데올로기로 동일시하는 일이야말로 일종의 '색깔론'이다. 실제로 그는 90년대 정신분석의 핵심적인 사안 중의 하나로 "우리 사회에 광범하게 자리 잡고 강력한 힘을 행사해온 정신 현상으로서 레드 콤플렉스"의 문제를 제기한다. 그는 분단 체제의 흔들림에도 불구하고 현실적으로 한국 사회에서 레드 콤플렉스의 구조가 심층적으로 남아 있다고 주장한다. 이 주장은 틀린 것은 아니지만, 부분적으로만 진실이다. 이를테면 90년대 이후에도 여전히 한국 사회의 지배 이데올로기가 반공주의인가 하는 것은 단언하기 힘든 문제이다. 새로운 세대에게 더욱 억압적인 지배 가치로 부각되는 것은 오히려 반공주의라기보다는 '가족 이데올로기'일 수 있다. 90년대 문학의 중요한 의제를 이루었던 섹슈얼리티와 가족 제도에 대한 비판적 문제의식 등은 이와 연관되어 있다. 민족 담론에 대한 거부감 역시 이와 관련되어 있을 가능성도 상정해볼 수 있다. 그럼에도 불구하고 무엇보다 우선적으로 '레드 콤플렉스의 구조와 대결하라'는 지도 비평의 요구는 낡은 것이다.

여기서 다시 문제 삼을 수 있는 것은, '자유주의'라는 부정적 타자와 대결하는 긍정적 이미지로서의 '진보적인 문학'에 대한 척도이다. 윤지관을 포함한 민족문학 진영에서 아무런 검증 없이 사용되고 있는 '진보＝민족문학＝리얼리즘'이라는 도식은 엄밀하지 못할 뿐만 아니라, 의고(擬古)적인 척도에 의탁하고 있다. 여기에는 두 가지 층위의 문제 제기가 가능하다. 우선 하나는 정치적으로 진보적인 것과 문학적으로 진보적인 것이 반드시 일치하는가의 문제이다. 근대 이후 문학에서의 진보란 정치

적인 영역으로부터의 미적 자율성의 획득을 의미한다는 낯익은 일반론은
더는 말할 필요가 없을지도 모른다. 표면적으로 진보적 정치 이념을 표
방한 문학이 수구적인 문법과 미적 이데올로기를 노출할 수 있다. 정치
적인 진보의 자세가 반드시 문학적인 의미에서의 진보를 보장해주지 않
는 사례는 물론이고, 정치적으로 진보적인 의식을 표방하지 않은 작품에
서도 그 진보적 의미가 무의식적으로 혹은 역설적으로 미학적으로 산출
되는 경우 역시 많기 때문이다. 둘째는 만약 그 둘 사이에 일정한 상동성
을 인정한다 하더라도 정치적으로 진보적인 것의 전선은 한국 사회에서
는 다원화되어 있다는 점이 지적되어야 한다. 90년대 이후 한국 사회에
서 '진보'의 개념 자체에 대한 정확한 규정과 합의가 마련되지 않았다는
것을 지적할 수 있다. 이런 상황에서 민족문학 담론이 유일하게 진보적
인 문학 담론이라고 주장할 현실적인 근거는 박약하다.

　윤지관은 「놋쇠하늘에 맞서는 몇 가지 방법」(『창작과비평』, 2002년 봄
호)이라는 글을 통해 자신의 논리를 이어간다. 여기서 그는 "한국 모더
니즘은 자유주의의 이념의 굴레를 벗어나 잃어버린 정치성을 획득하는
순간 온전히 열릴 수 있을 것"이라는 가치 평가를 전제로 하여 90년대의
몇몇 작가들에 대한 평가를 수행한다. 특히 그가 여기서 백민석과 장정
일을 언급하면서 "모더니즘 특유의 전위파적 실험 정신이 살아 있고 정
치성에 대한 나름대로의 추가가 느껴지"며, "자유주의적 이념의 굴레조
차 뒤엎어버리는 진정한 파괴적 충동이 엿보이고, 흥미롭게도 공히 성장
기의 가난 체험이 작품 깊은 곳에 배어 있는 점도 간과할 수 없다"는 긍
정적인 평가를 내린 다음, "'낯설게 하기'로 요약되는 모더니즘의 중심
기법에 붙들려 있고, 받아들일 수 없는 수수께끼 같은 삶의 비밀을 해독
하려는 이들의 숨은 의지에도 불구하고, 기성 관습을 깨뜨림으로써만 생

명을 얻는 모더니즘의 기제를 벗어나지 못한다는 데 이들의 비극이 있다"고 단언하고 있는 것은 주목할 만하다.

이런 평가는 "모더니즘의 이념에 반대하는 것이지 우리 현실에서 배태된 모더니즘의 작품적 성과에 적대적이 아니라"는 윤지관 자신이 표명한 입장과 괴리를 이룬다. 그는 "우리 현실에서 배태된 모더니즘의 작품적 성과"를 평가할 때 '모더니즘 이념'이라는 부정적 이데올로기를 그 작품에 덮어씌우는 작업을 일관되게 수행하고 있기 때문이다. 따라서 어떤 '작품적 성과'라고 하더라도 그것이 '모더니즘 작품'으로 호명되는 순간, 그 이데올로기적 혐의로부터 벗어날 수 있는 길은 전무하다. 장정일과 백민석의 문학은 '모더니즘' 이데올로기와의 관련 아래서 평가되는 것이 아니라, 90년대 문학의 역사적 특수성 안에서 이해되어야 하며, 그것의 문화적·정치적 한계 역시 그 안에서 질문되어야 한다. 가령 백민석의 작품과 조세희의 작품을 단순 비교한 뒤에 '70년대 모더니즘 문학'에 비해 '90년대 모더니즘 문학'이 열등함을 주장하는 논리는 상당히 폭력적이다.

결론은 예상을 벗어나지 않는다. "90년대 모더니즘이 민족에 대한 사유를 기피하고 때로는 냉소하는 듯한 양태를 보이는 것은 90년대 문학의 문제성을 반증한다. 민족 문제를 남의 일 보듯이 하는 자세로 모더니즘의 독자성이 확보되리라고 여기는 것은 어리석다"는 진술을 할 때, '어리석다'는 표현이 드러내는 계몽적 교사의 태도는 여전히 완강하다. 그는 이 글에서 리얼리즘과 민족문학의 담론과 연관하여 이혜경·하성란·천운영·김종광·백민석·장정일·김영하 등의 작가들 이름을 호출하고 있다. 이렇게 작가들을 나열하기 전에 우선적으로 이들의 '물건'들이 어떻게 민족문학 이념과 관계 맺고 있는지를, 그리고 이 명단에서 배제된 작가들에 대해서는 왜 그런지를 먼저 설명해주어야 할 것이다. 하나의 이

넘적 가치를 설정해놓고 작가들의 출석부를 만들어 줄 세움으로써, 그 이념적 테두리를 강화하는 비평 방식이야말로, 실제 비평의 관심과 노고 없이 작가와 작품 위에 군림하려는 지도 비평의 오랜 관행이었기 때문이다. 이런 맥락에서 여전히 자기 이념의 동일성에 집착하는 '골방의 민족문학'은 '골방의 모더니즘'보다 더욱 위험할 수 있다.

3. 일상의 정치학을 위하여

우리 시대에 '진보'란 무엇인가? 주지하는 바와 같이, 현실 사회주의의 붕괴 이후 자본주의 모순의 극복이라는 공동의 전망이 흔들리면서 진보의 이념은 탈중심화의 과정을 겪어왔다. 가령 그 첨예한 사례 중의 하나가 기존의 우파와 좌파를 막론하고 '국가 중심적 사고'는 진보적인 것으로 볼 수 없다는 인식이다. 민족문학 담론이 '민족국가 수립'이라는 근대적 가치에 의존하는 이상, 국가 중심의 발전 전략과 무관하지 않으며, 어떤 측면에서 그것은 상대적으로 보수적인 담론으로 취급될 수도 있다. 그 연장선상에서 문화적 좌파주의, 환경운동, 시민운동, 여성주의 등의 전선 역시 '진보' 개념을 다원화하고 있다. 모든 공적인 가치의 억압으로부터 개인의 해방을 주창하는 이념 역시 자기 방식의 진보적 의미를 함유한다. '신자유주의'에 반대하는 '반세계화'라는 명분도 어떤 전선에서 이해하느냐에 따라 그 정치적·문화적 실천의 내용이 달라질 수 있다.

이러한 진보 개념의 탈중심화는 정치 영역의 일상화와 대응한다. 이제 가족, 성, 라이프스타일, 직업, 대중문화와 문화적 소비 등 비정치적 것으로 취급되던 영역들이 정치의 대상으로 부각되었다. 공적인 범주에 간

혀 있던 정치는 사적·일상적·문화적·심미적 공간에서 논의되고 있다. 정치적 상상력은 생활의 공간 안에서 그 의미를 풍부하게 할 수 있게 된 것이다. 이런 상황에서 중요한 것은 생활 세계의 패러다임 내에서 다원성을 보장하고 억압의 영역을 줄이는 정치적 실천의 기획일 것이다. 나는 여기서 새로운 진보적 이념의 척도를 내세우려 하는 것이 아니다. 문제는 이념적 동일성에 대한 집착을 넘어서 진보의 개념을 개방하려는 문화적 기획이다.

이를테면 여성주의적 관점에 서면, 민족문학 진영에서 진보적이며 전범적인 작품들에서 다분히 남성 중심적인 수구적 이데올로기를 발견할 수 있는 가능성은 상당히 높다. 민족 모순의 해결과 민족 통일의 가치를 주창하는 작가의 작품에서 가부장적인 가족 이데올로기와 탈제도적인 성적 성향에 대한 이념적 혐오가 노출될 수도 있다. 진보적 정치 이념을 표방하는 작품에서 미학적으로는 고전주의적 편향과 하위 장르와 하위 문화에 대한 문화 엘리트주의적 혐오를 드러낼 수도 있다. 공적인 진보적 이념에 대한 계몽적 경사가 사소한 일상적 삶에서의 지배 관계의 메커니즘을 은폐하기도 한다. 문학에서의 진보의 입장에서 말해야 한다면, 그것의 가장 중요한 적은 특정한 정치적 이념이라기보다는 문화적인 층위의 보수주의라고 할 수 있다. 문학이야말로 사적 일상생활 속의 제도적 억압과 폭력에 대한 미적 저항을 실천해왔으며, 90년대 문학 역시 이런 맥락에서 이해되고 평가될 수 있기 때문이다. 90년대 문학의 성취는 이런 관점에서 평가되어야 하며, 그것의 한계 역시 이런 층위에서 논의되어야 한다.

이런 맥락에서 「살아 있는 혼돈을 위하여」(『문학동네』, 2001년 겨울호)에서 황종연이 "90년대 문학은 나름대로 정치적이다. 민족통일운동이나 민중해방운동 같은 정치적 중심을 상정하지 않았을 뿐이지 개인과 사회를 지배하는 권력과의 싸움을 수행했다. 일상·신체·욕망·성·가족·생태 등의 테마를 다룬 90년대 시와 소설에서 바로 그 삶의 영역에 작동하는 권력을 의식하거나 그 권력에 대한 반란을 꿈꾸는 언어를 만나기란 극히 용이한 일이다"라고 말하고 "90년대 주류 문학의 정치 의식은 접수하기가 몹시 불편하다. 그것이 담고 있는 삶의 압도적인 이미지는 종래의 규범·체제·역사가 사라지고 대신에 정체 모를 욕망·정념·환상이 일렁이는 혼돈이기 때문이다"라고 분석한 것은 적절하다. 그러나 이런 설명이 민족문학 진영의 90년대 문학에 대한 오해를 해소하는 데 도움이 되기는 하지만, 그 자체로 90년대 문학의 승리를 보증하는 것은 아니다. 90년대 문학이 이미 이러한 새로운 정치성의 조건을 적극적으로 의식하고 실현했는지는 확언하기 어렵기 때문이다.

황종연의 글에 관해, 포스트모더니즘의 비평적 준거들을 차용한 90년대 문학에 대한 과잉 해석과 평가를 비판한 몇몇 평자들의 지적 역시 이런 문제와 관련되어 있다. 이와 연관해서 "90년대 작가들은 특히 프로이트, 라캉, 들뢰즈와 가타리로부터 영감을 얻은, 혹은 록 음악 가사에서부터 컬트 무비에 이르는 하위 문화 텍스트들로부터 자극을 받은 상상력을 통해 일상의 기율과 통제에 길들여진 개인 자신을 해체하려는 시도를 선보였다"는 평가 역시 부분적으로만 현실에 부합한다. 이 설명은 장정일 이후의 백민석·배수아·박성원·김연수·김경욱 등 90년대 후반에 두각을 나타낸 작가들에게는 유효하지만, 황종연의 풍부한 의미 부여를 받은 바 있는 신경숙·윤대녕·은희경 등의 문학 제도적으로 승인된 90년대의 주류 작가들에게 적극적으로 적용될 수 있는 것은 아니다. 이와 관련해서 그가 '진정성'과 '내향성'의 기획으로 90년대 문학의 성취를 정리하려 할 때, 그의 비평의 상대적인 진보성은 스스로를 약화시키게 된다. 오히려 90년대 문학의 정치성은 90년대에 상대적으로 제도적 변경에 속해 있으면서 미학적 '차이'를 산출한 작가들에게서 더욱 날카롭게 감지된다. 가령 비평적 세례를 많이 받지 못했지만, 배수아의 『철수』(작가정신, 1998)와 같은 작품은 일상적 삶의 끔찍한 도식성과 속악함이라는 차원에서뿐만 아니라, 지배 체제와 중산층 공간에 대한 날카로운 미적 저항을 담고 있는 정치적 소설로 해석될 수 있다.

이런 관점에서 90년대 문학이 보여준 새롭고 다원적인 정치성은 이제부터 '시작'되었다고 볼 수 있다. 그러니 이제야 나는 우리 문학의 '미래'를 말할 수 있게 되었다. 한국의 주류 문학이 공적인 공간에서의 진보성을 문제 삼아왔다면, 90년대 이후 혹은 2000년 이후의 문학은 탈중심화된 사적 공간에서의 정치성을 질문할 수 있게 되었다. 이제 일상의 정치학 혹은 문화적 진보주의와 관련된 새로운 '진보적 문학'의 미적 가능성은 새로운 작가와 작품을 기다리고 있다. 우리는 공적인 차원에서 탈정치적이면서, 사적이고 문화적인 혹은 미학적인 층위에서는 매우 정치적인 발견을 통해, 문학성과 정치성의 저 진부한 이분법을 돌파할 수 있다. 이런 문학들은 물론 사회적 '치유'를 향하기보다는 체제의 '바깥'을 겨냥한 질문들을 장전하고 있다. 그 질문들은 끊임없이 자신의 문학을 소수와 변방의 문학으로 위치 지으려 할 것이다. 나는 그 미학적 질문들에 베이고 싶다.

2. 징후

혼종적 글쓰기, 혹은 무중력 공간의 탄생
— 2000년대 문학의 다른 이름들

1. '386'과 '포스트 386'이라는 이름 앞에서

'386'은 더럽혀진 이름이다. 그 이름은 80년대의 '운동권' 경험을 공유하고 90년대 이후 제도권에 진입한 새로운 정치 집단의 성격을 부각하기 위해 저널리즘에 의해 만들어졌다. 동일한 시기의 출생 집단birth cohort이라는 세대 개념에 이른바 '학번'의 개념이 부가되면서, 그것은 80년대 학생운동 경험을 공유한 집단을 호명하는 의미가 있었다. 이 수상한 조어의 외연은 90년대에서 2000년대로 넘어오면서 한편으로는 점점 더 부풀려졌고 한편으로는 왜곡되고 축소되었다.[1]

---

1) '386' 담론이 광범위하게 통용된 것은 90년대 후반부터인데, 이것은 2000년 총선과 2002년 대선에서 이들 집단의 영향력과 동향을 저널리즘이 집중적으로 부각했기 때문이다. 급기야 노무현 정권의 출범 이후 그 이름은 집권 정치 세력의 인적 구성과 이념을 지칭하는 '타자화'된 개념이 되었다. 그리하여 결국 '386'은 변혁 이념에 대한 지향성은 강했지만, 정작 권력의 중심에 들어가서는 현실 정치의 정책 대안을 만들어내지 못하거나 혹은 기성 질서와 타협하는 '문제 집단'을 지칭하는 이름이 되었다.

모든 세대론에는 기본적으로 차별화를 둘러싼 허위의식이 숨어 있다. '세대의 정체성'이라는 의제의 설정 자체가 갖는 집단주의적 오류 때문에, 개별자들의 차이성이 폭력적으로 제거되는 문제를 우선 말할 수 있다. 세대론적 동일화 욕망의 안쪽에는 자기 세대의 역사적 경험의 차별성을 특권화하려는 자기 호명의 의식이 있으며, 바깥쪽에는 낯선 세대의 등장을 불길하고 위태로운 것으로 바라보고 타자화하는 냉소적 의식이 있다. 그런데 이 세대론의 안과 밖은 상호 교환적이며, 특권적 의식과 냉소적 의식은 마주한 거울처럼 서로를 비춘다. 그리하여 하나의 세대론이 특정 세대의 동일성을 주장하면 할수록 그것은 같은 밀도로 타자화될 수 있다.

그럼에도 불구하고 세대론 자체의 사회적 유효성은 증가한다. 연대기적으로 같은 시대를 살고 있다 하더라도, 그 안에는 역사적 경험에 대한 내용과 해석이 다르고 '주관적 내면적 시간'을 달리하는 상이한 세대들이 있다는, '동시대의 비동시대성'의 통찰은 오늘의 다원화된 사회 구조를 이해하는 데 유효할 수 있다.[2] 더욱이 세대론 자체의 기만적 성격과 '386'이라는 이름의 타자화된 성격에도 불구하고, '386 담론'은 이미 현실적인 권력을 가진 담론 체계가 되었다. 그렇다면 지금 어떤 비평적 기획이 가능할까? 지금 가능한 것은 그 '오염된 이름'을 애써 외면하는 것이 아니라, 차라리 그 호명을 둘러싼 담론들 내부의 모순을 적극적으로 사유하는 일일 것이다.

'386' 담론을 둘러싼 최근의 흥미로운 논점 중의 하나는 이른바 '포스트 386' 세대의 등장에 관한 것이다. 이 '포스트 386 담론'은 2000년대 중

---

2) 박재흥, 『한국의 세대 문제』(나남출판, 2005), p. 47 참조.

반 '386'이 이른바 '486'이 되고 이들이 정치권의 실세와 기성세대로 자리 잡기 시작하면서 대두되었다고 볼 수 있다. '386'과 '포스트 386'의 대비는 한국 사회의 정치 권력의 교체 다음에 오는 더욱 근본적인 문화적 변동을 주시하는 논리와 닿아 있다.[3] 그런데 이 '포스트 386' 담론은 그것이 아무리 중립적인 사회학적 객관화의 입장에 서 있다고 하더라도, '386'에 대한 상대적인 비판 의식과 맞물려 있다. 문제적인 것은 '포스트 386' 담론은 '386'에 대한 상대화에 머물지 않고, 새로운 문화적 대체 세력의 등장을 암시하고 있다는 점이다. '386'이 변혁 이념에 대한 동경과 '광주'와 6월 항쟁 등의 자기 집단의 역사적 경험을 실존의 기억에 새겼지만, 문화적인 영역과 생활 세계에서는 어떤 '보수성'을 지니고 있다고 볼 수 있다면, '포스트 386'은 좀더 '문화적으로 진보적이고 다원주의적' 세대의 출현을 예고한다. 물론 이와 같은 '포스트 386'에 대한 저널리즘의 호명 방식 역시 다분히 이데올로기적인 것이기 때문에, 여기에 대한

---

3) '포스트 386' 담론은 '386'(36~45세 80~87학번)과 '포스트 386'(20~35세 88학번 이후)을 구분하고, 386 세대가 사회 구축의 원리를 바꾸는 것을 욕망한 것과는 달리, '포스트 386'은 개인주의적 개방 세대이고 감성 세대이며 풍부한 문화 자본과 자유분방한 생활 스타일을 무기로 일상생활의 허위를 벗기고 있다고 분석한다. '공동체주의적 적응 세대'인 386 세대의 가치관의 핵심은 경험experience, 증거evidence, 참여engagement였다. 소비 성향이 강한 X세대와 네트워크 세대인 N세대의 개념을 결합한 개인주의적 '포스트 386 세대'는 영상과 이미지로 사유하며, 이들이 이미지를 인화할 때는 감정 몰입sympathy, 상징symbol, 감성sentiment이라는 의식 구조의 요소가 활용된다(중앙일보, 2004. 10. 5). 또 다른 연구에 의하면 '386' 이후의 '탈이념 정보화 세대'는 1970년경 이후에 태어나 경제적으로 풍요로운 환경, 국제 정치적으로 탈냉전의 상황, 문화와 테크놀로지의 면에서 지구화와 정보화라는 추세 속에 성장하고, 80년대 후반 이래 형성된 대중 소비문화의 환경에서 소비를 통해 자신을 표현하고 자신의 다양한 관심과 욕구를 일상생활의 여러 영역에서 충족 표출하는 특성을 갖는 소비주의 · 개인주의 · 탈이념 · 탈권위주의적 세대이다(박재홍, 앞의 책, p. 69 참조).

비판적인 독해가 요구된다.

그런데 이런 '포스트 386' 담론은 문학 공간에서 새로운 작가 집단의 등장을 떠올리게 한다. 2000년대 초반에 들어서면서 '70년대생 작가'들의 생산력이 현저히 상승되고 이들에 관한 문학 제도적인 인준과 문학 시장의 호응이 진행되고 있는 것은 새로운 사실이 아니다. 물론 이들 세대의 등장에 대한 적극적인 의미 부여는 새로운 '청산주의적 세대론'과 '신세대 콤플렉스'의 강박적인 반복으로 볼 수도 있다. 그럼에도 불구하고 이들이 제출하는 미학의 상대적인 변별성은 비평적 논의의 대상이 될 만큼 상당한 문학적 집적을 이루었다. 그런데 문제는 이들의 미학적 모험이, 이른바 90년대 초반의 '신세대 논쟁' 때 부각되었던 '문단 386' 세대와 그 앞의 70~80년대 작가들의 문학적 차이에 비해 상대적으로 더 선명한 변별성을 드러내고 있는 것처럼 '보인다'는 점이다.

왜 그럴까? 원칙적으로 말하면 '2000년대 문학 공간'이란 객관적 실체가 아니라, 비평적 담론화의 과정 속에 있는 영역이다. 우선 2000년대라는 새로운 연대기의 이미지가 선사하는 심리적 효과가 있겠다. 한국 사회의 역사적 분석에서 10년 혹은 100년 단위의 기준은 일종의 경계선의 마술에 속한다. 이 마술은 객관적 현실의 변화를 반영하지 못한다 하더라도 일종의 담론적인 현실을 구성한다. '세대론'의 욕망 역시 상당 부분은 이런 마술에 기대고 있다. 그런데 '포스트 386'의 문화적 경험이란 한국 사회를 구성하는 앞 세대들의 역사적 경험과는 다른 차원의 성격을 갖는다는 분석이 제기될 수 있으며, 이런 맥락에서 이들의 세대적 차별성은 더욱 발본적인 것으로 받아들여질 수 있다. 이를테면 식민지와 분단, 군사 독재 시대의 여러 역사적 체험들은 기본적으로 사회 집단이 경험적으로 공유한 '역사적 죄의식'에 연루될 수 있지만, '90년대산' 소비 대중문화를 자양분으로 성장한 세대에게 정치적 죄의식이란 더 이상 그 집단의 필연적이며 동일한 공유 사항이 아닐 것이다.

변혁 이념의 현실적 좌절을 80년대 후반 90년대 초반의 '입사식'을 통해 경험한 386 세대의 '정치적 환멸'조차도 그것은 정치적 트라우마의 일부이다. 역사적 죄의식이란 내려놓고 싶은 고통의 무게이면서, 동시에 저 날카로운 원체험의 시간을 지속함으로써 주체성의 근거를 유지하게 만드는 자기 동일성의 표지가 아닌가? 그렇다면 '포스트 386'의 존재는 역사적 기억의 뿌리에 얽매이지 않고 문화적 텍스트와의 접속을 통해서 성장한 세대, 다른 방식으로 말하면 역사적 트라우마와 공동체의 모럴의 강박으로부터 상대적으로 자유로운 세대의 존재를 암시한다. 가령 90년대 문학의 저 열정적인 탈주의 운동 방식이란 기본적으로 '무엇으로부터의' 탈주를 설정한 것이기 때문에, 그 '무엇으로부터' 완전하게 자유로운 문학은 결코 시작되지 못했다고 볼 수 있다. 그렇다면 2000년대 문학 공간에서는 '저항'과 '위반'의 전선 자체가 설정될 필요가 없는 문학적 모험의 시간이 도래하지 않을까?

아, 물론 다른 이유가 있을 수 있다. 당신은 이 글의 담화 주체, 그러니까 '나'의 정치적 무의식을 물어볼 수도 있겠다. '386'과 '신세대 문학 논쟁'을 둘러싼 비평 담론으로부터 자유로울 수 없는 존재인 '내'가, 어떤 방식으로 '포스트 386'을 대상화하거나 타자화하는가 하는 문제 말이다. 그러면 어떻게 변명해야 할까? 나는 다만 내 '세대론의 욕망'의 어두운 내부와 그 균열을 보고 싶을 뿐이다.

2. '80년대'라는 유령을 다르게 호출하다

'386'과 '포스트 386'을 둘러싼 긴 이야기의 기원은 '정치적 기억으로 서의 80년대'라고 할 수 있다. 80년대라는 정치적 외상으로부터 어떻게 글쓰기의 주체를 설정하는가에 따라 '386'은 '386'이 되거나 혹은 '포스트 386'이 되려 한다. 최근 '386 주체'의 자기 동일화에 기대고 있는 후일 담 소설의 관점에서 비껴선 지점에서, 80년대 혹은 80년대가 낳은 유령들을 소설화하는 작업들이 발견되는 것은 의미심장하다. 이것은 80년대의 신화를 특권화하고 그것의 문학적 해석권을 독점하는 '386적 글쓰기 주체'에 대한 문학적 해체를 의미한다. 이런 관점에서 여전히 '386 경험의 동일성'이라는 관점에서 발화되는 후일담 소설들은 이미 시대착오적인 것이다. 김영하·박민규·정이현의 최근 작품들에서 '386 주체'를 다른 방식으로 호출함으로써 80년대를 탈신화화하는 작업을 보여주는 것은 주목할 만한 사례이다.

김영하의 「보물선」(2004)은 '늦은 386'의 정치적 외상의 일부를 드러내는 소설이다. 이 소설에는 전형적인 386 세대인 두 친구가 등장한다. 마르크스 레닌을 피해 도서관으로 도망갔고 결국 시장의 논리에 적응하게 된 현실주의자 재만과는 달리, 형식은 나름의 '역사 연구'를 진행하여 독자적인 이념 투쟁에 골몰한다. 형식은 일본 제국주의의 음모론에 집착하는 망상가이다. 정신분석의 논리를 빌리면, 음모론은 90년대에 벌어진 '대타자의 붕괴'라는 사태에 대한 반작용으로 진짜 실재 속에 세상을 조종하는 '타자의 타자'를 다시 구성하는 편집증에 해당한다. 소설은 형식이 들고 나온 '보물선' 프로젝트를 재만을 비롯한 주가 조작 모임에서 이

용하는 이야기로 진행된다. 그 기만적인 사업은 주가 조작에 참여한 자
본가들에게 엄청난 이익을 남기고 형식은 수배자가 된다. 물론 이런 결
말은 당연하다. 이념의 열정에 사로잡힌 망상적인 민족주의자와 시장의
논리에 투철한 냉철한 '꾼'의 승부는 뻔한 것이며, 그것은 저 90년대의
'시장의 승리'를 증거하는 것처럼 보인다. 그런데 소설은 다른 반전을 준
비한다. 재만이 형식에게 베푼 사소한 도움 때문에 결국 재만이 파국을
맞는 것으로 귀결되고, 마지막 장면은 유유히 인파 속으로 사라지는 수
배자 형식의 이미지를 보여준다.

이 소설 속의 386의 정치적 무의식은 두 겹의 층위를 갖고 있다. 우선
'이념/시장'의 대립에서 이념에 들린 인간을 냉소하면서, 동시에 그 이념
마저 이용하는 자본의 악마성 역시 냉소의 대상으로 돌린다. 문제는 90
년대 이후의 한국 사회는 이념에 대한 자본의 승리라는 관점에서만 이해
하기 어렵다는 점이다. 어쩌면 '이념/시장'의 대립은 '가짜 대립'일 수 있
다. '시장' 역시 하나의 이데올로기이며, 어떤 순결한 이념도 시장 안에
서 존재한다. 386의 정치적 원죄와 딜레마는 90년대 이후의 현실 공간에
서 어떤 개인적 선택도 정치적으로 완벽하게 '올바르거나' '자유로울 수'
없다는 점이다. 무엇이 가능할까? 다만 냉소적 관찰자의 시선으로 '소설
쓰기'를 밀고 나가는 것? 그런 방식으로 '386'을 대상화함으로써 숨은 서
술자는 과연 저 '386'들의 눅눅한 죄의식으로부터 '포스트 386적 존재'로
탈출할 수 있을까? 이 소설은 재만의 파국과 함께 유령처럼 여전히 거리
를 배회하는 형식을 보여줌으로써, 유령으로서의 80년대가 이 휘황한 시
장의 시대에서도 여전히 우리 곁을 떠돌고 있음을 암시한다.

박민규의 『삼미 슈퍼스타즈의 마지막 팬클럽』(2003)은 80년대의 '패
자'들에 대한 만가(輓歌)이다. 놀라운 가독성으로 폭발적인 대중적 지지

를 받은 이 소설에서, '삼미 슈퍼스타즈'라는 프로 야구팀은, 80년대 이후 '프로의 시대'에서 살아남지 못한 패자 집단에 대한 우화적 알레고리이다. 소설은 프로 야구가 시작되던 1982년 중학생이 된 '나'의 삼미 슈퍼스타즈에 대한 끈질긴 애정의 역사와, 청소년에서 사회인이 되는 나의 '통과 제의'와 '입사식'의 시간을 겹쳐놓는 방식으로 진행된다. 삼미의 황당하기 짝이 없는 패배와 소멸의 역사, 그리고 그것에 대한 '나'의 오랜 경의는, 80년대 이후 이 땅에 전면적으로 도입된 이데올로기, 이겨야만 살아남는 '프로의 시대'에 대한 야유를 의미하기도 한다. 삼미는 프로에 뛰어든 '아마추어 야구팀'이었고, "나는 이 프로의 세상에서 아마추어를 사랑한 죄로 조롱과 멸시를 받았던 것이다."

이 소설에서 프로 야구의 논리는 현실의 논리에 대한 비유적 관계로 설정된다. 예를 들면 87년 6월 항쟁의 승리에도 불구하고 노태우가 대통령이 된 것은 "야구와 같은 거"다. '내'가 적자생존의 현실에서 탈락하여 실직하게 된 것 역시, 프로만이 살아남는 프로 야구의 논리에 적응하지 못했기 때문이다. 더 나아가 이 소설은 후반부에 가서 삼미를 둘러싼 저항적 이념을 드러내기에 이른다. "필요 이상으로 바쁘고, 필요 이상으로 일하고, 필요 이상으로 크고, 필요 이상으로 빠르고, 필요 이상으로 모으고, 필요 이상으로 몰려 있는 세계에 인생은 존재하지 않"으며, 삼미는 "치기 힘든 공은 치지 않고, 잡기 힘든 공은 잡지 않는다"는 '자기 수양으로서의 야구' '자신의 야구'를 추구했는데, 이것은 80년대 이후의 사회 현실에 대한 저항의 알레고리를 구성한다.

가령 이 소설의 에필로그에서는 '삼미의 철학'을 실현하면서 살아가는 팬클럽 일원들의 2000년대의 '후일담'을 소개하고 있다. 그들은 대개 욕심내지 않고 유목민처럼 살아가는 것처럼 보인다. '나'는 6시간만 일하는 직장에 들어가고, 아내와 재결합하고, 재산이 줄었지만 "정말로 서로를 사랑하고, 아끼게 되었"으며, 아내는 임신을 하게 되었고, '나'는 "나의 2세가 지치고 힘이 들 때면, 언제라도 회상하며 마음의 위안을 삼을 수 있을 아버지의 야구를" 아이에게 보여주고 싶어 한다. 이 따뜻한 전언과 해피 엔드는 '삼미의 철학'이 지니는 저항적 에너지를 '위안의 이념'이 되게 한다. 이 소설은 스스로를 역사의 진보적 경험의 주체로 설정한 후일담 소설과는 다른 방식으로, '패자로서의 386 주체'를 호명하고 동시에 위무함으로써, 80년대의 저 패자들의 신화를 재구성하는 것이다.

생물학적 연배로는 명백히 '포스트 386'에 속하는 정이현의 「비밀과외」(2004)는 386의 역사적 경험에 대한 다른 세대의 시선을 보여주는 텍스트이다. 1985년 중학생이었던 주인공을 내세운 이 이인칭 소설은, '너-중학생'의 시선으로 80년대적 경험을 포착하고 있다. '386 주체'가 아닌 다음 세대의 성장기적 시선으로 80년대를 호출하고 있다는 측면에서 이 소설은, 386의 시선으로 80년대적인 경험의 그늘을 그려낸 후일담 소설의 관점과 구별된다. 작가 특유의 위티즘으로 무장한 경쾌한 문체는 '이선희'와 '허재'를 좋아하는 80년대 여중생의 발랄한 보폭을 연상시키지만, 그 안에는 '80년대를 낯설게 하기'라는 문학적 주제가 숨어 있다. '보스턴백'을 들고 다니며 미제 물건 장사를 하는 엄마의 결단으로 하게 된 '비밀과외'는 신군부가 마련한 '금지된 문장'의 하나였다. 과외 선생과의 '접선'을 통해 '너'는 80년대의 다른 공간을 경험한다. '너-여중생'이 "제 안의 욕망을 냉정하게 응시하는 일이 이 세상에서 가장 어렵다는 것을" 짐작할 무렵, 대학생이 구경시켜준 대학 캠퍼스의 풍경은 낯설기만 하다. 한편에서 한가롭게 족구를 하고 다른 한편에서 '출정식'을 하는 이 부조리한 풍경은 그들이 부르는 '5월가'의 섬뜩한 가사만큼이나 불편하고 이질적이다. 과외 선생이 갑자기 나타나지 않고 엄마가 '증발'하는 사건이 벌어졌을 때, '너-여중생'은 자신의 세뱃돈과 용돈을 털어 엄마 대신 '비밀과외의 대가'를 지불한다.

이 의미심장한 행위는 80년대적인 죄의식을 향해 내미는 정치적 대가가 아니라, '비밀과외'에 대한 지극히 자본주의적인 경제적 거래를 '너-여중생'이 스스로 감당해냄을 의미한다. 자기 손으로 이 대가를 지불함으로써, 소녀에게 1985년은 하나의 중요한 '성장'의 시간으로 자리 잡게 되었을 것이다. 그러니까 '비밀과외'의 내용은 '너-여중생'이 80년대적인 현실과 그 금지의 문장들을 '접선'하게 된 것이며, 그 접선의 대가는 지극히 '탈80년대'적인 방식으로 지불되는 것이다. 정치적 죄의식의 하중 없이 10대 소녀가 자기 성장의 계기로서 80년대를 호명한다는 것은, '탈386적인 주체'로 하여금 80년대를 발설하게 함으로써, 후일담 문학의 발화 방식을 과거화하는 효과를 산출한다. 이 소설의 이인칭 장치는 함축적 서술 주체가 자기 세대의 기억을 이인칭으로 호명함으로써, 자신이 마주한 거울 저편의 '나' 혹은 '탈386' 주체를 호출하는 작업이 된다.

3. '포스트 90년대'와 혼종적 글쓰기

문학 공간에서 '386'과 '포스트 386'을 가르는 객관적인 수치는 존재하지 않는다. 가령 '포스트'를 '후기' 혹은 '탈'이라고 번역하는 관행에 비추어 말한다면, '포스트 386'은 '후기 386'이거나, '탈386' 혹은 '386 이후'이다. 당연하게도 경계에 걸쳐진 존재가 있을 수 있거나, 혹은 '포스트 386'이라는 이름 자체가 경계선 위의 존재를 지칭한다고 볼 수 있다. 더구나 그들이 90년대의 대중 소비문화의 풍요로운 다원주의를 경험했고, 동일한 역사적 경험과 죄의식, 공동체적 모럴을 공유하지 않은 세대라고 한다면, 그 집단적 정체성을 규명한다는 것 자체가 불가능하거나 무모할 수도 있다. 어쩌면 그것이 '포스트'의 진정한 비밀일지도 모른다. 이런 관점에서 '포스트 386'은 너무 빠르거나 늦은 세대이다. 다른 방식으로 말하면 2000년대 문학의 세대 담론은 '포스트 세대론' 담론이며, 그것은 결국 모든 세대론이 무화되는 '최후의 세대론'으로 귀결될 수 있다.

'최후의 세대론'이라니? 새로운 문학의 세대는 그 이전의 세대가 그러한 것처럼 역사적 경험의 동일성이라는 문맥으로 상징화될 수 없는 세대이다. 다시 말해 이 세대의 동일성에 대한 어떤 방식의 호명도 이 세대를 전일적으로 규정할 수 없다는 것이다. 문학 공간 내부에서 말한다면, 새로운 세대의 글쓰기는 자기 세대의 체험적 동일성과 미학적 정체성을 특권화하지 않는다는 것을 의미한다. 이것은 어떤 세대론적 규정과 상징 질서에서도 틈새를 생성하고 벗어날 수 있는 미학적 가능성에 관한 것이다.

이런 이유들로 먼저 90년대 문학과 2000년대 문학의 경계에서 무슨 일이 일어났는가를 살펴볼 필요가 있다. 90년대 이후의 한국 문학은 한국 문학의 재래적인 패러다임을 해체하고 다원화하는 미학적 기획을 선보였다. 물론 여기에는 80년대 문학에 대한 대타적 의식이 강하게 자리잡고 있었다. 그런데 여기에 90년대 문학의 근원적인 딜레마가 있었다. 90년대 문학은 저 80년대로부터 도주하려 하면 할수록 80년대의 거대한 그늘을 직면했던 것이다. 80년대적인 것으로부터 전속력으로 도주하려는 90년대 문학의 욕망이 오히려 '80년대/90년대'의 이분법에 스스로를 옭아놓는 족쇄가 될 수밖에 없었다는 것. 그리하여 80년대라는 유령은 여전히 90년대 문학의 밑자리에서 웅크리고 있었다는 것을 의미한다. 80년대와의 대타적 관계 때문에 90년대 문학이 설정할 수밖에 없었던 냉소와 위악의 문학과 내향성과 위선의 문학은, 80년대 문학에 대한 역방향의 자기 동일성의 추구였다고 볼 수 있다.

다른 방식으로 말하면, 90년대 문학의 80년대에 대한 환멸의 형식은 그 환멸의 이념에 대한 자기 동일성에 집착함으로써 다른 방식의 자기 환상을 구축한 것이다. 90년대 문학에서 그토록 절실한 주제처럼 보였던 '개인 주체의 발견'이라는 것 역시 그러하다. 집단적 주체의 동일성의 이념으로부터의 탈출은 개체의 자기실현에 대한 90년대 문학의 열정으로 발현되었지만, 그것 역시 80년대 문학의 역사적 경험의 주체화와 근친의 관계에 자리하는 것이다. 이런 이유로 90년대 후반 문학을 이끌었던 작가들은 90년대 후반 이후에는 90년대적인 문학에서 탈피하기 시작한다. 특히 2000년대에 들어와 자기 내부에 억압된 타자들을 재호출하는 작업을 90년대 작가들이 선보이고 있다는 것은 결코 우연이 아닐 것이다.[4]

그리하여 90년대 후반 이후로부터 2000년대를 향하여 나아간 세대의 작가들이 선택한 것으로 보이는 글쓰기의 방식이란 우선 '혼종적 글쓰기'라고 할 수 있다.[5] '혼종적 글쓰기'는 우선 동일한 역사적 경험의 정체성을 바탕으로 진행되는 글쓰기가 아니라, 다양한 문화적 텍스트들과의 접

---

4) 신경숙 · 은희경 · 성석제 · 하성란 · 배수아 · 조경란 · 김영하 등 90년대 작가들이 2000년 이후에 보여준 문학적 변모는 이런 관점에서 해석될 수 있다.

5) 혼종성hybridity은 '탈식민주의' 이론에서 식민 지배의 기반인 식민 주체의 통일성을 불가능하게 하는 식민 주체의 분열을 설명하고, 식민 지배의 기반이 되는 인종적 · 문화적 순수성을 공격하는 개념이다(호미 바바, 나병철 옮김, 『문화의 위치』, 소명출판, 2002; 『탈식민주의: 이론과 쟁점』, 고부응 외, 문학과지성사 참조). 그러나 이 글에서 '혼종성'은 글쓰기라는 맥락과 관련하여 2000년대 문학 공간에서 새로운 세대의 경험과 미학의 동일성의 분열을 설명하기 위해 쓰인다.

속을 통한 상호 텍스트적인 글쓰기이다. 90년대 후반 이후의 젊은 작가들의 소설에서 드러나는 대중문화적 상상력과 하위 장르적인 문법의 차용 등은 그 문제적인 사례라고 볼 수 있다. 자기 세대의 고유한 역사적 경험의 동일성을 구성하지 않는 세대에게 다양한 문화적 텍스트와의 접속은 문학적 상상력의 중요한 질료가 된다. 이때 혼종적 글쓰기는 문학 장르들 내부의 문법적 규범으로부터 미끄러져 달아나는 미학이 될 수 있다.

이와 같은 혼종적 글쓰기의 방식은 세대론적 입장에서 말한다면, 전 세대의 미학을 오로지 '부정'하기 위한 미학이 아니다. '혼종성의 미학'은 지배적인 상징 질서에 대항하기 위한 저항적 자기 동일성을 만들지 않는다. 대신에 혼종적 글쓰기는 전 세대의 문학적 정체성으로 호명된 것들 사이의 잉여와 틈새로부터 문학적 타자들의 시선을 되돌려줌으로써 억압적인 정체성의 호명 방식에 균열을 만들어낸다. 따라서 혼종적 글쓰기는 그 이전의 문학과 정반대에 서 있는 새로운 집단의 역사적 경험을 특권화하지 않는다. 그럼으로써 혼종적 글쓰기는 그 미학에 대한 어떤 내용적인 규정으로부터도 벗어날 수 있는 공간을 생성한다. 90년대 후반 이후 진행된 문학적 '포스트' 현상들은 그 구체적인 사례가 될 수 있다. '포스트'적인 글쓰기는 80년대 문학에 대항적인 글쓰기를 의미하는 것이 아니라, 80년대 문학에 대한 90년대 문학의 탈주의 동력까지를 텍스트로 삼아 이런 문학적 지향들의 틈새에서 주변화된 문법들을 재구성한다.

가령 한국 문학의 주류를 구성해온 '리얼리즘 문학'의 기율에 대한 해체적인 작업은 가장 강력한 90년대 문학의 동력 중의 하나였다. 이 동력을 문학적으로 추동한 세대가 90년대와 2000년대 문학의 경계에 선 세대라는 것은 어쩌면 필연적이다. 백민석 · 김연수 · 김경욱 · 최대환 · 김종광 등이 밀고 나간 탈리얼리즘의 서사는 한국 사회의 정치적 외상들을 리얼리즘 문학과는 다른 방식으로 해체하고 재구축하는 시도를 보여주었다. 그런데 이들 작가들이 보여주는 것은 단순히 리얼리즘 문학에 '반대'하는 수준의 문학이 아니라, '리얼리티'를 구성하는 방식 자체에 대한 다양한 모색의 노력이다. 특히 90년대에 등장한 다양한 문화적인 텍스트들을 문학적 질료로 삼음으로써, 이들의 문학은 한국 사회의 다양한 사회적 외상을 '문화적' 차원에서 재구성하는 작업을 진행시켰다. 이러한 작업은 자기 세대의 감각을 새로운 문화적 텍스트들과의 교섭을 통해 드러내어 문화적 다원주의 미학을 시도하는 것으로 이해될 수 있다.

93년에 등단했으며, 70년생과 71년생인 김연수와 김경욱의 글쓰기는 여러 가지 측면에서 90년대 문학과 2000년대 문학의 경계선에서의 글쓰기를 상징적으로 보여준다. 이들의 90년대 소설들은 80년대와 90년대의 정치적 간격 앞에 놓인 젊은 실존의 이미지를 문화적 상상력으로 풀어내는 것이었다. 80년대적인 정치적 외상을 가진 존재의 실존적 모색기를 문화적인 층위에서 그려내는 작업은 전형적인 90년대 문학의 행보를 보여주는 것이다. 그러나 이들 작가는 자기들 문학 속의 80년대적인 요소를 제거해나가면서, 90년대 후반 이후에는 더욱 과감하게 자신들의 문화적 상상력을 작동하는 혼종적 글쓰기를 실행해나간다.

김연수는 인문학적 상상력을 바탕으로 한 상호 텍스트적인 글쓰기의 방식을 적극화하는 한편, 자기 세대의 자의식의 내부를 들여다보는 문학을 선보인 바 있다. 80년대에 대한 대타적 의식이 자주 드러나는 김연수의 문학은 그러나 인문학적 상상력을 더욱 실증적이며 역사적인 차원으로 밀어 올리면서 다른 한편으로는 특권화되지 않은 자기 세대의 개인적 기억을 복원한다. 김경욱은 초기작에서 80년대와 90년대 사이의 정치적 단절의 틈바구니에 있는 실존을 등장시키면서 영화적 텍스트를 통해 사유하는 인물을 보여준다. 그는 선배 작가들이 영화적 모티프를 부분적이며 때로는 '장식적'으로 사용한 것과는 다른 방식으로, 영화적 문법의 차용을 좀더 적극적으로 소설의 구성적 원리에까지 적용해나간다. 2000년대 이후 그는 탈낭만적 서사와 새로운 미디어 공간 속 현대적 개인의 존재론적 허구성을 탐구하고 있다.

2000년대에 들어와서 탈리얼리즘 서사의 혼종적 상상력을 또렷한 문체적 개성으로 보여준 작가는 이기호이다. 이기호는 『최순덕 성령충만기』(2004)를 통해 제도화된 이야기 양식들을 모방하면서 그 양식들 안에서 미학적 내파의 효과를 만들어내었다. 이를테면 표제작 「최순덕 성령충만기」에서 성경의 의고체 말투를 그대로 빌려다 쓰거나, 등단작 「버니」에서 단문체의 랩의 리듬으로 소설 한 편을 밀고 나가는 방식이다. 이런 방식은 근대 소설의 문체적 동일성을 해체하고 주변부적인 이야기 양식을 통해 주류 소설 문법을 교란하는 것이다.

'페미니즘'을 둘러싼 미학적 주제 역시 '포스트 90년대'적인 맥락에서 논의될 수 있다. 90년대 초반의 '여성문학'이 가부장적 제도 권력으로부터의 탈출과 여성적 내면과 정체성의 복원이라는 문제의식을 중심으로 '집 떠나는 여자들'의 이미지를 보여주었다면, 90년대 후반의 젊은 작가들은 가출하는 여자들의 이야기를 넘어서 제도적인 여성적 동일성 자체를 교란하는 미학을 보여주었다. 90년대 여성 작가들이 보여준 여성 정체성의 구축과 탈출의 테마와는 달리, 새로운 여성 작가들은 혼종적 글쓰기를 통해 제도적 여성성의 호명 방식에 균열을 만들어낸다. 육식성의 미학과 야생의 여성성으로부터 육체와 죽음이란 보편적인 미학적 주제로 나아가고 있는 천운영과, 내면성과 실존적 정체성이 소거된 존재의 탐구로부터 그들의 유사 가족적 연대로 나아가고 있는 윤성희는 이런 측면에서 90년대 여성 작가들의 가출과 불륜의 서사 자체를 넘어서는 새로운 혼종성의 미학을 드러내 보인다.

시의 경우, 저 치열했던 80년대의 전사들이 각기 다른 방식으로 서정적 화법으로 귀환한 이후, 90년대 시적 공간은 생태시학이 주류적인 문법이 되었다. 이것은 더 이상 정치적인 테마를 다루기 힘든 시대에, 환경 문제에 대한 인식과 서정시의 복권이라는 흐름이 맞물린 것이라고 볼 수 있다. 그러나 이러한 자연으로의 귀환은 '나쁜 문명/착한 자연'이라는 이분법적 인식을 실어 나르는 새로운 계몽적 화법을 보여줌으로써, 결과적으로는 장정일·유하 이후의 90년대 시의 발랄한 대중문화적 상상력을 축소하게 되었다. 생태시학은 자연으로의 귀환을 명분으로 하지만, 결과적으로 인간의 관점에서 자연 대상을 포획함으로써 익숙한 인간주의적 주관성으로 귀착되는 시학이다.

물론 이런 서정시적 미학의 범주 안에서 계몽적 화법을 비껴서 서정시를 갱신하는 시쓰기는, 90년대 후반 이후 나희덕·박정대·문태준 같은 시인들이 일정한 시적 성취를 이루었다. 다른 한편으로는 새로운 문화적 현실 속에서 시적 주체를 재설정하는 작업이 진행되었는데, '전자 사막에서의 유목'이라는 시적 주제를 관철한 이원 이후, 2000년대의 젊은 시단은 더욱 이단적인 감각을 시험하고 있다. 이장욱·진은영·김행숙 등의 시는 90년대 시의 서정적 동일성을 거부하면서 깊은 무의식 안의 시적 하위 주체를 호출하는 화법을 선보인다. 이들의 시적 화법은 90년대의 생태시학에서 주변화되거나 억압되었던 아직 제도화되지 않은 시적 발화의 숨죽인 목소리와 분열된 육성을 드러낸다.

4. 무중력 공간의 탄생과 2000년대 문학

2000년대에 와서 공식적인 글쓰기를 시작한 작가들은, 상대적으로 정치적 죄의식과 역사적 현실의 중력과는 무관한 자리로부터 글쓰기의 존재를 설정할 수 있게 된 것으로 보인다. 가령 이런 새로운 글쓰기의 공간을 '무중력 공간'이라고 부를 수 있겠는데, 이때 '무중력 공간'은 90년대 문학의 주체들이 문화적으로 투쟁했던 것과 같은 방식의 '무엇으로부터'의 환멸과 저항의 전선을 설정하지 않는다. 중력이 없는 공간에서는 저항의 개념과 그 주체화도 있을 수 없다. 중력에 지배당하는 자는 날아오르기를 열망하겠지만, 무중력 공간의 존재에게 비상의 열망은 의미가 없다. 그러나 오해하지는 말자. 무중력 공간의 글쓰기가 단지 '가벼운 문학'의 추구를 의미한다고 생각한다면, 그것은 오해이다. 무중력 공간의 글쓰기는 '무엇으로부터 자유로워야 한다'는 관념이 있을 수 없고, 따라서 '가벼워야 한다'는 강박도 의미가 없다. 다만 자기 미학의 자립성과 개체의 모럴을 스스로 구축하는 글쓰기가 있을 뿐이다. 다른 방식으로 말한다면, 이들은 '모럴'이 없는 세대가 아니다. 한국 사회의 역사적 인력(引力)에서 벗어난 자리에서 이들은 탈국가주의적인 문명적 차원의 개체적 비전을 모색한다.

이들의 문학에서 우선적으로 감지되는 것은 리얼리즘 문학의 어떤 기본적인 규율과 현실의 인력도 발본적으로 무시하는 서사적 상상력이다. 이런 상상력은 인문학적 상상력보다는 새로운 미디어와 과학적 상상력 그리고 하위 장르적 문법을 차용한 극단적인 판타지와 우화적 요소를 과감하게 도입하게 만든다. 이들이 실행하는 서사적 모험은 한국적 현실 경험의 중력으로부터 자유롭지 못했던 90년대 작가들에 비해 더 과감하고 근본적인 차원의 것이다. 가령 90년대적인 소설의 중요한 미학적 영역 중의 하나였던 '일상성의 발견' 같은 것은 더는 매혹적인 공간이 아니다. 2000년대 작가들은 '거대 서사/미시적 일상성'이라는 '80년대/90년대'의 이분법을 가로지르며, 탈역사적이며 동시에 탈일상적인 서사 공간을 만들어내는 것으로 보인다. 소설 장르를 통해서 어떤 서사도 가능하다는 것을 보여주는 김중혁·편혜영·서준환·박형서·한유주·김애란·조하형·천명관 등의 낯선 서사적 모험에 관해서 아직 우리는 문학적 평가를 내리기 힘들다. 이들 중 대부분은 아직 문학 제도권의 광범위한 인준을 받았다고 보기 힘들다. 그러나 이들의 새로운 서사적 모험 속에 2000년대 문학의 어떤 가능성이 숨 쉬고 있다고 볼 수 있다. 그 구체적이고 개성적인 사례들을 몇 가지 살펴보자.

김중혁의 상상력은 2000년대 문학의 가장 유니크한 지점의 하나를 보여준다. 등단작 「펭귄뉴스」(2000)에서 SF적인 내러티브와 미디어의 세계를 다룬 그는, 「그녀의 무중력 진공관」(2002)과 「바나나 주식회사」(2003), 「무용지물 박물관」(2004) 등을 통해 전자적 매체와 미디어 공간, 도구와 인간이라는 테마를 둘러싼 새로운 서사적 감각을 밀고 나간다. 김중혁은 가령 선배 작가 백민석이 『16믿거나말거나박물지』 등에서 보여준 질펀한 하위 문화적 공간에서 '저항적' 무게와 그로테스크한 것들을 제거하고, 대신에 미디어의 세계에 대한 문명적 차원의 '쿨하고도 진지한' 상상력을 확장한다. 「바나나 주식회사」는 자전거를 타고 문명의 거대한 잔해로 가득 찬 쓰레기 호수에 있는 '바나나 주식회사'를 찾아가는 이야기이다. 여기서 바나나 주식회사는 '바나나 현상' 즉 환경 오염 시설을 가까이에 짓지 못하게 하는 운동을 가리키며, 이 회사를 만든 사람은 '한 번만 쓰면 사라져버리는' 물건과 얼음호텔을 시도한다. 만약 이런 주장들을 모든 사람이 한다면, 그것은 '지역 이기주의가 아니라 전 지구적 혁명'이 될 수 있다. 이 소설은 환경과 문명 그리고 인간 존재를 둘러싼 만만치 않은 '진지한 주제'들을 무국적인 상상력으로 다루면서, 계몽적인 환경론자의 목소리를 비껴간다. 또한 '자전거'와 '연필심' 등의 이미지가 선사하는 상징적 효과는 소설의 육체를 더욱 풍부하게 만든다. 이런 소설적 문제 설정은 한국적인 것의 특수성과 거의 무관하며, 하위 장르적 상상력을 통해 문명적 차원의 미래적인 모럴을 모색하는 것으로 볼 수 있다.

편혜영의 소설들은 시체들로 가득하다. 소설 속에는 죽음과 주검이 널려 있고 구더기가 들끓으며 시취가 코를 찌른다. 한 젊은 작가가 이토록 일관되게 극단적으로 그로테스크한 미학에 집중하고 있는 것은 흥미로운 사례이다. 가령 최근작 「아오이가든」(2004)과 「저수지」(2005) 등에서 극단적인 시체의 미학을 끝 간 데까지 밀고 나간다. 그것은 시각적 이미지의 상징성과 강렬함이 서사의 기본 동력이 되는 90년대 여성 작가들의 '이미지 소설'의 계보에 속해 있는 듯이 보이지만, 두 가지 맥락에서 90년대 소설의 문법을 뒤집는다. 우선 하나는 더 갈 데 없이 더럽고 역겨우며 끔찍한 이미지들을 통해 이미지 소설의 시각적 쾌락 효과를 전복한다. 또 하나는 90년대 소설에서 보여주는 일상성의 차원을 넘어서서 익명화된 시간-공간 속에서의 종말론적 상상력을 밀고 나간다. 「아오이가든」에서 작가는 영화적인 이미지와 현대 소설의 '역병' 모티프를 차용한다. 이 묵시록적 서사는 "시커먼 개구리들이 비에 섞여 떨어지는" 죽음의 거리를 설정한다. 결핍과 불구의 이미지를 태생적으로 타고났지만 자신의 실존적 정체성과 심지어 나이조차 알지 못한다. 소설 속에서 고양이가 임신을 하지 못하도록 자궁을 들어내는 장면은 '사산'의 상징성을 부각하며, 급기야 고양이는 '나'의 뱃속으로 들어간다. '누이'가 몸통이 큰 개구리를 낳고 그것들과 '내'가 함께 '추락'하는 극단의 판타지로 나아가면서 소설은 더 갈 데 없는 강렬한 악몽을 미학적으로 완성한다. 편혜영의 소설은 인간의 동물 되기, 혹은 시체 되기를 통해 인간 주체성의 신화를 전복한다.

2000년대 작가 중에서 가장 젊은 연배에 속할 신인 작가 한유주는 문명적 차원의 기억을 소설화한다. 등단작 「달로」(2003)에서 놀랍도록 독창적인 화법을 선보인 그는 「죽음의 푸가」(2004)에 이르러 기억의 발견술을 세계사적 차원으로 확대시킨다. 일반적인 소설에서 등장할 것으로 예상되는 중심인물과 단일한 사건이 등장하지 않고, 시적인 묘사와 진술이 동거하는 한유주의 소설은 묵시록적 비전을 서사시적 문법으로 드러내는 것으로 볼 수 있다. 단편 「죽음의 푸가」가 다루고 있는 시간대는 「죽음의 푸가」의 시인 파울 첼란의 시대였던 1942년대에서 시작하여 반세기에 이르는 세계사적 공간이다. 이 젊은 작가는 아주 기이한 방식으로 거대 서사를 재호명하고 있다. 한유주는 미시적 일상에 대해 천착해왔던 90년대 여성 작가들의 문법과는 전혀 다른 방식으로 큰 이야기의 그늘을 다룬다. 그러나 그가 소설화하는 것은 공식적인 대문자의 역사와 집단적 기억이 아니다. 이 소설의 화자는 공적인 세계사의 뒷면의 파편화된 이미지들을 단속적으로 호출한다. 이때 서술자는 인류 역사의 증언자인 동시에 예언가이다. 그는 세계사적 역사와 공적인 기억 저편의 틈새의 기억을 마치 몽환적인 우화처럼 불러들인다. 그러나 이 소설의 숨은 서술자에게 역사적 부채감 따위는 서사적 동력이 아닐 것이다. 서술자는 자신의 실존적 정체성을 끝내 보여주지 않으며, 단지 역사의 틈새, 그 몇 장면들의 이미지들을 재구성하려는 미학적 충동만을 드러낼 뿐이다. 한유주가 보여주는 역사적이며 정치적인, 그리고 동시에 시적이며 묵시록적 상상력의 매혹은 한국 문학에서 한 번도 경험하지 못한 개성에 속할 것이다.

위에서 2000년대 문학 공간의 새로운 미학적 가능성을 타진하고 있는 몇몇 작가적 개성을 점검해보았다. 이들 작가들의 글쓰기를 통해 2000년대 문학 공간은 그 육체를 풍요롭게 할 것이며, 90년대 문학을 과거화할 것이다. 그러나 지금 여기서 90년대 문학의 최후를 선언한다고 하더라도, 그것은 이미 때늦은 (혹은 너무 빠른) 사망 선고와 애도일 것이다. 그리고 아직은 아무도 2000년대 문학을 전일적으로 규정할 수 없다. 2000년대의 문학의 의미도 '사후적'으로 규정되겠지만, 그러나 그것은 또 다른 미래를 향해 열려 있다. 다만 지금 이 순간, 90년대 문학 공간과는 다른 감각이 실현되는 혼종적 글쓰기와 무중력 공간의 생성을 의미화하는 것은, 2000년대 문학 공간에 새로운 미학적 동일성을 부여하려는 기획이 아니라, 저 90년대와 '잘' 작별하기 위한 행위일 뿐이다.

정신분석의 방식으로 말하면, 그것은 90년대 문학에서 벌어진 '대타자의 붕괴'라는 사건 이후 어떤 주체의 설정이 가능한가를 묻는 일에 연관된다. 공식적인 사회 제도에 노골적인 냉소를 드러내는 90년대 문학의 주체는 역설적으로 모든 것을 조정하는 보이지 않는 타자의 존재를 믿는 존재이기도 하다. 이 냉소와 믿음의 양가적 의식이 대타자의 붕괴 이후의 '자유'의 부담 때문에 다른 방식으로 타자의 믿음을 다시 구성하도록 만들지도 모른다. 그러나 새로운 2000년대 문학은 그와는 다른 방식으로 끊임없이 '자기'를 바꾸어가며 주체화에 저항하고 동일성을 바꾸어나갈 것이다. 당신과 나, 글쓰기를 선택한 실존은 자기의 '다른 이름'을 발견함으로써 주체화의 근거를 무너뜨리는 불온한 미학적 모험을 지속하려 한다. 그러니 2000년대적인 글쓰기는 스스로에게 부가된 이런 호명 자체를 배반할 것이다. 이것이 글쓰기의 실존에 대한 저주라면, 이 저주의 주문은 문학의 오래된 미래를 향해 있으니.

굿바이! 휴먼
— 탈내향적 일인칭 화자의 정치성

1. 누가 말하는가: 계몽과 고백을 넘어서

누가 말하는가? 왜 우리는 그것을 말하려 하지 않았을까?

소설에서 '나'라고 말하는 자는 도대체 누구인가. 한국 문학에서 이 질문은 언제나 '무엇을 말하는가'의 문제에 가려져왔다. 소설의 본문을 이른바 '담론'으로 간주하는 서사학의 문제의식은 본문이 성립하는 조건을 분석의 대상으로 삼는다. 이 경우 사건과 상황을 지각하고 그것을 자신의 언어로 제시하는 화자의 역할과 효과가 주요한 비평적 관심이 된다. 소설에서 화자는 단지 형식적인 기능만을 가지는 것이 아니라, 이야기의 성격과 내용 그리고 독자의 수용 방향을 규정한다. 때문에, 그것은 세계에 대해 일종의 정치적 태도를 함유한다. 화자는 모든 이야기를 하는 존재가 아니라, 어떤 것은 부각하고 어떤 것은 은폐하는 권력의 자리에 위치하고 있다. 이런 측면에서 화자는 순수하게 투명하거나 자립적인 인격일 수 없다.

　　그런데 '누가 말하는가'의 문제가 비평적 현안으로 부각되지 못한 것은 단순히 이론적인 문제가 아니다. 그것은 한국 소설의 단성주의mono-logism적 주류 문법의 특성과 밀접하게 관련된다. 이광수 이후 80년대 소설에 이르는 한국의 주류 소설 문법에서 숨은 화자는 공식 이념의 전언을 실어 나르는 계몽적 권위를 보유하고 있었다. 화자는 역사의 요청을 제출하고 진리를 발행하는 주체이다. 이 주체는 자신의 전언에 대한 확신 위에서 설정되어 있기 때문에 아이러니와 의미의 모호성의 요소를 제거해왔다. 공식적 진리를 대행하는 자로서 계몽적 화자는 자신의 개별자적인 얼굴을 드러내지 않는다.[1]

　　한국 소설의 또 다른 문법적 기조는 고백의 화법이다. 계몽의 화자가 '말해야만 하는 진실'을 확신에 차서 전파하고 있다면, 고백적 화자는 '말하기 힘든 진실'을 머뭇거리며 흘려보낸다. 그러나 이 두 가지 경우는 모두 말(소설) 이전에, 어떤 진실이 실재하고 있다는 전제 위에 성립되는 미학이다. 고백은 화자와 작가 사이의 실존적 진정성의 테제 위에서 구축되는 문법이다. 일인칭 화자가 고백의 주체가 되었을 때, 독자는 그 고백의 진실성을 의심하지 않는다. 물론 모든 고백체 소설이 자전소설의 성격을 갖는 것은 아니다. 그러나 작가가 허구적 인격을 설정했다 하더라도, 독자는 그 진술의 일관성과 투명성을 의문에 부치지 않으며, 작가와 화자의 모종의 실존적 연계성을 받아들인다. 단일하게 내향적인 목소리를 필요로 하기 때문에, 인격적 동일성을 저해하는 요소들은 제약될 수밖에 없다. 결국 공식적 진리를 설파하는 계몽적 화자나 내적 진실을

---

1) 신형기, 「주제소설의 화자」(『한국문학연구』 제2호, 2001)는 이런 맥락에서 의미있는 논문이다.

제출하는 고백적 화자 모두 동일성의 기획에 속한다. 단성주의적 문법 체계 안에서 화자는 그 투명성과 진실성을 보장받고 있기 때문에, 그 성립의 조건과 전략을 문제 삼는 것은 불필요하거나 불경스러운 일이다.

물론 이상(李箱) 이후 이른바 모더니즘 소설의 계보 안에서 진술의 동일성을 교란하고 화법의 아이러니를 실현하는 작품들이 없었던 것은 아니다. 더 나아가 극단적으로 분열증적인 화자와 다성적 화법을 설정하는 실험적인 작품도 없지 않았다. 그러나 그것은 지배적 문법이 되기는 힘들었고, 해석 가능한 것만 해석하는 주류 비평의 조명을 받기는 쉽지 않았다.

화자의 문제를 재인식하는 것은 이렇게 한국 문학의 지배적 문법에 대한 비판적 재인식이라는 문맥에서 의미가 있다. 또한 이것은 90년대 이후 한국 소설 문법의 다원주의적 확대에 대응하는 새로운 비평적 요구와 만난다. 여기서 발화의 형식적 주체 그 자체보다 중요한 것은, 새로운 문화적 현실과 만나는 소설의 전략적 주체 혹은 탈주체의 문제이다. 문화적 혹은 문학사적인 문제의식과 만날 때, 화자 분석은 단순히 형식주의의 범주에서 벗어나 비평적 역동성을 얻는다. 이러한 화자의 문제를 중심으로 나는 '90년대 이후'의 우리 소설의 화법과, 그 미학적 정치성을 문제화하려 한다.

2. 90년대적 인간, 그 이후

90년대 문학은 어디서 시작되고 어디서 끝난 것일까? 이 질문은 성립되지 않는다. 문학이 단선적인 시간 위에 움직이고 있다는 착각은, 문학의 역사에 관한 진부한 명제 가운데 하나이다. 문학은 선형적으로 진화하지 않는다. 다만 우리는 그 문학의 역사적 공간을 맥락화하여 생각해 볼 수 있다.

가령, 『풍금이 있던 자리』(1993)와 『은어낚시통신』(1994)이 80년대 문학이 억압했던 한국 근대 문학의 미학적 국면을 현실화했고, 그 연장 위에서 또 하나의 가능성은 『푸른 사과가 있는 국도』(1995), 『헤이, 우리 소풍 간다』(1995)로 그 징후를 드러내었으며, 『새가 되었네』(1996), 『호출』(1997)에 와서 더욱 선명한 미학적 차별성의 공간이 열리기 시작했다는 가설을 세워보자. 이 가설은 주관적인 것이며, 편향된 것이기도 하다. 이 가설을 뒷받침하는 90년대 문학의 동력 중의 하나는, 이미 알려진 것처럼 개인성, 혹은 개인의 자율성 혹은 정체성에 대한 문학적 탐구와 관련된다. 문제는 90년대 문학이 모두 개인성의 실재를 주창한 것이 아니라는 점. 90년대 문학은 개인성의 문제를 제기하는 동시에 그것을 해체했다. 90년대 문학이 개인성을 호명하는 그 순간, 그것의 부재와 허구가 혹은 그것의 불가능성과 익명성의 세계가 동시에 드러났던 것이다. 그리고 그 개인성의 문제가 형식화되는 지점이 바로 화자의 문제이다.

신경숙과 윤대녕이 보여준 자기 기원에 대한 탐사는 90년대 문학의 하나의 단초를 마련했다고 알려져 있다. 서간체와 자기 반영적 글쓰기 등의 형식으로 표출되는 신경숙의 일인칭 고백체가 갖는 문학사적 의미 역시 실존적 기원을 찾아가는 내면성의 지향이라는 맥락에서 이해되어왔다. 그러나 그것은 개인적 내면성의 실체적 진실을 증거하는 것이기보다는, 그 언어화의 불가능성을 사유하는 문학이며, 개인의 실존적 윤리학을 탐문하는 문학이다. 그 고백적 화자가 보편적인 가족주의를 수락함으로써, 신경숙 소설은 정신적 성숙을 보여주는 동시에 근대적 인간 윤리학으로 귀환한다. 이를테면 고백적 자아와 낭만적 자아로 요약될 수 있는 신경숙과 윤대녕 소설 속의 인간형들은, 집단적 주체를 대변하고자 했던 80년대 소설의 지배적 경향과 구별되는 지점에서 '안으로의 시선'을 의미화한다. 그것은 '내면'의 문제를 둘러싼 근대 문학의 보편적 지향을 극대화한 문학사적 지점을 가리키는 것이기도 하다. 물론 이와 같은 경향이 90년대 여성소설의 주류로 부각되면서, 그 이후의 다른 여성 작가들에게도 인물의 스테레오 타입과 화법의 단성적monologic, 독백적 경향을 낳았다는 것도 주지의 사실이다.

조금 다른 자리에서, 백민석과 배수아는 자기 성찰적 태도를 과감하게 던져버림으로써 새로운 세대의 미성년적이고 반사회적인 자아의 존재론을 보여주었다. 여기에는 제도적 훈육을 거부하고 생에 관한 스타일의 반란을 도모하는 불온한 아이들의 육성이 등장한다. 이들의 과격한 허무주의는 새로운 세대의 가망 없는 나르시시즘과 문화적 저항의 표지를 선명하게 드러낸다. 그런데 이 두 작가의 급진성은 그것이 체험적 혹은 생래적인 성격을 갖는다는 데서 문제가 된다. 생래적이기 때문에 여기에는 자기 진정성에 대한 요구가 묻어 있는 것이고, 그런 의미에서 이들 작가의 일인칭 화자는 어둡고도 차가운 고백의 문법으로부터 출발했다고 볼수 있다.

그러나 성석제와 김영하는 고백하는 존재로서의 작가 개념을 넘어서 직업적인 이야기꾼의 면모를 또렷하게 보여준다. 이들의 소설 안에서 작가와 등장인물 그리고 서술자 사이의 실존적 연계성의 문제는 더 이상 중요한 것이 아니다. 이 두 작가에게서 우리는 '극화dramatize된 화자'와 '인격화된 화자'의 면모, '믿을 수 없는 화자' 혹은 숨은 '구연가'로서의 내포적 서술자라는 전략적 화자의 면모를 여실하게 볼 수 있다. 그리고 그것은 계몽과 고백의 문법의 틈새에서 새로운 화법을 실험했다는 맥락에서 의미가 있다.

성석제와 김영하 이후, 전략적 '화자' 혹은 '서술자'의 문제는 소설 문법의 중요한 현안으로 전경화될 수 있다. 이와 연관해서 최근 젊은 작가들의 소설에서 등장하는 화자의 면모는 더욱 전복적이며, 그것은 이른바 '21세기 문학'의 어떤 징후를 선취하고 있는 것처럼 보인다. 특히 문제적인 것은 이들이 자기 성찰적·반성적 면모를 제거한 일인칭 동종 서술자 homodiegetic narrator를 전략적으로 등장시키고 있다는 점이다. 여기서, 직접 사건에 참여하여 사건을 제시하고presenting 언술을 전달하는 transmitting 일인칭 주인공 화자는, 그 태생적 내향성에도 불구하고, 자신의 시선과 진술 안에서 내면성의 요소를 지워버리는 반어적 화법을 실현한다. 자기 반성적인 자의식이라는 의미에서의 '내면'을 가지고 있지 않은 '생각 없는' 화자는 최근 우리 소설에서 발견되기 시작하는 어떤 낯선 경향을 도드라지게 보여준다. 극화된 일인칭 화자가 마치 내면이 없는 인간처럼 보일 때, 그것은 이미 중요한 문화적 의미를 발산한다.

여기에는 두 가지 문학적-사회적 문맥이 개입한다. 우선 첫째, 이런 '믿을 수 없는 화자'로서 실현되는 서사 행위는 내포 화자와 내포 독자 사이의 소통으로 실현되며, 서사적 표현 자체가 아이러니적 성격을 갖는다. 작가와 인물 사이에서 이야기를 매개하는 내포적 서술자의 존재가 없기 때문에 화자-주인공에 대한 작가의 평가를 본문의 표면에서는 알수 없다. 평가는 철저히 독자의 몫이 된다. 이것은 더욱 근원적인 아이러니의 공간을 제공함으로써 계몽과 고백에 길들여진 독자들에게 새로운 해석적 여백을 제공한다. 둘째, 사회적으로 설정된 일인칭 화자는 작가의 정치적 존재 이전의 문제를 제기한다. 사회문화적으로 다른 존재가 '되기'라는 주제, 좀더 거칠게 표현하면, '골 빈 인간 되기'의 주제는, 화자의 사회 존재론이 욕망의 미시정치학과 만나는 지점을 보여준다.

그런데 탈내향적 일인칭 화자의 설정 자체가 미학적 진보성을 보장하는 것은 결코 아니다. 이런 화자의 설정이 소설 본문의 어조를 경쾌하게 만드는 기술적인 측면에 기여하는 데 머물고, 그 문화적 의미는 제한되는 사례도 있다. 탈내향적 일인칭 화자가 결국 서사의 다성주의적 확대에 기여하기보다는, 새로운 층위의 단성주의로 귀착되는 경우 역시 발견된다.

3. 탈내향적 화자와 또 다른 단성주의

김영하의 「비상구」(『문학과사회』, 1998년 여름호)가 나왔을 때, 한국 소설은 새로운 인간형의 등장을 경험하고 있었지만, 그 화법의 징후적 의미를 그때 우리는 쉽게 알 수 없었다. 그리고 엄밀하게 말하면, 희망 없이 '막' 살아가는 건달들의 세계가 아주 낯선 것은 아니지 않았던가. 성석제의 「내 인생의 마지막 4.5초」(1995)와 「경두」, 「조동관 약전」(1997)이 이미 발랄한 방식으로 깡패의 인생 유전을 전도된 남성 영웅 서사라는 문맥에서 보여주었기 때문이다. 여기서 남성적 영웅 신화의 전복은 희비극적인 전(傳)의 형식을 차용한 것이었다. 문제는 전의 형식이 그런 것처럼, 그것은 그들의 인생 유전을 박진감 있게 전달하는 숨은 탁월한 입담꾼의 존재가 필요하다는 사실이다. 성석제 소설에서 사건에 등장하지 않고 숨어 있는 이종 서술자heterodiegetic narrator의 존재는 소설의 핵심적 장치이다. 그리고 이러한 숨은 구연가의 객관 서술에 의존하는 문법적인 기조는 그의 최근작 『황만근은 이렇게 말했다』(2002)에서도 유지된다.

그러나 김영하의 「비상구」는 과감한 인일칭 화자를 등장시켜 비속어적인 직접 화법을 쏟아낸다. 그것은 성석제와는 다른 미학적 스타일로 희망 없는 뒷골목의 세계를 보여주려 했다는 것을 의미한다. 숨어 있는 제3의 서술자의 존재 없이, 극화된 화자가 자신의 육성을 쏟아냄으로써 독자는 그 하위적인 문화를 더욱 직접적으로 경험하게 되며, 주인공의 욕망의 음조는 더욱 투명하게 감지된다. 사회적 주변인이 자신의 눈으로 사건을 인식하고 자신의 언어로 말하게 함으로써, 상황의 현장성과 박진감은 배가된다.

이 소설은 어떠한 건강한 미래도 약속하지 않는 새로운 세대의 탈주의 공간을 속도감 넘치는 영상적 활극으로 연출한다. 주인공이 보여주는 생에 대한 '고백'의 수준은 대충 이렇다. "내 나이도 올 겨울만 지나면 스물하나가 된다. 오토바이 타고 장난칠 때도 지났고 삐끼질 할 짬밥도 아니다. 조직에 들어가서 허리 굽히고 살기도 싫다. 집구석으로 들어가는 건 더 좆같다. 집에 가봐야 눈칫밥밖에 더 먹나. 괜찮은 년 하나 있으면 살림 차리고 씨팔, 이삿짐이라도 날라볼까"라는 것이다. 그런데 '퍽치기'와 싸움질로 하루하루를 탕진하며 살아가는 '나'에게 남은 가장 중요한 가치는 무엇일까? 술집 손님에게 부당하게 폭행당한 여자친구의 복수를 감행하는 것이다. 복수를 결단하게 만드는 가치는 "좆같은 놈들이 너무 많다. 나도 별 볼일 없는 놈이지만 그렇게는 안 산다. 다 쓸어버리고 싶다"는 것이다. 사회에서 소외된 자들의 의리 혹은 연대감, 그리고 '나'보다 더 '좆같은 놈들'에 대한 증오심은 물론 체제에 대한 증오심과 다르지 않다. 그것이 무모한 방식으로 표출되어 파국과 비극을 향해 치닫는다는 측면에서 소설은 필름 누아르나 갱스터 무비의 장르적 서사 관습을 모방한다. 주인공의 마지막 "니미 씨팔이다"라는 욕설은 그래서 이들의 삶과 사회에 대한 태도를 요약한다. 이런 맥락에서 이 소설의 캐릭터와 화법이 가지는 탈주의 문맥은 선명하다.

그런데 문제는 이 소설의 활극이 남성적인 영웅 서사를 근원적으로 해체하는 것이기보다는 그것을 재생산하는 측면이 강하다는 것이다. 의리를 위해 무모한 복수를 감행하는 남자는 여자친구의 배에 있는 화살표 문신을 보면서 "화살표의 끝에다가 EXIT라고 쓴다면 더 죽일 것 같았다. 정전이 되면 켜지는 EXIT 표지처럼, 여자애의 EXIT도 불이 꺼져야 보이니까 말이다"라고 생각한다. 여자애의 '비상구'를 밀자고 제안하는 남성 화자는 남근적인 도착의 한 양상을 보여준다. 마지막 장면, 그녀의 비상구에 머리를 처박고 있는 '나'는 그곳에서 어릴 적의 '나물 냄새'를 맡는다. '나물 냄새'는 상투적인 남성 판타지가 만드는 허위적인 모성 이미지의 한 변형으로 볼 수도 있다. 지금 나는 이 소설의 캐릭터를 비판하고 있다. 그런데 착각하지 마시라! 이 소설의 화자는 극적으로 고안된 '골빈' 화자에 불과하다. 그렇다면 처음부터 그것은 비판의 대상이 될 수 없다. 문제가 되는 지점은 오히려, 이 화자의 목소리가 독자의 해석적 공간을 여는 아이러니의 영역을 만들기보다는, 고백적 소설과는 다른 층위의 단일한 목소리를 보여주고 있다는 점이다. 우리는 이 소설에서 사회적 타자의 목소리를 들을 수 있지만, 그 목소리는 그 내부에 타자를 포함하지 않는 단지 새로운 평면적 주체의 목소리다. 그렇기 때문에 이 소설은 그 캐릭터의 급진성에도 불구하고 단성적인 서사의 전복을 보여주는 것은 아니다.

김현영의 「냉장고」(『문학동네』, 1997년 여름호)에도 삶에 대한 어떤 성찰과 전망도 갖지 못하는 새로운 세대의 일인칭 화자가 등장한다. 여기에는 세련되고 현란한 새로운 자본주의적 문화에 매혹되어 그 안에서 물질적 향유를 누리고 있으면서도, 소통에 대한 허기를 느끼는 화자가 나온다. 경제적으로 어려웠던 집안이 아버지의 사업 성공으로 부유해지자, '사모님'으로 변신하지 못한 촌스러운 엄마는, 아버지로부터 멸시당하자 무모하고 절망적인 식욕으로 죽는다. 세련된 문화를 호흡하는 아버지와 '나'의 수준에 맞는 새엄마는 너무나 우아하지만, '나'는 깊은 '고아 의식'에 붙들려 있다. 온갖 세련된 음식들로 가득 찬 거대한 냉장고에서 먹을 것을 찾지 못한 '나'는 냉장고-어머니의 자궁 안으로 숨어든다.

이 소설의 화자는 사회적 성장을 저지당한 세대의 시선을 보여주고, 다채로운 문화적 브랜드들을 끊임없이 호명한다. 화자의 시선은 현란한 자본주의적 기호들과 자신의 내면적 허기 사이에서 흔들린다. 세상으로부터의 소리를 차단하고 이어폰으로 들려오는 팝송 가사들을 계시처럼 듣는다. 그 가사들 속에 숨어 있는 저항적 전언들에도 불구하고, 이 소설은 새로운 세대의 문화적 삶에 대응하는 문법적 전복성을 보여주지 못한다. 화자의 시선의 초점은 새로운 문화적 현실에 있는 것이 아니라, 자신의 내면적 허기에 맞추어져 있다. 죽은 어머니와 그 촌스러운 취향으로 상징되는 진정성의 기억을 향하는 것이다. 가족적 유대와 어머니의 자궁에 대한 화자의 퇴행적 욕구는 그 자체로 비판될 수는 없다. 문제는 어떤 사회적 성장과 내적 성찰도 거부하는 듯한 포즈를 보이는 화자가, 결국 불우한 기억의 동일성에 고착되는 고백적 화자로 귀환하고 있다는 점이다. 그리하여 발랄한 문체와 현란한 문화적 이미지들의 장식성에도 불구하고, 이 소설은 '자궁 찾기'와 상처받은 가족적 유대에 대한 향수라는 낯익은 주제로 후퇴한다.

이만교의 『머꼬네 집에 놀러 올래』(문학동네, 2001)와 「나쁜 여자, 착한 남자」(『세계의 문학』, 2002년 여름호)에도 내면성이 제거된 일인칭 화자가 등장한다. 이 작가는 성석제와 김영하가 보여준 이야기꾼의 면모를 계승하고 있는 것처럼 보이는데, 특히 많은 작품들에서 일관되게 탈내향적인 동종 서술자를 선보이고 있어서 주목된다. 『머꼬네 집에 놀러 올래』는 외할머니에서 조카에 이르기까지 십여 명의 가족들이 한데 부대끼며 살아가는 이야기를 세태소설적인 스타일로 그린다. 가벼운 일인칭 화법으로 한 가족의 풍속사를 속도감 있게 그려내고 있으며, 무겁고도 절망적인 상황을 일거에 공중에 띄워 올리는 발랄한 수다가 흥미롭다. 그러나 이 작품에서도 탈내향적 일인칭 화자의 역할은 세태소설에 경쾌함을 부여하는 데 머무를 뿐, 사회적 아이러니를 산출하지 못한다. "우리 집은 이 나라의 가장 변두리에 위치해 있으면서도 언제나 그 한복판의 상처를 받았다. 그러나 우리 집을 지나간 그 어떤 정치경제사의 불운과도 무관하게 우리는 또 행복할 수 있었다!"는 화자의 진술은 반어적 예리함을 담고 있지 않다.

「나쁜 여자, 착한 남자」는 이만교 특유의 입담이 다시 확인되는 중편이다. 이 소설의 일인칭 화자는 어떤 죄의식도 없이 노골적으로 세속적인 가치를 주장한다. 이 남자의 주위에 있는 두 여자 중 한 여자는 "육체만이 아니라 정신까지도 노골적인" 여자이고, 또 한 여자는 "정신이나 육체나 정숙하기만 하기" 때문에 주위 사람들을 불편하게 만드는 여자이다. 자신의 지위와 권력을 이용하여 이 두 여자의 스타일을 모두 즐긴 화자는 이 두 여자에 대한 자신의 평가를 끊임없이 쏟아 붓는다. 소설의 본문은 감옥에 들어간 '나'가 자신의 개인사를 노골적으로 '고백'하는 형식으로 구성된다. '나'는 세상과 독자를 향해 "세상을 바라보고 좀더 이기적으로 처신하고 좀더 치밀하게 계산해서 보다 자유롭게 자네 안에 있는 욕망들을 마음껏 발산하고 세상 사는 재미도 한껏 즐겨보세. 지금 세상은 그런 인간형을 원하고 있단 말이야"라고 설파한다.

이 소설은 몇 가지 역전과 역설의 요소를 장전하고 있다. 우선 소설의 말미에서 화자는 자신이 지금까지 고백한 말들이 생략과 과장이 있을 수 있다고 말하고, "지금까지의 얘기를 전지적 시점에서 다시 살펴본다면 부분적으로 또 다른 진실이 드러날지 모르지"라고 말한다. 아내의 교통사고를 계획했을 정도로 자신이 얼마나 치밀하고 악마적인 인간인가를 다시 암시한다. 또 하나. 이 소설의 제목은 본문에서의 캐릭터의 성격을 뒤집는다. 그녀의 위선보다 '나'의 위악이 오히려 의미있는 것일 수 있다는 역설의 논리. 이 논리에서 이 소설의 화자는 상투적인 윤리학을 뒤집고 있다. 그러나 이 소설의 위험성은 바로 여기에서 출발한다. 하나의 윤리학에 대한 전복이 또 하나의 단순한 역윤리학으로 귀착되는 사례. 이 소설의 노골적이고 과격한 '고백'의 화법이 이런 역윤리학의 이분법에 기초하고 있다는 것은 주목을 요한다. 더구나 이 확신에 찬 일인칭 화자는 자신이 가진 남성적 권력에 대해 어떤 회의도 품고 있지 않다. 이것이 이 화자가 보유하는 순수한 불온성이며, 동시에 이데올로기적 위험성이다. 이 소설에서 화법의 전복성은 세태소설적 남성 서사를 구성하는 데 기여할 뿐이다.

4. 다층적 언술과 욕망의 미시정치학

김영하의 「오빠가 돌아왔다」(『현대문학』, 2002년 1월호)는 「비상구」의 일인칭 화자를 더욱 발랄한 방식으로 재현한다. 이 소설에 등장하는 일인칭 화자는 열네 살의 하층민 소녀이다. 이 소녀는 망가질 대로 망가진 자기 가족을 이야기한다. '나'의 가족은 경제적으로 궁핍할 뿐만 아니라, 가족 관계의 인륜성이 극단적으로 파괴되어 있다. 어릴 적 아버지에게서 폭행을 당해왔던 집 나간 오빠는, 미성년자인 어린 여자애를 끼고 나타나 아버지를 단숨에 물리적으로 제압하고 가족의 새로운 권력자가 된다. 아버지는 아들을 '청소년 성매매 사범'으로 고발했다가 아들에게 물리적 응징을 당한다. "술주정뱅이에 고발꾼인 아빠와 그 아빠를 작신작신 두들겨 패는 택배회사 직원인 아들, 그 아들의 미성년자 동거녀, 오피스텔 건설 현장의 함바집 아줌마, 마지막으로 그 아줌마의 전 남편이 탐내는 교복의 주인인 중학교 1학년짜리 소녀"로 구성된 '콩가루' 가족. 인륜성이 완전히 붕괴된 것처럼 보이는 가족 구성원들의 허위와 육욕, 그리고 권력의 암투를 소녀는 지나치게 되바라지고 냉소적인 육성으로 야유한다.

문제는 이 냉소적인 육성의 사회적 해석 지점이다. 우선 이렇게 말해볼 수 있다. 14세 소녀는 사회적으로나 가족 내부에서나 상대적인 약자이다. 소녀는 어떤 사회적 권력도 물리적인 힘도 가질 수 없다. 바로 그런 이유로 소녀는 가족 내부의 '먹이사슬'을 야유할 수 있다. "이건 정말 큰일이다. 우리 집 먹이 사슬은 이렇다. 오빠는 아빠를 이긴다. 아빠는 엄마를 이긴다. 그런데 엄마는 오빠를 이긴다. 나는? 엄지공주다. 나는 너무 작기 때문에 누구도 나 따위를 이기려고 하지 않는다. 싸움은 그 셋 사이에서 늘 벌어진다. 어쨌든 엄마가 출동했다는 건 오빠한테는 달갑지 않은 일이다. 이상하게 오빠는 엄마한테 약하다. 그건 오빠가 데려온 그 계집애도 엄마한테는 밥이란 얘기다." 그래서 이 엄지공주는 어른이 되기를 바란다. "어른이 된다는 건 간단하군. 우선 부모를 제압할 만큼 힘을 기르고 짝을 찾아 집으로 쳐들어오는 거야. 그럼 만사 오케이다. 나도 어서 어른이 되었으면 좋겠다." 어른들의 세계를 **바라보는** 소녀의 시

선은 냉소적이지만, '나'는 나름의 최소 윤리를 유지하며, 생의 지혜를
터득해간다. 이 소설의 화자는 「비상구」의 남성 화자가 보유하는 남성적
인 신화의 욕구와는 반대편에서 가족 구성원들의 욕망의 정치학을 투시
한다.

남는 문제는 오빠와 엄마의 귀환과 가족의 재결합이 가지는 의미에 관
한 것이다. 소설의 마지막 야유회 장면은 삐걱거리는 가족의 모습을 보
여주지만, 오빠와 엄마가 다시 돌아온 가족의 상황은 어떤 화해의 가능
성을 암시하고 있는 것처럼 보인다. 그것을 화해의 암시로 해석하는 일
은 가족적 윤리의 복원이라는 척도에 의해 가능한 것이겠지만, 이 소설
의 진보성을 제한하는 독법이다. 그 독법은 14세 소녀의 육성이 갖는 정
치적 의미를 축소하고 있는데, 그 축소의 가능성이 본문에 노출되어 있
다는 측면에서 자본주의적 가부장 제도와 가족 윤리에 대한 이 소설의
전복성은 상대적으로 제한적이다. 그러나 동시에, 이 소설의 서사적 결
말과 소녀의 목소리가 가족에 대한 더욱 근원적인 야유의 성격을 띠고
있다는 해석 역시 가능하다. 이것은 이 소설의 해석적 공간의 다원성을
증거한다. 그의 소설 「비상구」와는 달리 이 작품의 '골 빈' 화자는 자신의
내부에 아이러니의 공간을 마련해두고 있다. 이런 맥락에서 이 소설은
독자의 참여에 의해 완성되는 위티즘의 미학을 선보인다. 하나의 서사
공간을 독자로 하여금 정치적으로 다른 문맥에서 의미화할 수 있도록 허
락하고 있다는 바로 그 점이, 이 소설의 문법을 유연하게 만든다.

김종광의 「경찰서여, 안녕」(『문학동네』, 1998년 여름호)은 탈내향적 일
인칭 화자의 시선과 행위가 또 다른 사회적 의미를 포함하는 사례이다.
제목에서 이미 충분히 암시되는 것처럼 이 소설은 '경찰서'로 상징되는
국가 권력과 체제로부터의 탈주를 경쾌한 화법으로 선보인다. 도벽이 심

하여 경찰서에 붙들려와 잔심부름하는 아이가 된 '나'는 경찰서를 탈주하려는 끈질긴 욕망을 갖고 있다. '나'의 인격적 정체성은 바로 그 탈주의 욕망 자체이다. '나'는 그 탈주적인 욕망의 시선으로 세계를 바라본다. 경찰서라는 공간 안에서 탈주를 꿈꾸는 어린 남자아이의 시선과 육성은 그 자체로 풍부한 사회적 상징성을 갖는다. 여기서 탈주는 생에 대한 어떤 구체적인 대안이 아니다. '나'는 경찰서 너머의 세계가 오히려 더 나쁠 수도 있다는 것을 감지한다. 그럼에도 불구하고 탈주를 결행하는 '나'의 무모성은 불온하며, '괴도 루팡'이 되겠다는 '나'의 꿈은 체제의 바깥을 향한다. 이런 무모성이 사회적 소수자로서 '나'의 욕망의 정치적 의미를 배가한다.

그런데 화자의 시선은 경찰서와 그 안의 인간들에 대한 증오심만으로 가득 차 있는 것이 아니다. 자신을 폭행하는 거친 형사는 단지 악인이 아니라, 나름대로 '나'에 대한 진한 애정을 보여주기도 하는 이중적인 인물이며, 이 공간 안의 여러 인물들에 대한 화자의 시선은 이런 인간의 양면성의 이해에 기울고 있다. 그래서 '나'는 탈출의 시간에도 탈주의 욕망과 안주의 유혹 사이에서 망설인다. '나'는 이미 어른들의 세계의 그 이중성을 눈치 챈 자이다. 오로지 자신의 말을 쏟아 붓거나 타인에 대한 냉소적 적의를 끊임없이 내비치는 다른 일인칭 화자들과는 달리, 이 주인공은 주변 인간들의 이중성에 대한 이해의 시선을 보여준다. 바로 이 점이 이 작가의 화법을 다성악적(多聲樂的)인 것으로 만드는 요인이다.

최근에 김종광이 발표한 「낙서문학사·창시자편」(『문예중앙』, 2002년 여름호)은 이런 화법적 특징이 집약된 소설이다. 이 소설은 '낙서문학'의 창시자인 '유사풀'의 평전을 쓰기 위해 그를 기억하고 있는 사람들을 인터뷰한 기록이다. 소설의 본문은, 20여 편의 일종의 녹취록으로 구성된다. 소설의 주인공인 유사풀의 직접적인 목소리는 본문에는 등장하지 않으며, 인터뷰의 주체인 허구적 청자 역시 본문의 배면에 숨어 있다. 이 소설의 화법은 복수의 동종 서술자들의 목소리만으로 구성된 독특한 성격을 띤다. 소설 안의 시간은 미래로 설정되어 있으며, 소설의 플롯은 각각의 증언들이 유사풀의 일대기를 시간순으로 전개하도록 구성되어 있다. 이 소설의 기본적 착상과 복수의 화자들이 등장하는 구성은 독창적이다. 흥미로운 것은, 증언자들이 각각 다른 사회적 위치와 세계관에서 증언하고 있음에도 불구하고, 이 소설을 떠받치고 있는 가치는 뜻밖에 단순하다는 것이다. 소설에 개입되어 있는 사회 현실과 문학 제도권에 대한 풍자적이고 직설적인 언급은 때로 이분법적인 단순 논리에 귀착된다. 발랄한 화법이 사회에 대한 평면적 시선과 결합하면서, 오히려 소설의 유머는 일차원적이 되는 아쉬움이 있다.

정이현의 「낭만적 사랑과 사회」(『문학과사회』, 2002년 봄호)와 「순수」(『문학생산』, 2002년 여름호) 역시 낯선 화법의 실험을 보여준다. 「낭만적 사랑과 사회」는 '순결'이라는 문제를 둘러싼 새로운 세대의 경험을 탈내향적 일인칭 여성 화자를 등장시켜 기술한다. 소설의 본문은 자신의 '순결'을 가장 효율적으로 활용하려는 '나'의 시선과 진술로 구성된다. 확실한 상대를 택해 '순결'이라는 자신이 가진 단 하나의 카드를 제출하려는 것이 '나'의 계산이다. '나'는 체제 내부의 성과 가족 이데올로기에 순응하는 방식으로 여성의 사회적 생존의 문제를 부각한다. '나'의 비루한 자기 진술은 사회 체제에 정상적으로 편입하려는 여성 개인의 사적 욕망이 사회적으로 구성된 것임을 드러내준다. 주목할 것은 이 소설의 각주는 이종 서술자의 시점으로 제시되고 있다는 점. 이 소설의 각주는 본문의 사건을 둘러싼 사회적 조건들을 드러내는 문법적 기제이다. 여기에는 본문의 주인공의 행위와 진술의 사회적 성격을 적시하는 숨은 서술자의 사회적 시선이 자리 잡고 있다.

「순수」 역시 여성 일인칭 화자의 진술로 구성된다. 본문은 남편의 죽음 때문에 경찰서에서 조사를 받게 된 '나'의 참고인 진술 조서이다. "첫 번째 남편은 사고로 죽었어요"로 시작되는 이 진술은, 결혼한 세 남편들이 모두 죽음을 당하는 이야기를 담고 있다. 화자는 매우 담담하고 천연덕스럽게 자신의 경험한 세 번의 결혼 생활과 세 남편들의 죽음을 진술한다. 화자는 "언제나 그랬듯 나에겐 아무런 악의도 없었습니다. 살의 따위는 더더군다나. 나는 벌레 한 마리 눌러 죽이지 못하는 성품입니다"라고 고백한다. 조서의 마지막에 "한밤중에 여자 혼자 빈집의 문을 따고 들어가는 건 퍽 위험하고 또 쓸쓸한 일이니까"라고 말할 정도로 자신의 연약함을 위장하는 주인공. 독자는 그 남편들의 죽음에 주인공이 관계되어 있다는 것을 눈치 챌 수 있다. 이 소설의 제목인 '순수'는 그 반어의 미학을 함축한다. 물론 소설의 내포 화자와 내포 독자는 여성 화자의 기만적인 고백에 속지 않고 함께 비난할 수 있는 지위를 갖는다. 그러나 이 소설에 등장하는 악녀에 대해 독자는 오로지 비판적인 입장에 서기 힘들다. 앞의 소설과 마찬가지로 여기서도 사회적 단독자 혹은 소수자로서의 여성 개인은 "어디에 있든 나는 점점 더 강해지고 아름다워질 겁니다"라고 스스로 다짐해야 한다. 거기에는 현실의 논리에 영악하게 대응하며 살아나가지 않으면 안 되는 사회적 욕망의 문제가 개입한다. 이 악녀의 기만적 진술이 일정한 페이소스를 자아내는 것은 이런 이유 때문이다. 화자의 위장술은 단순히 윤리적인 지탄의 대상이 아니라, 여성의 사회적 생존에 관한 정치적 의미를 포함한다.

정이현의 일인칭 여성 화자는 고백적인 화자가 아니라, 일종의 위장적인 화자의 얼굴을 갖는다. 이 위장술 혹은 메이크업makeup은 언술의 이중적 전략에 의해 가능하다. 위장은 단순히 실체적 진실을 가린다는 의미가 아니다. 그녀들은 이 사회와 체제 안에서 살기 위해 '위장'하며, 작가는 그녀들의 '위장'을 위장적인 언술로 드러낸다. 그래서 악녀들의 '위장'은 또 다른 층위의 '위장'을 품고 있다. 맨얼굴을 드러낸 것처럼 보일 때에도 그것은 일종의 다층적 위장술이다. (맨얼굴no makeup은 가장 강력한 메이크업이다!) 이 소설들의 미학적 전략은 사회적인 위장술과 문법적인 위장술이 결합하는 자리에 놓인다. 물론, 상대적으로 선명한 주제 의식이 화법의 유연성과 아이러니라는 효과를 반감할 위험도 있을 수 있다.

5. 타자의 목소리와 개인 방언의 세계

2002년, 한국 소설은 새로운 미학적 전환을 준비하고 있다. 화법의 범주에서 전복을 준비하고 있다는 맥락에서, 그것은 한국 문학사의 그 어떤 내용주의적 전환보다 발본적인 전환에 가까울 것이다. 거기에는 단순화할 수 없는 여러 가지의 문학적·문화적인 국면들이 포함된다. 그러나 화자의 문제에 국한해서 바라본 그 전환의 내부는 비교적 구체적인 대안적 문법의 형태가 드러나고 있다.

우선 말할 수 있는 것은, 소설 문법에서 단성주의를 넘어서려는 움직임. 계몽과 고백이 기본적으로 동일성의 수사학 위에 서 있는 것이라면, 새로운 다층적 서사 문법은 소설의 본문을 둘러싼 '내포 화자/내포 청자' 사이의 화용론적 관계에서 실현되는 차이의 문법이다. 그것은 서사적 자유 공간의 확장과 독자의 참여 영역 확대라는 맥락에서 이해될 수 있다. 이 글 앞부분의 논의를 이어간다면, 그것은 '말해야 하는 진실'을 말하는 계몽과 '말하기 힘든 진실'을 말하는 고백과는 다른 차원에서, '말함으로써 침묵하는 언어'를 구성하려 한다. 동시에 이런 언어들은, (소설의 내용이 아니라) 소설 장르 자체가 내포하는 정치성의 확대이자, 그것으로부터의 탈주라고 볼 수 있다. 좀더 넓은 문맥에서 본다면, 다른 방식으로 말할 자유, 혹은 다른 인물의 입으로 말할 자유는 정치적인 위반의 자유이기도 하다. 동일성의 문법에 기초한 화자의 해체는 우리 소설이 계몽과 고백의 요청에서 벗어나 그 안에서 '타자의 목소리'를 낼 수 있게 되었다는 것을 의미한다.

어떤 계몽과 반성의 포즈도 없이 생을 비루하게 묘사하고 자신의 욕망을 노골적으로 제시하는 '탈내향적인 일인칭 화자'들의 등장을 보자. 이것은 성문화된 문법의 악마적인 전도를 실행하는 탈승화desublimation의 미학을 포함한다. 엄밀하게 말하면 '내면'을 갖지 않은 인간, 내면이 없는 화자의 존재는 불가능하다. 이런 화법들이 내면적 인간 자체를 폐기하고 있는 것은 아니다. 역설적으로 말해 이 미학적 기획은, 동일성의 이데올로기에 기초한 내면의 이념을 교란하려는 또 다른 내면적 자의식의 소산이며, 자기 동일적 주체를 비판하는 또 하나의 반성적인 주체의 전략이다. 단지 그 내면의 동일성을 실체화하는 근대적 휴머니즘을 배반하는 자리에서 욕망의 미시정치학은 부각되고 있다. 개인들의 차이를 통합하거나 부분적 공통성을 전체화하여 집단적 주체와 보편 이성의 권력을 구성하는 기도를 뒤집어 보임으로써, 체제의 호명으로부터 탈주하는 개인의 욕망을 보여준다. 이것이 '골 빈 화자 되기'의 사회 존재론이다.

허구적인 일인칭 화자에 의해 흘러나오는 이 새로운 소설적 모놀로그는, 타자를 배제한 독백이 아니라 타자로 하여금 말하게 하는 독백을 구현함으로써 새로운 대화적 관계를 구성한다. 그리하여 우리가 이 새로운 소설들에서 들을 수 있었던 것은 주변적 인간의 방언이다. 문제는 그 방언이 공동체와 집단의 방언이 아니라 철저히 분자화된 개인 방언이라는 점. 그 '골 빈 화자'들이 국가와 가족이라는 제도의 경계를 타고 넘는 사적 욕망의 유영을 보여준다는 점. 이런 분자화 혹은 소수화 주체를 통해 담화 관계의 반란과 새로운 욕망의 전선을 모색하고 있다는 점. 2002년, 한국 문학은 이제 이 개인 방언을 보존하는 기획에 돌입하고 있다.

시의 아나키즘과 분열증의 언어
— 2000년대의 젊은 시인들

이것은 폭발이다. 2000년대 들어와서 그 윤곽을 드러내기 시작한 '다른 시'의 징후는, 2005년에 이르러 폭발적인 양상을 드러내기 시작했다. 젊은 시인들의 실험적인 시집이 잇달아 출간되면서 한국 시단의 지형에 충격을 던져주었다. 돌이켜보면, 90년대의 시는 80년대 초반의 전위적 에너지로부터 소비사회의 대중문화적 상상력으로 전이되는 한편, '신서정'과 '생태시학'으로 명명된 서정시적 문법으로의 회귀 양상을 보여주었다. 2000년 이후의 젊은 시인들은 90년대의 장정일·유하·이원 이후 상대적으로 약화되었던 전위적인 미학을 재충전하여 낯선 시적 감각을 보여주기 시작한다. 소설 장르가 여전히 출판 시장의 요구로부터 자유로울 수 없는 상황과는 달리, 젊은 시인들은 시의 그 반시장적인 운명을 첨예하게 밀고 나감으로써 오히려 새로운 문화적 활력을 회복한다. 2000년대 초반의 이장욱·김행숙·진은영이 이미 그 단초를 보여주었던 이 새로운 미학은, 2005년 장석원·이민하·황병승·이성미·신해욱·김민정·유형진·박진성·김언 등 젊은 시인들의 첫 시집의 출간으로 집단적인 움직임을 드러내기에 이른다.

이 집단적인 양상에는 물론 세대적인 이미지가 스며들어 있다. 새로운 대중문화적 감수성을 보여주었으나 여전히 서정시적 세계관의 자장으로부터 자유로울 수 없었던 그 이전 세대들에 비해, 이들은 더욱 근원적인 방식으로 탈서정시적 글쓰기를 실현한다. 이들의 집단적 등장이 '문학운동'적 차원의 의식적인 전략의 소산이라고 할 수는 없으며, 이들 내부에서도 다양한 시적 편차가 존재한다. 또한 이들을 한데 묶어 그 집단적 동일성을 규정한다는 것은 어려운 일이며, 어쩌면 억압적인 가설이 될 것이다. 하지만 이들이 공유하고 있는 시적 전선의 지점들을 점검하는 것은 의미있는 일이다.

이들의 시적 특징을 여러 가지 방식으로 호명할 수 있겠지만, 서정적 형식의 중심으로서의 시적 자아를 지우고 그것을 탈주체화하는 것을 시 쓰기의 전선으로 볼 수 있다. 재래적인 의미에서 서정시는 일인칭 주체의 투명한 영혼과 그에 대응하는 단일한 목소리에 의해 구성된다. 서정시에 서사적 요소를 도입한 이른바 '민중시'의 경우나, 우울하고도 건조한 모던의 감수성을 드러낸 시들에서도, 시적 담론을 통어하는 일인칭 주체의 지위는 언제나 완강하다. 서정시적 주체는 하나의 서정시의 일관된 정조와 구조적 동일성을 유기적으로 관장하려는 위치에 있지만, 이들의 시에서 이러한 서정적 주체는 근본적으로 분해된다. 서정적 주체 자체의 중심을 무너뜨리는 작업을 통해 서정시의 언술은 심각한 혼란과 균열의 상태에 처한다.

이 탈중심화된 언어를 가령 '분열증적인 언어'라고 부를 수 있다. 보수적인 이론에서 '분열증'이란, 주체가 아버지의 부성적 기능, 즉 법의 역할을 담당하는 상징계적 질서 안에서 '정상적'으로 안착하지 못하는 상황에서 비롯된다. 임상적인 측면에서 그것은 부성적 시니피앙의 위계질서에 편입하지 못한 소외를 의미한다. 그러나 역으로 혁명으로서 분열증은 부성적 위계질서와 상징계의 와해를 뜻하는 '해방'적인 것이다. 언어적인 의미에서 분열증적인 언어는 부성적인 위계와 예속의 관계를 포함하지 않고 특권적 시니피앙과 유기적인 질서를 거부하는 내용과 표현의 무제한적인 흐름만이 있는 언어이다.

물론 2000년대 이전에도 탈서정시적 문법을 시험한 사례는 적지 않다. 가령 황지우를 비롯한 80년대의 전위적인 시들에서 탈서정시적 화자를 채택하는 경우가 적지 않았다. 그런데 이때 그러한 화자의 선택은 전략적인 것이며, 따라서 그런 '횡설수설'의 뒷면에서 그것들을 통어하는 함축적 화자의 일관된 의도가 감지될 수 있는 것이었다. 그러니까 그것은 퍼소나의 대체이지, 퍼소나 자체의 분열증적인 와해는 아니었다. 이러한 위장된 퍼소나의 채택은 70년대의 시에서, 가령 민중적 화자를 선택한 신경림과 자기 반영적 화자를 채택한 황동규, 오규원에서도 등장한 바 있다. 이런 경우에도 '진정한 화자'는 언제나 그 뒤에서 서정적인 혹은 비판적인 주체의 지위를 유지하고 있었다. 그런데 지금 벌어지고 있는 미학적 사태는 그보다 훨씬 근본적인 수준의 것이다. 분열증적인 화법의 뒷면에 그것을 통어하는 함축적 주체의 존재감이 없다. 이들에게 분열증적 언어는 전략적인 차원이 아니라 존재 방식 그 자체이다. 그것은 새로운 퍼소나의 등장이 아니라, 퍼소나 자체의 와해이며, 시적 자아라는 관념 자체로부터의 탈주로 부를 수 있다.[1]

---

1) 물론 여기에 이르기까지는 선배 시인들의 앞선 시적 모험이 있었다. 가령 자신의 시적 방법론을 끊임없이 갱신해온 오규원의 탈인간적 시점과 '날이미지' 시나, 박상순의 탈내향적인 인접 혼란의 시 언어들, 김혜순의 여성적 시쓰기와 그 환유적 모험과 같은 시적

이것은 이들의 문화적 감각에서도 드러난다. 가령 90년대의 시에서 대중문화를 다루는 방식이란 유하의 시가 보여주는 것처럼 주류 대중문화에 대한 매혹과 그 반성적 거점을 동시에 보여주는 것이었다. 한편으로 주류 대중문화에 침윤되어 있으면서, 그것에 대한 비판적 거리를 유지하려는 시적 자아가 등장했다. 그런데 2000년대의 젊은 시인들은 하위 문화적 상상력을 실존적 존재 방식의 하나로 육화하고 있으면서, 경계를 무화하는 혼종적 글쓰기의 놀이를 보여준다. 하위 문화적 글쓰기는 주류 대중문화라는 새로운 문화적 권력의 주변부에서 꿈틀거리고 흘러넘치는 무제한적이고 탈경계적인 움직임이다. 거기에는 대중문화에 대한 비판적 거리와 반성적 자아가 존재하지 않는다. 이들은 하위 문화적 공간의 상대편에 다른 서정적 공간을 만들지 않는다.

비유적으로 말한다면, 그 이전 세대의 전위적인 시학이 '망명 정부'의 그것에 가까웠다면, 이 세대의 문법은 '무정부주의'의 것에 훨씬 가깝다. '망명정부'로서의 시학에서 중요한 것은 '저항'과 '반성'의 코드이고, 현실의 억압과 타락을 대체할 시적 공간을 만드는 작업이었다. 그러나 '무정부주의' 시학에서 이제 지상의 순결한 서정적 공간은 어디에도 없다. 서정적 주체화 작업 자체를 거부하기 때문이다. 서정시의 미학적 위계와 인식론적 주체를 무화한다는 맥락에서, 이들의 시적 '아나키즘'은 2000년대 시의 가장 첨예한 미학적 전선을 이룬다. 2005년에 출간된 시집들에서 이러한 시적 탈승화 과정을 날카롭게 보여주는 몇 가지 구체적인 사례를 만나보자.

자아를 탈중심화·탈주체화하는 '진보적인' 사례들을 참조할 수 있을 것이다. 적어도 시적 주체의 문제에 관한 한 최근 젊은 시인들의 작업은 그 연장에서 이해된다.

원숭이가 앞구르기를 한다
틀어쥔 목의 사슬을 놓아주는 주인
꺾인 꽃처럼 나를 놓아주던
검은 눈동자에 어리는 아버지

내가 지니고 있던 무덤 밖으로
검은 나비 날아간다
짐승이 바라보는 별처럼
검은 나비를 쳐다본다

나비야, 나는 두개골에 숱 많은 털을 달고 있는 포유류, 어머니의
젖꼭지를 빨며 절망을 체득한 원숭이, 지능을 방패 삼아 진실을 회
피하는 유인원, 세계를 거짓으로 채색하는 언어를 지니고 날숨마다
허상을 뿜어냈지. 나도 그처럼…… 모든 것이 현재진행형으로 멸종
되고 있는 경동시장 네거리에서, 나비야 나비야……
　　— 장석원, 「나의 전부는 거짓이었다」 부분(『아나키스트』, 문학과
　　지성사)

　장석원은 그 이전 세대가 보여준 저항과 전복의 열정을 간직한 채로,
시적 자아를 새로운 존재로 이전시킨다. 이 시에서는 경동시장 네거리의
사슬에 묶여 재주를 부리는 원숭이와 그의 절름발이 주인으로부터 '주인
과 노예의 변증법'이 추출된다. 그것은 헤겔 철학이 인간의 인정 투쟁의
욕망을 설명하는 하나의 논리이다. 원숭이를 통해서만 자기 욕망을 실현
할 수 있는 주인이 역으로 원숭이의 노예가 되는 변증법적 과정. 그런데

이 시에서 이 '주인과 노예의 변증법'은 다른 차원으로 옮겨진다. 우선은 '나'와 '아버지' 사이의 오이디푸스적 관계에서 주인과 노예의 관계가 비유적으로 언급된다. 그런데 '아버지'는 "꺾인 꽃처럼 나를 놓아"준다. 그리고 "내가 지니고 있던 무덤 밖으로" 날아가는 '검은 나비'가 돌발적으로 출현한다. 이탈의 이미지를 발산하는 '검은 나비'의 상징적 의미를 찾아내려는 것은 무의미한 일이다. 문제는 '내'가 '나'를 다시 호명하는 방식. '포유류' '원숭이' '유인원' 등으로 나를 재호명함으로써 '나'는 '역진화'의 경로를 밟는다. 이 호명은 주체를 주체화하는 이데올로기적 호명이 아니라, 인간 주체를 '짐승'으로 호명함으로써 그 주체화를 저지하는 분열증적인 호명이다. 탈승화의 호명을 통해 인간적 주체로서의 '나'로부터 포유류로의 역진화가 이루어진다. 이 역진화의 사건에서 '주인과 노예의 변증법'의 인간학은 이제 의미가 없으며, 오이디푸스적 관계의 상징 질서도 무화된다. 짐승의 세계에서 인정 투쟁의 변증법적 과정은 의미가 없기 때문이다. 이 짐승-되기의 세계에서 '나'는 "허상을 뿜어"내는 존재이며, 시의 제목처럼 "나의 전부는 거짓"이다. 이런 주체의 역진화는 그것이 놓인 "경동시장 네거리"라는 물질적 공간 자체를 "현재진행형으로 멸종되"는 자리로 만든다. 그리하여 이 시는 원숭이와 주인을 보는 시적 주체의 시선에서 출발하지만, 그 시선을 자기 내부의 것으로 옮겨오고, 다시 '자기'의 주체화 자체를 부정하고 세계의 멸종을 체험하는 사태로 진행된다. 이 한 편의 시는 대상에 대한 시적 주체의 시선이, 다시 그 시선의 주체성을 무너뜨리는 탈주체화의 '호명'으로 전복되는 하나의 드라마이다.

나의 진짜는 뒤통순가 봐요

당신은 나의 뒤에서 보다 진실해지죠
당신을 더 많이 알고 싶은 나는
얼굴을 맨바닥에 갈아버리고
뒤로 걸을까 봐요

나의 또 다른 진짜는 항문이에요
그러나 당신은 나의 항문이 도무지 혐오스럽고
당신을 더 많이 알고 싶은 나는
입술을 뜯어버리고
아껴줘요, 하며, 뻐끔뻐끔 항문으로 말할까 봐요

부끄러워요 저처럼 부끄러운 동물을
호주머니 속에 서랍처럼 깊숙이
당신도 가지고 있지요

부끄러운 게 싫어서 부끄러울 때마다
당신은 엽서를 썼다 지웠다
손목을 끊었다 붙였다
백 년 전에 죽은 할아버지도 됐다가 고모할머니도 됐다가……
— 황병승, 「커밍아웃」 부분(『여장남자 시코쿠』, 랜덤하우스중앙)

　　장석원의 시에서 '포유류'의 차원으로 역진화했던 시적 자아는 황병승
의 시에서는 신체의 일부로 찢긴다. 우선 이 시의 제목은 '커밍아웃'이
다. 이것은 동성애자들이 자신의 성적 취향과 정체성을 공개적으로 밝히

는 행위를 말한다. 넓은 의미에서 그것은 사회적 시선에 의해 왜곡된 자신의 정체성을 공개적으로 드러내는 것을 의미한다. 그러니까 사회에 대한 주체의 진정한 자기 고백이자 선언에 해당한다. 이 시에서 커밍아웃의 내용은 기괴하다. "나의 진짜는 뒤통순가 봐요"라는 첫 문장에서 보이는 것처럼, '나의 진짜'는 '뒤통수'이거나 '항문'이다. '나'의 정체성을 '뒤통수'와 '항문'으로 선언하는 것은, '나'의 공개적인 '전면'이 아닌, '나'의 신체적인 뒷면을 드러내는 행위이다. 그런데 '뒷통수-되기' '항문-되기'의 선언은 진정성의 담화이기보다는 모든 것을 혼종적으로 뒤섞는 시쓰기의 유희에 가깝다. '커밍아웃'이라는 개념 속에는 자아 정체성에 관련된 '진짜/가짜'의 이분법의 위계가 남아 있다. 하지만 이 분열증적인 '커밍아웃'의 세계에서 '진짜'의 놀이는 타자와의 일그러진 소통 속에서 무의미한 유희가 된다. 이 시에서 끊임없이 호명되는 이인칭 '당신'은 서정시의 일반적인 이인칭의 세계에 속해 있지 않다. 그것은 '나'의 서정적 대상으로서의 '당신'이 아니라, "부끄러운 동물을" 잔뜩 그 속에 가지고 있는 또 다른 '나'일 뿐이다. 이 시에서 '나'와 '당신'은 이미 존재론적으로 타자이며, 이 분열된 타자들의 세계에서 '나'와 '당신'은 더 이상 주체와 대상의 위치에 있지 않다. '당신'은 "손목을 끊었다 붙였다" 하는 "백년 전에 죽은 할아버지도 됐다가 고모할머니도 됐다가" 하는 불안정하고 실체 없는 존재이다. 이 과정에서 '나'와 '당신'의 서정적 위계는 뭉개진다. 시적 자아로서의 인격적인 주체는 비인격적인 신체의 일부로 혹은 죽은 자의 이름으로 변모한다. 이런 사태에 따라 여기서의 '커밍아웃'은 정체성의 사회적 승인이 아니라, 사회적으로 호명된 자아 정체성에 대한 더욱 근본적인 교란에 직면한다.

내가 날 굽는 냄새가 피어오르자 해골들과 부위 모를 뼈다귀들이
앞 다투어 모여든다 석쇠 위에 고여 있던 핏물이 선지로 돌돌 말아
빚은 완자처럼 지져져 더욱 쫀쫀해진 내가 날 엿가위로 한 입 두 입
잘라 굽는다 따각따각 아귀 터지게 턱 벌리는 해골들에게 내가 날
잘라 구운 살점을 바싹 태워 먹여준다 오일 바른 상아같이 매끈매끈
한 뼈다귀들의 몸에 내가 날 잘라 구운 살점을 파스처럼 붙여준다
불가에 모여 앉은 해골들과 뼈다귀들이 내가 날 잘라 구운 살점을 먹
고 입고 점점 나로 살쪄간다 일곱의, 열넷의, 스물의, 스물일곱의 제
각각의 내가 날 쳐다보며 나야 나야 손을 흔든다 내가 날 잘라 구운
살점들을 다 트림하고 나로 자란 그대들이 방방마다 걸린 액자 속으
로 걸어들어가 찰칵찰칵 기념 촬영을 한다 내가 날 잘라 구워 먹고
난 달궈진 석쇠 위에는 열세 개의 꽃삽만이 꽃게처럼 익어가고 있다
    — 김민정, 「내가 날 잘라 굽고 있는 밤 풍경」 부분(『날으는 고슴
도치 아가씨』, 열림원)

악몽과도 같은 이미지들이 펑키적인 상상력에 의해 무제한으로 질주
하는 김민정의 시에서도 시적 자아의 인격적 신체적 동일성은 여지없이
분해된다. 분열증적인 수다와 비명으로 가득 찬 검은 카니발리즘의 언어
들에서 서정시의 율법인 함축과 절제의 미학은 어디에도 존재하지 않는
다. 언어는 사방으로 들끓고 흘러넘친다. 그 범람하는 언어들이 생성하
는 것은 경계 없는 악몽의 풍경이다. 그 풍경은 온갖 금기의 언어가 폭발
하는 불경스러운 '탈승화'의 장면을 연출한다. 이 시에서 일인칭 화자는
자신의 몸을 요리하는 장면을 현재형으로 중계한다. 물론 그 장면은 엽
기적이며, 끔찍하다. 그러나 이 무제한의 엽기에는 펑키적인 유머가 묻

어 있다. 이런 신체적인 위해와 전시는 동일적인 인격적 주체를 근본적으로 분해한다. 이렇게 자기 신체를 요리해 먹는 '나'는 도대체 어디에 있는 것일까? '내'가 '나'를 요리해먹는 상황에서 '나'의 순결한 일인칭 신체와 인격은 근본적으로 무화된다. 흥미로운 것은 이 시가 요리하는 여성 신체의 일부에 대한 불경스러운 전시의 방식이다. '배꼽' '음핵' '콧구멍' '젖꼭지' '난소' 등의 신체 부위들은 일반적인 여성성에 대한 신체적 판타지를 전복해버린다. 시는 좀더 나아가 "해골들과 뼈다귀들이 내가 날 잘라 구운 살점을 먹고 입고 점점 나로 살쪄간다"는 장면을 보여준다. '내'가 요리한 '내 신체'를 먹고 삼인칭 '해골'과 '뼈다귀' 들이 일인칭인 "나로 살쪄간다." "나로 자란 그대들"이라는 표현에서처럼 일인칭의 육체는 철저하게 분해되어 삼인칭과 이인칭에게 공급된다. 그런데 이 분식된 육체들은 '나'의 다른 시간을 호출한다. '액자 속의 사진들'의 묘사 속에 암시되는 것처럼 이 분식된 '나'의 육체들은 타자들의 시선에 의해 인화된 '나'의 시간 속의 이미지로 볼 수도 있다. 그렇다면 이 시는 타자들의 시선의 지옥 속에서 내던져진 여성 신체의 이야기로 읽을 수도 있다. 여성 신체를 물신화하는 저 외부의 시선들에 대해, 그 물신화의 극단인 분해된 신체를 선물함으로써 시선의 상징 질서를 붕괴시키는 방식. 일인칭 여성 신체의 분해를 통해 여성적 자아는 삼인칭과 이인칭의 시간 속의 육체로 분식되어 퍼져나가며, 되돌아온다. 이런 방식으로 일인칭의 여성 신체는 자기 육체의 시간 위에 새겨진 타자의 시선으로부터 탈주한다. 자기혐오와 검은 유머가 뒤섞인 무제한의 탈승화적인 미학, 혹은 서정시의 바깥으로 넘쳐나는 무의식의 폭발적인 분출.

마네킹은 아무런 대꾸 없이 또 다른 모퉁이를 돌아간다. 길가 벤

치에서 잠을 자던 노파가 마네킹을 보고 아는 체를 한다. 노파의 아가미에서 비린내가 났다. 군데군데 살점이 뜯긴 축축한 몸을 소나기가 파먹고 있었다. 넝쿨 같은 비가 마네킹을 덮쳤다. 마네킹은 얼굴에 들러붙는 나뭇잎을 뜯어내려고 손을 뻗친다. 이마에서 두 팔이 뻗어 나와 공중에 흩어진다. 마네킹은 연기처럼 찢어지는 두 팔을 보며 서른번째 모퉁이를 돌아간다. 뼈끝에서 살이 찌는 구두와 장갑이 무거워 횡단보도 앞에 잠시 멈춘다. 문이 닫히기 전에 정육점에 가야 한다. 차도에는 질주하는 바퀴들이 핏물을 튀기고 있다. 마네킹은 목을 꺾어 뒤를 돌아본다. 사람의 앞면을 지닌 마네킹들이 걸음을 재촉한다. 타닥타닥 뼈 부딪는 소리가 바닥을 질질 끌고 모퉁이를 돌아간다. ― 이민하, 「환상수족」 부분(『환상수족』, 열림원)

이민하의 시에서 일인칭은 아예 존재하지 않고 '마네킹'이라는 물화된 삼인칭의 존재가 등장한다. 그리고 이 마네킹은 성별조차 암시되어 있지 않다. 이 시에서 마네킹은 마치 살아 있는 인간처럼 거리를 활보한다. 시는 그 거리의 모퉁이들을 활보하는 마네킹의 동선을 따라간다. 거리의 산책자로서 모더니티의 주체는 이제 마네킹의 몸으로 거리의 모퉁이들을 돌아간다. 그 거리에는 '앉은뱅이 소년'과 '물고기를 닮은 계집아이'와 '아가미에서 비린내가 나는 노파'가 있다. 마네킹은 "쓸모없는 구두와 장갑을 팔러 정육점에 간다." 그런데 사실 마네킹에게는 '구두'와 '장갑'이 없다. 마네킹은 '텅 빈 소매'를 하고 있으며, '무릎뼈'로 보도블록을 걷는다. 마네킹에게는 손과 발이 이미 없는 것이다. '검은 구름'은 마네킹에게 손과 발이 보이지 않는다고 말한다. 그럼에도 불구하고 마네킹은 "뼈끝에서 살이 찌는 구두와 장갑이 무"겁다고 느낀다. 시의 제목처럼 그것은 '환상수족'이기 때문이다. 환상수족이란 실체 없는 수족의 존재감을 느끼는 상태를 말하지만, 마네킹은 그 자체로 사물화된 몸이다. 이 시에서 시적 주체를 지우는 방식은 두 겹의 층위를 갖는다. 마네킹-되기 혹은 마네킹의 인간-되기의 차원이 그 하나라면, 그 마네킹이 보유한 환상수족의 허구적인 존재감의 층위가 있다. 첫째 층위가 물신화된 주체의 악몽을 그린다면, 둘째 층위는 주체의 병리적 환상 자체를 보여줌으로써 주체의 신체적 동일성이 실체가 아닌 하나의 증상에 불과하다는 것을 드러낸다. 이런 세계에서 인간과 사물, 인간과 물고기, 인간과 자연, 식물과 동물은 뒤섞이고 엉키면서 모든 상징적 위계와 경계가 허물어진 묵시록적 풍경을 연출한다. 이 풍경을 지배하는 인간 주체의 시선과 지위는 이미 허물어져 있다. 2005년, 젊은 시인들의 시집 속에서 시적 언술은 시적 자아의 몸 밖으로 뛰쳐나와 검은 세상을 돌아다닌다. 인격도 신체도 갖지 못한 이 시적 유령들에 의해, 한국 시가 이제 자명한 경계들과 결별하고 있다.

3. 명명

철수와 철수들
── 배수아의 『철수』 다시 읽기

'철수'라는 이름은, 너무 흔하다. 초등학교 국어 교과서에서 한글을 처음 배울 때 등장하는 이 이름은 아주 익숙하기 때문에, 마치 익명의 대명사처럼 여겨진다. 그러나 어쩌면, 세상의 이름들은 모두 흔하다. 가령, 철수가 아닌 다른 어떤 낯선 이름. 그 이름이 아무리 특이하다 하더라도, 그 이름의 주인인 그 사람은 이 세상을 지탱하는 생(生)의 도식을 결코 빠져나갈 수 없다는 것. 결국 '철수'와 같은 그렇고 그런 삶을 살 수밖에 없다는 관점에서 말이다. '철수'는 또한, 배수아의 소설 제목이다. 나는 『철수』가 배수아의 좋은 소설 가운데 하나이며, '90년대 문학'이 이룩한 의미있는 성취에 속하지만, 충분한 비평적 조명을 받지 못했다고 생각한다. 제목이 그 흔해빠진 '철수'이기 때문일까? 한국 문학이 문화 산업의 메커니즘 안으로 진입하면서, 너무 많은 책들이 '대량 생산'되기 때문에, 작품들은 그 문학성에 걸맞은 비평적 평가를 받기도 전에 시장과 저널리즘의 논리에 의해 즉각적으로 소비되고 너무 빨리 잊혀진다. 하지만 어떤 텍스트는 그 가혹한 속도전의 공간을 견뎌내면서 재호명을 기다리는 문학적 생명력을 보유하기도 한다. 『철수』가 90년대 비평 공간 안에서 풍부하게 논의되고 평가되지 못한 것은 여러 가지 이유가 있을 것이다. 이 소설이 중편의 분량으로 단행본으로 출간되었다는 사소한 이유도 있을 것이지만, 다른 측면에서는 배수아의 소설과 90년대 문학에 대한 광범위한 '오해'와 연관되어 있다고 나는 판단한다. 그 오해는 가령, 이런 것들이다. 배수아의 문학은 낯설고 불길한 매력을 갖고 있지만, 미학적으로 혹은 문법적으로 매우 불안정하며, 사적이고 '존재론적' 세계에 대한 탐사를 보여주고 있다는 평가 등이다. 사실 이러한 평가는 '90년대 문학'의 성취와 한계에 관한 그동안의 지배적인 인식들과 연루되어 있다. 배수아 소설을 둘러싼 매혹과 불안감은 바로 '90년대 문학' 전체에 대한 주류적인 이미지와 겹쳐 있다.

나는 그 '90년대 문학'에 대한 이런 광범위한 '오해'들을 전면적으로 돌파할 만한 논리를 갖고 있지 않다. 그러나 배수아와 그의 『철수』에 관해서는 적어도 다른 방식의 이해가 요청될 것으로 보인다. 우선 배수아 문학의 미학적·문법적 불안정성에 대해서 말해보자. 이 문제는 그의 문체가 보여주는 의미론적인 불투명성과 플롯상의 미완성적인 요소에 근거하는 경우가 많지만, 이런 평가는 문장과 구성의 명료성에 관한 닫힌 인식의 결과라고 볼 수도 있다. 문제는 미학의 불안정성 자체가 아니라, 그 불안정성의 내용과 효과에 관한 분석이며, 그의 문법의 변모 과정에 대한 이해이다. 그의 문장의 불안정성은 구문의 통사론적 오류에서 비롯되기도 하지만, 많은 경우는 의미론적 불명료성과 모호함에 기인한다. 그것은 단순히 문법적인 문제가 아니라, 생에 대한 특정한 인식의 코드에 관련된 문제라고 볼 수 있다.

또한 배수아의 세계가 '사적'이고 '존재론적'인 것에 머물고 있다는 인식은 그에 대한 편협한 독해의 결과이다. 가령 배수아 문학의 출발이 그런 '사소한' 미학적 공간에 머물고 있다는 것을 인정한다고 하더라도, 90년대 말에 보여준 그의 문학들은 그런 평가의 범주를 넘어서 있다. 중편 『철수』(1998)와 창작집 『그 사람의 첫사랑』(1999)에서 보여준 것은 단지 사적인 세계가 아니라, 사적인 것들의 사회 계급적 관계를 구성하는 차이와 구별의 정치학을 생래적인 수준의 '처절한' 소설 미학으로 드러내는 것이었다. 배수아의 소설은 삶의 비루함과 무의미성을 조건짓는 실존적인 층위와 계급 문화적인 층위의 연루와 공모를 밝혀준다. 그의 작품이 보여주는 것은 빈곤 그 자체의 문제가 아니라, 계급 문화적 차이의 문제이며, 그 차이의 실존적·정치적 맥락에 관한 문제이다. 이런 이유로 『철수』를 '다시' 읽는다는 것은 배수아와 90년대 문학에 대한 오해의 일부를 넘어서는 작업과 관련되며, 동시에 '90년대'를 넘어서는 소설 미학의 가능성을 타진하는 일과 만난다.

"1988년 나는 경기도에 있는 한 대학의 임시직원으로 일하고 있었다"는 문장으로 시작되는 『철수』의 초반부에는 '나'의 직장과 가족에 관한 정보들이 소개된다. 이 작품에서 '나'의 존재론적 위치는 '계약직 임시직원'이라는 사회적인 지위와 무관하지 않다. '나'는 이 직장에 대해 만족하지도 않지만 특별한 불안을 갖고 있지 않다. '나'의 사회적 공간인 직장에 대해 일인칭 화자는 다음과 같이 말한다.

　모든 사람이 모든 절차와 행정이 적당한 속도로 발맞추어 가고 있다. 별로 정교하지 못한 기계의 부속들이 적당한 속도로 소모되면서 의식하지 못하고 최소한의 의지로 조직에 복종하듯이 그렇게 이루어지는 것이다. 그래서 나는 의식하지 못하는 사이에 아주 체제적

이 되었다. 그곳은 혁명이 일어나지 않는 곳이다. 그래서도 안 된다. 그 자체의 도덕이 엄숙하게 이루어지기 위해서 맡은 일에만— 커피를 스무 잔 타거나 대학원 불합격자들의 명단 중에서 교수들이 원하는 사람의 서류를 카피해서 올려주거나— 충실한다는 대원칙이 있다. 물론 하부 계층에 속하는 사람들의 경우에 한해서지만.

'나'는 '내'가 몸담고 있는 체제에 복무하는 것 이상의 어떤 혁명도 꿈꾸지 않는 인간이다. '나'는 직장에 큰 애착을 갖고 있는 것은 아니지만, '특별한 불만'을 갖고 있지도 않다. '실업 상태'가 아닌 것만 해도 다행으로 생각해야 하는 세상에 살고 있기 때문이다. '나'는 '최소한의 의지'로 조직에 복종할 뿐이다. '나'의 가족은 또 어떠한가?

가족 중에서 돈을 벌고 있는 사람은 나 혼자였다. 나는 외형적으로 완벽한 가족을 갖고 있었다. 어머니와 아버지와 나보다 열 살쯤 많은 오빠와 열 살쯤 어린 여동생. 어떻게 해서 그런 이상한 터울이 만들어졌는지는 잘 모른다. 나는 지금도 생각한다. 내 가족은 내가 오래전에 알았을 뿐이며 앞으로의 시간 어느 모퉁이에서도 만나지 못할 어떤 사람들과 먼 미래의 어느 날에 내가 우연히 알게 될, 지금은 알지 못하는 어떤 불특정한 사람들의 집단이 아닌가.

외형적으로 '완벽한 가족'은 그러나 내부적으로는 타인으로 구성된 '불특정한 사람들의 집단'일 뿐이다. 더구나 형제 사이의 터울이 많기 때문에, 나이 어린 여동생에 대해 "우리들은 자매라고 하기에는 너무나 나이 차이가 많았고 자라나면서 서로 얼굴을 마주칠 기회도 별로 없었다"

고 진술하게 한다. 그 여동생은 "나 수학여행을 가지 못하면 죽어버리겠어"라고 말한다. 이 가족은 지독한 빈곤이라는 경제적 조건 속에서 헤어나오지 못한다. 공무원인 아버지는 부패에 연루되어 감옥에 가 있고, 직업이 없는 오빠는 일본으로의 밀항을 꿈꾸며, 알코올 중독자인 어머니는 "너도 그대로 될 거야. 지금 나를 잘 기억해둬라. 너도 나와 똑같이 될 거야. 절대로, 절대로 다를 순 없어!"라고 '나'의 생에 대해 저주를 퍼붓는다.

이 소설의 '나'의 사회적 존재를 절대적으로 규정짓는 것이 바로 이런 빈곤의 문제이다. 문제는 빈곤의 문제를 어떻게 접근하는가 하는 것이고, 그 지점에 배수아적인 것, 혹은 90년대적인 것이 가로놓여 있다고 생각한다. 이를테면 "나나 오빠는 수학여행을 가지 못하는 집안의 가난이나 조직에의 부적응에 대해서 슬퍼하거나 하지는 않았다. 가난하거나 고독하다는 것은 불행이든 아니든 그 어느 쪽이냐 하는 것은 중요하지 않았다. 어느 쪽이든 간에 스페셜했다. 그것뿐이었다"고 말하는 주인공의 태도를 보자. '가난'과 '고독'의 문제를 '스페셜'한 것, 그러니까 단지 남과 다르다는 문제로 받아들이는 바로 그 태도 말이다. 이런 태도는 '빈곤'과 '고립'을 사회적인 분노와 개인적 감상의 수준이 아닌 다른 어떤 것으로 받아들이게 한다. 이 소설은 그것을 사회적 '차이'와 생의 '도식'의 문제로 부각한다. 그러니까 빈곤은 계급의 문화적 생활 감각과 취향의 차이를 산출하는 '스페셜'한 조건이다.

이제 본격적으로 우리들의 '철수' 이야기를 시작해보자. '철수'는 어떤 아이인가? 철수는 '나'의 남자친구이다. "남자아이들을 종류별로 분류해볼 수 있다면 철수는 광물성에 가까웠다. 인생을 풀어나가는 방법이 그랬다는 것이다. 무성의하지도 않았고 드라마틱하지도 않았다. 철수는 나

만의 남자친구는 아니었고 나 또한 철수만의 여자친구도 아니었다. 철수
는 정치경제학을 듣지도 않았고 노동문학연구회에 가입하지도 않았지만
다른 아이들처럼 고시 준비에 매달리지도 않았다. 그런 철수는 때로 멍
해 보였다. 다들 뭔가 해야만 한다는 봄날의 현기증 같은 초조감에 시달
리고 있을 때 철수는 하품을 하면서 크로스 워드 퍼즐 같은 것을 풀고 있
곤 했다. 철수는 따분한 것을 권태 없이 받아들일 줄 알았다.” ‘나’의 남
자친구 ‘철수’는 그렇게 무성의하지도 드라마틱하지도 않은 또 어느 정도
는 ‘모범생’인 남자아이다. 그러니까 그의 이름이 왜 하필이면 그 흔해빠
진 이름인 ‘철수’인가는 더 말할 필요가 없을 것이다. 이 지독하게 평범
한 남자아이와 그의 방에서 치르는 섹스는 둘 사이의 관계를 적절하게
설명해준다.

　　철수는 세번째쯤에 성공해서 몸 안으로 들어왔지만 너무 빨리 사
정하고 말았다. 아마 영문도 모르는 채로 끝내고 말았을 거라고 생
각한다. 안에다가 하면 안 된다는 약속은 지켜지지 못했다. 우리는
휴지를 가져와 더럽혀진 내 스커트와 바닥을 치우고 옷을 입었다.
철수의 말대로 그다지 오래 걸린 것은 아니었다. 그리고 각기 다른
방향을 바라보면서 서로 떨어져 앉아 있었다.
　　이런 것이 뭐 그렇게까지 하고 싶었을까. 남자아이들은 전부 너
무나 이상하다.

드라마틱한 판타지가 끼어들지 않는 섹스는 소통과 교감의 열광 따위
와는 상관없는 남자아이의 배설 행위에 지나지 않는다. 짧고 어이없는
남자아이의 사정 뒤에 “각기 다른 방향을 바라보면서 서로 떨어져 앉아

있"는 장면은 그들의 지독하게 '불감(不感)한' 관계를 상징적으로 보여 준다. 그리고 소설은 철수의 어머니의 부탁으로 '닭요리'를 들고 철수를 면회 가는 '나'의 이야기를 펼쳐 보인다.

처음에 닭은 따뜻했지만 곧 식어서 돌덩이처럼 딱딱해질 것이다. 나는 얼굴이 찡그려지는 것을 참을 수 없었다, 철수의 가족들은 아침 식탁에 둘러앉아 있었다. 나는 아침을 먹었다고 말하고 같이 식사하자는 것을 거절했다. 철수의 아버지가 식사의 기도를 올렸다. 기도를 하는 철수의 가족들은 경건하고 교양 있어 보였다. 철수도 나를 알고 지내는 내내 이런 아침 식탁에 있었구나 생각하니 몸이 비비 틀리듯이 어색해졌다.

'닭요리'를 건네받기 위해 방문한 철수의 집의 아침 식탁 풍경은 가난 과 굴욕에 찌든 '나'의 집과는 극단적으로 상반된 것이다. 경건하고 교양 있어 보이는 그 중산층의 공간에서 '나'는 "몸이 비비 틀리듯이 어색해" 지는 '차이'의 경험을 한다. 그 차이는 물론 '나'와 내 가족의 빈곤이 만 들어낸 사회문화적 차이이다. "철수의 여동생이 보풀이 일어난 내 낡은 스웨터를 빤히 쳐다보면서" 자신을 심술궂게 응시할 때, '나'는 철수의 가족의 시선에 의해 모멸적으로 타자화된 존재일 뿐이다.

"버스를 타고 전철을 타고 의정부에 도착해 다시 시외버스를 타고 나 는 멀리멀리 갔"지만, 철수는 그 부대에 없다. 소설의 후반부는 식은 닭 요리를 들고 철수를 찾아다녀야 하는 '나'의 짧고 험난한 여로를 다룬다. 어렵게 다시 찾아간 훈련장에서 "어디에도 철수의 얼굴은 없었다. 아니 나는 철수의 얼굴을 눈앞에 두고서 철수를 알아보지 못하고 실망에 싸여

지나칠지도 몰랐다. 군인들의 얼굴은 그만큼 규격화되었고 낯설었다.”
이쯤 해서 독자는 이 소설에서 ‘철수’라는 이름의 남자아이가 하필이면
군대에 가 있고, 왜 ‘내’가 그곳으로 면회를 가야만 하는 상황이 설정되
어 있는가를 물어볼 필요가 있다. 군대란 이 체제를 지탱하는 가장 닫혀
있는 조직이고 그 조직의 하나로서 ‘철수’라는 남자아이는 규격화되고 낯
선 그 수많은 얼굴 중의 하나에 불과하다. 그래서 “김철수라는 이름을 가
진 실습소대장은 두 명”이라는 우연하고도 불분명한 사실 역시, 상징적
일 수밖에 없다.

그중의 누가 내가 정말로 알고 있는 김철수인지 모른다. 나도 모
르고 여기 있는 이 영양실조 걸린 군인들도 모른다. 확실한 것은 이
곳에 있는 김철수는 무슨 이유인지는 모르지만 내가 만날 수 없는
김철수라는 것이다. 눈발이 날리는 차가운 겨울날 뭔가 비밀스러운
사고를 당한 김철수를 나는 절대로 만날 수 없는 것이다. 처음으로
돌아간다면 그곳에는 또 다른 한 명의 김철수가 있어서 처음의 그곳
에서 나는 그를 만날 수 있다. 내가 알고, 그에게 줄 닭을 들고 그
토록 먼 길을 헤매었던 그 김철수는 어느 쪽인지 아무도 모른다. 나
는 불타버린 개활지의 흰 벼랑 앞에서야 그것을 알았다.

두 명의 김철수는 김철수라는 이름의 그 범박한 익명성을 말해주는 것
이지만, 동시에 현실과 환각 사이에서 서성이고 있는 ‘나’의 위치를 규정
하는 것이다. “무엇이 현실이고 무엇이 환각일까. 그리고 정말 내가 원
하는 것은 무엇일까. 현실인가, 환각인가. 닭을 기다리고 있는 오래전과
다름없는 무감동한 철수인가 아니면 이 차가운 벼랑 아래에 까마귀와 함

께 있는 영양실조의 철수인가.” 그러나 환각 속의 철수와 현실 속의 철수는 둘이면서 둘이 아니다. 환각은 현실의 저편이 아니라, 현실 내부에서 비집고 나오는 어떤 지독한 국면이다. ‘나’는 결국 현실 속에서 너무나 태연히 ‘나’를 기다리고 있는 철수를 정상적인 면회소에서 만나게 된다. 이 장면에서 ‘나’는 “나는 너와 너의 어머니의 그런 도식이 싫어”라는 그 말을 ‘마침내’ 내뱉고는, 철수의 닭을 군인들의 변소에 버린다. 철수 어머니가 전해준 그 닭요리는 무엇일까? 그것은 결국 딱딱하게 식어서 “시베리아에서 동사한 여자처럼 보이는 닭의 시체”가 될 수밖에 없는 너무도 뻔하고 기만적인 삶의 도식을, 혹은 철수와 그의 어머니의 세계관을 규정하는 저 중산층적인 견고한 ‘정상성’의 공간을 함축한다.

그러나 ‘내’가 철수의 닭을 버린 것을 세상의 도식들에 대한 어떤 극적인 저항의 표지로 생각할 필요는 없다. 소설의 공간에는 어떤 저항과 희망도 존재하지 않는다. 지독하게 비루한 시간의 기억과 그 비루함이 야기하는 환각의 순간들이 교차할 뿐이다. 청소 용역 회사에서 돈을 벌기 위해 일본으로 떠난 오빠에게는 아무런 소식도 오지 않으며, 불우는 그렇게 반복되고 지속된다. 그 역시 삶의 도식의 일부일 것이다. 누구도 그 도식의 바깥에 있지 않다. 철수의 공간이 그 도식의 공간이라면, ‘나’ 역시 그 공간의 바깥에 있는 것이 아니다. 철수는 ‘거울 속의 또 다른 나’이니까.

부끄러워하고, 낯을 붉히고, 참담한 기분이 들 정도로 오랜 시간 동안 같은 식탁에서 밥을 먹고 여자친구의 일을 숨기고 마음을 이야기하지 않아도 결국은 거울 속에서 만나게 되는 또 다른 나. 시간이 흐르면 철수는 비슷한 식탁에서 밥을 먹으며 비슷한 대화를 나누는

비슷한 사람들이 되어 내 거울 속에 떠오를지도 모른다. 거울 속의
철수가 나에게 꽁꽁 얼어붙은 닭의 시체를 내민다.

　'자, 닭을 먹어. 그러면 좋아질 거야.'

　철수, 그때는 내가 너의 닭을 먹을게. 기꺼이 너의 변소가 될게.
살아가면서 한 번은, 어느 한 순간만은 열렬히 순수해질 수 있으니
그때에.

　철수는 당신들의 세계에 속해 있는 것이면서 동시에 '나'의 거울 속에
서 나타나 '닭의 시체'를 건네는 존재이다. "철수는 자라서 철수의 어머
니가 되고 아버지가 된다. 나 또한 자라서 나의 어머니가 되고 아버지가
된다." 우리는 '철수의 감옥'을 빠져나갈 수 없다. "이 세상이라는 시간
의 감옥. 둥지와 계급의 감옥. 결코 타인의 언어로 변환되지 않는 코드
의 감옥. 육체의 감옥. 추락하는 순간에도 놓을 수 없는 땀이 밴 손의 감
옥. 철수의 감옥"을 벗어날 길은 없다. 공무원이었다가 부패 사건에 연
루되어 감옥에 간 아버지는 죽고 싶다고 '독이 묻은 편지'를 보내달라고
말한다. 아버지는 "투사도 아니고 정치범도 아니고 양심수는 더더욱 아
니"다. 그런 공적이고 드라마틱한 명분의 세계에 '나'와 '나'의 가족은 속
해 있지 않다. 그러니 '나'는 어머니에게 "어머니나 나나 우리 모두는 전
부 다 그럴 만한 생을 살고 있는 거야. 모르겠어? 부패나 범죄나 양심의
문제가 아니야"라고 말하고, 아버지에게 보낼 메모지에 "아버지 못을 먹
어요"라고 적는다.

　이 모든 사건들이 "1988년에 일어난 일의 전부"라고 작중 현재의 화자
는 기술한다. 1988년은 모든 80년대적인 것의 축제적 정점이다. 그러나
그 일들이 반드시 1988년에 일어나야만 했던 것은 아니다. '1988년'이라

는 시간에 붙여진 이름 역시, '철수'처럼 너무나 흔한 저 복수의 시간들의 일부일 뿐이니까.

1988년은 나에게 시작이며 끝이었다. 내 인생을 통틀어 특별히 불행하지도 않았고 특별히 더 행복하지도 않았던 한 해였다. 그것은 1978년과 특별히 다르지 않았으며 1998년과 비교해 볼 때 더 인상적이거나 덜 인상적이기도 않았다. 1988년에 일어났던 일들은 1978년에도 일어났으며 1998년에도 일어났을 것이다. 1988년에 만난 사람들은 1978년에 지하철에서 내 어깨를 밀치고 지나갔었고 1998년의 밤의 주유소 거리에서 무감동한 눈길로 마주친 그들과 다르지 않았다. 그들은 가족이었고 낯선 중산층이었으며 영양실조에 걸린 군인들이었다. 서로가 서로에게 변소였고 타인이었고 벼랑이고 까마귀이고 감옥이었다. 그들은 영원히 그들에 지나지 않았다. 제3의 불특정한 인칭들.

이제야 우리 모두가 서로에게 '철수'였음이 밝혀진 셈이다. '철수'는 어디에도 있었고 어디에도 없었다. 철수는 없고, 철수의 시간만이 반복될 뿐이다. 그리고 "이상하게도 시간은 반복되었다. 그것은 기억보다 오래 살아남았다. 철수는 옛날에도 어디에도 없었으며 앞으로도 마찬가지였다. 무의미한 감각은 피부에 남아 지워지지 않는 이빨 자국처럼 선명했다." 그런데 소설은 '오래오래 살아남는 불감'의 시간들 사이에서 환각을 등장시킨다.

이 작품 속에 출몰하는 환각이란 무엇인가? 환각은 1988년과 같은 특정한 시간대의 기억이 아니라 좀더 밑바닥에 가라앉아 있는 '멀고 먼 기억'에 대한 상기(想起)이다. 환각은 비루한 현실보다 더 깊숙한 신화적 시간을 호출한다. 그러나 그 시간은 어떤 순결하고 유토피아적인 시간이 아니라, 생의 '도식'과 '불행'에 대한 뼈아픈 원형성(原型性)을 사유하는 시간이다. "내 황량한 시간의 한가운데로 남자를 데리고 온" 소설의 그 로테스크한 마지막 환각 역시, 생의 모멸적인 반복성과 "기억보다 오래 살아남는 시간"의 악마적인 완강함을 환기한다. 이 환각은 소설의 초반 에 등장한 이미지의 반복이며 연장이다.

날 태워봐. 기름을 바르고 내 몸에 불 붙여봐. 마녀처럼 날 화형시 켜봐. 쓰레기 봉지로 날 포장해서 소각로 속으로 집어던져봐. 나는 다이옥신이 되어 너의 폐 속으로 들어간다. 내 얼굴을 면도칼로 가볍 게 긋고 스며 나오는 피를 빨아봐. 고양이처럼 그 맛을 즐겨봐. 그래 서 나는 피투성이가 되고 싶어, 내 안에 있는 나는 무엇인지, 〔……〕 이제 어디에도 없을 나. 재가 되어 사라지고 어둠이 되어 부패할 나, 그런 내가 내 인생을 온통 방치하고 유기한 채 이 추락의 마지 막에서 누추한 손을 내민다. 사실은, 나는 내가 아니었다. 짐승의 몸을 가지고 태어나 가난과 모욕의 노예가 되어 살아갔던 나는 잠시 악령에 유혹되어 나를 떠나온 허공이었을 뿐이다. 멀리 있는 나는 귀하고 아름답다. 그리하여 내 몸은 타락하고 또 타락해도 백 년에 한 번 꽃 피는 사막의 난초처럼 또 다른 나는 생에 대한 불감(不感) 으로 너에게 다가간다.

일인칭 화자의 자기 모멸적 화법과 마조히즘적 육성은 최승자와 장정 일의 어떤 요소를 연상시키지만, 그 환각이 자리 잡은 사회적 현실은 그들의 텍스트보다 처절하게 '사실적'이다. 소설의 마지막 부분에서 '나'는 남자를 누추한 16번지로 다시 데리고 가고, 그곳에서 남자는 라이터로 '나'의 다리 사이를 태운다. '내'가 처한 '화형'의 시간은 그렇게 경험을 넘어서 반복되고 다시 실현된다. 소설은 누추한 현실을 가로질러 그로테스크한 신화적 공간으로 미끄러진다. 그러나 그 공간은 낭만적이고 초월적인 공간이 아니라, 생의 남루함을 어떤 영속적인 시간성 위에서 더욱 처절하게 되새기는 자리일 뿐이다.

어쩌면 이 끝 모를 불감과 모욕의 시간들은 "이 세상에 태어나 한 번도 감동을 느낀 적이 없는 늑대소녀의 눈동자를" 가진 '나' 혹은 이 소설의 함축적인 화자가 규정한 시간들일 것이다. 대상에 대한 어떤 감동도, 타인과의 어떤 친밀한 교류도 기대하지 않고, 시간에 대한 싸늘한 관찰자가 됨으로써 자신을 보존하려는 이 차가운 나르시시즘. 이 소설이 어떤 분노도, 연민도, 열정도 없이 지독하게 건조한 방식으로 생의 비루한 도식과 그 도식 뒷면의 기괴한 환각의 시간들을 그려내고 있는 것도 그런 '늑대소녀'의 시선 때문일 것이다. 그렇다면 이 소설은 철수의 이야기일 뿐만 아니라, '마녀'이자 '늑대소녀'인 '내'가 경험의 기억을 넘어 자신을 스스로 시간의 화형에 처하는 이야기이다. '마녀'는 비정상적인 미친 여자가 아니라, 하나의 사회가 밀쳐내고 무시하고 잊어버리고 싶은 시간 속의 존재이다. 그런 맥락에서 '마녀'와 '늑대소녀'는 '정상성'의 '비정상적인 구조'를 보게 만드는 '정치적인 괴물'이다. 그 '늑대소녀'의 마지막 문장은 "그렇게, 절대로 무의미한 것이 되어 나는 시간을 살아남았다"는 것이다. '늑대소녀'의 전언은 '절대로' 피할 수 없이, 철수와 철수들의 시간에 속해 있는 나의 정상성을 헤집는다.

그녀들의 위장술, 로맨스의 정치학
— 정이현, 새로운 여성 화법과 불온한 도발

1. 그녀들의 위장 혹은 음모

정이현의 소설 속에는 '나쁜 여자'들이 살고 있다. 그들은 남편과 정부를 죽게 하고(「순수」「트렁크」), 부모를 상대로 가짜 납치극을 벌이며(「소녀 시대」), 남자 친구와 약혼자를 기만하고(「낭만적 사랑과 사회」「홈 드라마」), 결혼한 여자와 위험한 동성애에 빠진다(「무궁화」). 그들은 공적인 도덕적 가치나 내면의 윤리학에 따르기보다는 욕망의 개인 전략에 따라 사고하고 행동한다. 그들은 남자 혹은 타인과의 관계 속에서 내적 진정성 따위의 가치에 매달리지 않는다. 그들은 로맨스, 결혼, 가족을 둘러싼 지배적인 상징 질서 안에서, 기만하고, 음모를 꾸미고, 위장함으로써, 개체의 삶을 보존하고 자기 욕망을 실현할 방법을 모색한다. 이런 측면에서 이들은 지독하게 '현실적인' 여자들이다. '개인이 처한 운명에 순응하는 수동적인 여자' 혹은 90년대 여성소설에 등장했던 '내면에 침잠함으로써 사랑의 부재를 견디는 상처받은 여자'는 정이현의 소설에는 나오지 않는다.

이런 여자들을 '악녀fatal women'라고 부를 수 있을까? 가령 할리우드 영화를 비롯한 현대의 대중문화에는 폭력적이고 사악한 '악녀'의 캐릭터가 출몰한다.[1] 그런데 정이현 소설 속의 여성 캐릭터는 대중문화 속의 악녀들과 몇 가지 맥락에서 구별된다. 그녀들은 남자에게 직접적인 공포의 대상이 아니다. 그들의 '악녀-되기'는 그들의 폭력성으로 실현되는 것이 아니라, 그 탁월한 '위장술'에 의해 가능해진다. '살인'과 같은 범법 행위를 저지르기도 하지만, 대개 그녀들은 '위장된 순응'의 방식으로 이 세계에서 생존하고 복수한다. 체제가 요구하는 여성적 퍼소나를 연기(演技)함으로써 이들은 이 체제 안에서 자기 욕망을 실현할 전략을 짠다.

이런 여성적 위장 혹은 가장(假裝)의 문제는 여성성 자체의 비결정성과 관련된다.[2] '여성성'은 가장된 것이며, 사회적으로 구성된 일종의 가

---

1) 문학과 영화 속의 폭력적인 여성이 재현되는 방식을 분석한 린다 하트Lynda Hart에 따르면, 이 현대적인 '악녀'들은 백인 중심 가부장제의 생산물이다. 그들은 남성들의 불안과 두려움이 '투사'된 존재이며, 이런 의미에서 현실을 지탱하는 상징 질서의 연장이다. 그러나 동시에 이 표상은 남성 중심의 상징 질서의 균열을 드러내주는 전복적 의미를 함유한다. 이들이 대개 매혹적인 백인 여성으로 묘사됨으로써(샤론 스톤을 보라!) 남성들의 공포와 욕망을 동시에 불러일으킨다는 점은, 악녀의 이중성과 그 역설적인 의미를 암시한다(린다 하트, 강수영·공선희 옮김, 『악녀』, 인간사랑, 1999).

2) 이를테면 보드리야르는 '가부장제 체계를 극복하는 책략'으로 조앙 리비에르Joan Riviere의 '가장masquerade으로서의 여성성'의 개념을 부각한 바 있다. 리비에르는 성공하고 지적인 전문직 여성의 사례를 연구하면서, 그들이 여성성을 '위장'함으로써 남성들이 뛰어난 여성에게 갖는 불안감과 복수심을 피할 수 있었다는 흥미로운 분석을 내놓았다. '여성성'은 일종의 위장으로서, 남성성의 소유를 감추고 또한 그녀가 그것을 소유했다고 발견될 때 예상되는 비난을 피하기 위하여 취해진 일종의 가면이다. 이와 연관하여 스피박Spivak의 논리를 참고하면, 여성은 여러 가지 모습으로 탈바꿈할 수 있는(이를테면 여성은 오르가슴을 '가장'할 수 있다는 가설) 존재이다. 여성이 '현존을 전치(轉置)한다'는 명제는 이런 여성적 위장술과 관련하여 설명될 수 있을지도 모른다.

면이다. '위장으로서의 여성성'은 '여성성'이 단순히 사회적으로 호명된 것이라는 수동성의 측면과 그 본질주의적 규정의 영역을 넘어서, 능동적인 여성적 전략의 의미를 가질 수 있다. 이런 위장술과 연결된 여성성은, '진정성'과 '인위성'의 구별을 자명한 것으로 절대화하는 가부장적 상징 질서의 체계를 교란한다. 정이현 소설 속의 그녀들은 여성성의 위장적 측면과 불확정성을 불우와 숙명으로 받아들이기보다는, 그것을 '전략화' 한다.

이것은 대중문화 속의 악녀 이미지가 남성 중심적인 상징 질서의 부산물이며 동시에 그것의 '틈'인 것과는 다른 맥락에서 이해된다. 정이현의 여성 인물들은 남성들의 공포와 욕망의 대상화된 표상이 아니라, 한 여성 작가에 의해 전략적으로 구성된 여성 캐릭터이다. 이 캐릭터는 좀더 의식적인 차원에서 로맨스·결혼·가족·국가 등을 둘러싼 제도적 이데올로기에 균열을 만드는 존재이다. 중요한 것은 대중문화 속의 악녀들이 '남성적인 시선'의 구성물인 경우라면, 정이현 소설의 인물들은 여성 자신의 욕망이 빚어낸 캐릭터들이라는 점. 영화 속의 악녀들은 자신의 '시선'과 '언어'를 갖지 못하고 남근적 카메라에 의해 대상화되지만, 정이현 소설 속의 그녀들은 자신의 시선으로 세계를 해석하고 자신의 언어로 말하려 한다.

정이현의 소설들은 여성적 위장술과 그 위장의 무기로서의 자기 언술을 통해, 여성들의 내밀한 욕망을 드러낸다. 그의 일인칭 여성 화자들은 고백적인 화자가 아니라, 일종의 위장적인 화자의 얼굴로 채택된다. 이 위장술 혹은 메이크업makeup은 언술의 이중적 전략에 의해 가능해진다. 그녀들은 이 사회와 체제 안에서 살기 위해 '여성성'을 '위장'하며, 작가는 그녀들의 '위장'을 위장적인 언술로 표현한다. 그래서 그녀들의 사회적 '위장'은 또 다른 층위의 진술의 '위장'을 내장하고 있다. 그녀들이 맨얼굴을 드러낸 것처럼 보일 때에도, 그것은 일종의 복합적 위장술이다.

「순수」에는 세 번 결혼하고 그때마다 남편을 잃은 여자가 등장한다. 이 소설은 셋째 남편의 죽음 때문에 경찰의 조사를 받게 된 여자의 진술서의 형식을 띠고 있다. 소설의 본문이 경찰서라는 국가 공권력이 집행되는 공간에서 자신을 '변호'하는 여성의 '위장적 진술'로 구성된다는 점은 이 소설의 핵심적인 문법적 장치이며, 정치적인 상징성을 띤다. 이 일인칭 진술서에서 주인공은 남편들의 죽음에 관한 해명을 하고 있지만, 결과적으로 남편들의 죽음을 통해 그녀의 '경제적 독립'은 쉬워졌고, 그 남편들의 죽음에 그녀가 연루되어 있다는 것을 독자들은 눈치 챌 수 있다. 이 악녀의 위장술과 변명은 '단독자'로서의 여성이 자신의 욕망을 세계 속에 실현하고 생존하는 방식에 관하여 하나의 사례를 제공한다.

"첫번째 남편은 사고로 죽었어요"로 시작되는 진술에서 이 '독립적인 여자'는 매우 담담하고 천연덕스럽게 자신이 경험한 세 번의 결혼 생활과 세 남편들의 죽음을 말한다. 이를테면 토목기사인 첫째 남편의 교통사고 사망 연락을 받았을 때, 그녀는 출근을 위해 '화장'을 하고 있었다. "영안실을 찾아온 여고 동창생이, 립스틱이 좀 진하지 않으냐고 귀엣말로 하기 전에 나는 불타는 레드, 새빨간 빛깔의 루주를 발랐다는 사실을 까맣게 잊어버리고 있었습니다. 여자 화장실의 더러운 거울 앞에 서서 나는 휴지를 몇 겹 접어, 밑을 닦듯 입가를 쓰윽 문질러 닦았습니다"라는 진술에서, 그녀가 '화장'하는 행위, 그리고 '화장'을 '밑을 닦듯' 지우는 행위, 그리고 그 행위에 대한 진술, 이 모두는 여성의 '사회적 위장'이라는 성격을 갖는다.

변태성욕자인 외국인 둘째 남편, 친딸과 '이상한 관계'에 있는 학자인 셋째 남편은, 그녀와의 관계로 인해 운전기사와 딸로부터 각각 살해당한다. 화자는 "언제나 그랬듯 나에겐 아무런 악의도 없습니다. 살의 따위는 더더군다나. 나는 벌레 한 마리 눌러 죽이지 못하는 성품입니다"라고 고백한다. 조서의 마지막에 "한밤중에 여자 혼자 빈집의 문을 따고 들어가는 건 퍽 위험하고, 또 쓸쓸한 일이니까요"라고 말할 정도로 자신의 연약함을 위장하는 여자. 이 소설의 제목인 '순수'는 그 반어의 미학을 함축한다. 물론 소설의 내포 화자와 독자는 여성 화자의 기만적인 고백에 속지 않고 비난할 수 있는 지위를 함께 가질 수 있다. 그러나 이 소설에 등장하는 여성은 단지 비난의 대상이 되는 것이 아닐 것이다. 사회적 단독자로서 여성 개인은 "어디에 있든 나는 점점 더 강해지고 아름다워질 겁니다. 운명이 주는 어떤 시련에도 굴복하지 않겠어요"라고 세상에 대해 스스로 다짐해야 한다. 이 '나쁜 여자'의 기만적 진술이 어떤 페이소스를 자아내는 것은 이런 이유 때문이다. 이 지점에서 화자의 위장적 진술은 여성의 사회적 생존에 관한 정치적 의미를 포함한다.

「소녀 시대」 역시 일인칭 여성 화자의 육성이 등장한다. 앞의 「순수」와는 달리 이 일인칭 진술은 그 자체로 사회적 위장을 의미하는 것이 아니라, 자신의 욕망과 음모를 '고백'하는 진술로 구성된다. 여기에는 전형적인 '강남' 중산층 가정의 한 십대 소녀의 되바라진 육성이 아무 여과도 없이 노출된다. 소녀가 구사하는 언어의 구어성(口語性)과 직접성 때문에, 어쩌면 이 소설의 '문학성'의 알리바이를 의심스러운 것으로 볼 수 있을지도 모른다. 소녀가 구사하는 또래 집단의 은어·속어·비어 등은 표면적으로는 표준어와 모국어에 가하는 훼손으로 볼 수 있지만, 그것은 사회적 주변부에 위치한 소녀들의 언어를 통해 제도적 표준 문법에 대한 변이의 공간을 만들어내는 효과를 산출한다. 이 소설에서 중요한 것은 주인공의 '소녀성'이 사회적으로 호명되는 방식, 그리고 그 호명된 소녀성을 이용하여 세상에 대한 음모를 키워가는 소녀의 개인 전략이다. 물론 여기서 '소녀성'은 생물학적인 개념이 아니라, 사회적이고 정치적인 차원에서 이해된다. 소설은 사회적 약자인 소녀가 어떻게 자기 삶의 실존적 자립성을 찾으려고 욕망하는가를 드러내 보인다.

"엄마 아빠가 죽었을 때 내가 스무 살이면 좋겠다"고 생각하는 소녀는, 자동차에 집착하고 약간 '강북 필' 나는 '용이오빠'의 사랑을 얻기 위해 친구의 조언에 따라 '애교'와 '여우짓'을 실행한다. 물론 그것은 오빠와의 '로맨스'를 위해서이다. 사회학과 교수인 위선적인 아버지는 '채팅녀 깜찍이'와 목하 원조교제 중이고, "빵빵한 지방 부자의 고명딸"이었던 허영 많은 어머니는 다양한 '신생 학문'에 대한 학구열에 불타다가 이내 그만두는 습관이 있다. 소녀는 길거리에서 만난 아저씨의 유혹에 넘어가 '교복'을 입고 포르노 사진을 찍어준다. "세일러복 치마를 들춘 채 무표정하게 가만히만 있으면" 되었다고 설명하는 포르노 촬영 장면은, 남성-어른들이 소녀를 보는 관음증의 시선 앞에 자기 육체를 전시함으로써, 자신의 '소녀성'을 전략화하는 소녀의 태도를 상징적으로 함축한다.

아빠의 외도에서 비롯된 부부 싸움을 목격하는 와중에 시작된 소녀의 '생리'는, '소녀성'의 이미지를 상징화한다. 그 생리의 순간, '아빠의 여자'를 찾아야겠다고 결심하는 것은, 가족 윤리와 가정의 안녕을 지키기 위한 소녀의 노력이 아니라, 가족 삼각형 안에서의 나름의 자기 욕망의 '계산'을 담고 있는 것이다. '아빠의 여자'의 임신 중절비를 구하기 위해 벌이는 가짜 납치극은, 이 소녀가 세상과 가족에 대해 꾸미는 '음모'의 절정이다. 이 음모는 그녀의 소녀성을 규정하는 가족과 사회 체제에 대응하는 개인 전략의 일환이다. 소녀의 음모는 한국 중산층의 '가족 신화'를 뿌리째 뒤집어놓는다. 소녀는 체제가 호명하는 '소녀성'을 연기함으로써, 그 체제에서 살아가는 방법을 배운다. 소녀가 유독 영어 공부에 집착하는 것은 "세계 어디를 가더라도 남한테 무시당하고 살기는 싫다"는 매우 현실적인 이유 때문이다. 소녀의 모험담은 일종의 여성적 통과제의, 혹은 입사식의 성격을 띤다고 볼 수 있지만, 이것은 소녀들이 자기 육체를 성적 대상으로 내면화함으로써 성인 여성으로 사회화되어가는 '섹슈얼라이제이션sexualization'의 과정이기도 하다.

앞의 두 작품과는 달리 「트렁크」는 삼인칭 시점으로 구성된다. 시간 단위를 소제목으로 설정하는 긴박감을 자아내는 구성을 통해, 소설은 추리소설적 흥미를 촉발한다. 외국계 화장품 회사의 지사에 근무하는 젊은 독신 여성이 새로 산 '소나타' 승용차는 그녀의 사회적 지위와 욕구를 반영하는 상징이다. 그녀에게 '소나타'는, '소나타'로 상징되는 성공한 직장인과 중산층 공간에 대한 욕망의 매개물이다. 또한 자동차는 단순히 소유물이 아니라, 인간의 육체에 속도를 부여해주는 '신체'의 일부이다. 자기 욕망의 승자가 되기 위해 무엇이든 '연기'할 수 있는 그녀는, 멋진 자동차를 타고 세상을 질주하고 싶다. 그러니 이 '나쁜 여자'가 자동차를 좋아하는 것은 너무도 당연하다. 그런데 그 안에서 발견되는 '소녀'의 시체는 그녀의 삶을 둘러싼 불길한 사회적 정황들을 암시한다. 자동차를 향한 그녀의 욕구와 트렁크 안에 감추어야 할 소녀의 죽음은, 한 여성의 욕망이 마주한 불안한 사회적 관계들과 연루되어 있다.

그런데 '트렁크'의 의미는 더욱 중층적이다. 소설에서 그녀가 소녀를 실제로 살해했는가 하는 미스터리는 어쩌면 중요하지 않다. 트렁크 안에서 소녀의 시체를 처음 발견했을 때, "그녀는 모든 것이 꿈이라고 확신"했으며, 소설의 후반부에 가서는 "어딘가, 빛이 들어오지 않는 작고 캄

캄한 공간에서 사지를 웅크리고 잠들고 싶었다. 아기집 같은 동굴 속! 비로소 그녀는 모든 비밀을 이해할 것도 같았다. 그날, 어쩌면 선미도 그녀와 같은 기분이었을 것이다"라고, 이 소녀의 시체에 관한 미스터리를 '스스로' 해결한다. 여기서 '트렁크'는 두렵고도 외로운 세상으로부터 숨어들고 싶은 '아기집'이라는, 여성적이며 실존적인 상징성을 함께 부여받게 된다.

이 유능한 커리어 우먼에게 '위장술'은 정글과도 같은 현실에서, 승자가 되기 위해 자신의 욕망을 효율적으로 실현하는 방법의 일환이다. 가령 직장 상사와의 불륜은 '90년대 여성소설'처럼 가족 제도의 억압으로부터 일탈하려는 욕구의 반영이나 새로운 '로맨스'의 추구가 아니라, 그녀가 남성 중심적인 현실을 돌파하기 위한 일종의 전략적 선택이다. 따라서 그녀는 지금의 정부인 '권'을 넘어서 직장 권력의 상층부에 위치한 새로운 지사장 '브랜든'에게도 자신의 여성성과 로맨스를 '연기'할 수 있는 것이다.

소녀의 시체를 처리하기 위해 산 이민용 트렁크는 트렁크의 시체를 유기하기 위한 또 하나의 '트렁크'이다. 그런데 "하다못해 이민용 가방에 시체를 옮기거나, 땅을 파고 구덩이를 만드는 데도 남자의 힘이 필요"하기 때문에, 그녀는 '권'을 끌어들이지 않을 수 없었고, 그것은 새로운 살인을 부른다. 시체를 유기하기 위해 끌어들인 '권'에게 자신의 원룸 오피스텔에서 "인생 최초의 강간"을 당한 후, 그녀가 저지르는 살인은 어쩌면 필연적이다. '브랜든'과의 '로맨틱'한 금요일 밤 선물받은 장미가 꽂힌 크리스털 화병이 살인의 도구가 되는 것은 아이러니를 자아낸다. 남자의 시체를 이민 가방에 '혼자서' 처리한 그녀. "스스로의 손으로 하지 못할 일이란 세상에 아무것도 없었다. 가방의 지퍼를 잠그고 나서 그녀는 그것을 깨우쳤다."

시체를 처리한 후, 그녀가 "늘 하던 대로 좌변기에 앉아 화장을 지우"는 장면은 상징적으로 읽을 수 있다. '외국계 화장품 회사'의 완벽하고 유능한 커리어 우먼에게 정부를 살해한 후 '화장'을 지우는 장면은, 그녀의 위장술의 실존적·사회적 그늘을 짙게 암시한다. 살인이 있은 후에도 그녀는 일요일 교회에 나가 찬송하고, 월요일 아침 남자의 시체가 숨겨진 가방을 트렁크에 싣고 출근하여 근무한다. 달라진 것은 아무것도 없다. "매끈한 서류 가방을 들고 사무실로 나서는 그녀의 모습은 우아하고 완벽했다." 마지막 장면, 브랜든의 "은색 렉서스 옆자리에 올라타면서 그녀는 저 멀리 세워진 자신의 자동차에 흘낏 시선을 주었다. 차에는 아무런 문제도 없어 보였다." 그녀의 '소나타'는 "아직 갈 길이 멀었다."

2. 반(反)연애소설, 로맨스와 결혼의 정치학

'낭만적 사랑'과 '순결한 결혼'은 자본주의 체제 내의 가부장적이고 이성애 중심적인 가족 제도를 지탱하는 필수 이데올로기이다. 근대 이후 로맨스와 결혼에 대한 사회적 통념들은 가족·사회·국가의 테두리를 절대화하는 이데올로기가 되었다. 근대 자본주의 가족 제도에서 낭만적 사랑의 자발성과 배우자의 사적 선택이라는 '자유연애'의 신화는, 가족과 사회의 제도적 동의에 적응함으로써 체제에 안정적으로 편입하기 위한 명분이기도 하다. 그것은 개인의 자유로운 자율적 선택을 알리바이로 하고 있기 때문에, 너무도 '자연스럽게' 여성 주체의 삶을 변형하며, 로맨스와 결혼에 대한 적응의 과정을 통해 여성의 생활을 규정한다.

그러니 90년대 여성소설의 문제의식처럼, 결혼 제도의 억압에 맞서는 여성 개인의 성적 일탈을 통한 '불륜의 문학화'는 한계를 가질 수밖에 없다. 그 일탈은 정치적으로 저항적 의미를 구성하기가 어렵기 때문이다. 가족 제도 내의 남편으로부터 벗어나 새로운 이성애 대상자를 찾는다는 것은, 이성애 가족 제도의 정상성을 그대로 유지하는 틀 내에서 새로운 '로맨스'를 찾아가는 것 이상의 의미를 갖기 어렵다. 그러면 무엇이 가능하겠는가? 정이현은 새로운 로맨스를 꿈꾸며 성적 일탈을 일삼는 90년대적 여성 주인공 대신에, 그 로맨스에서 결혼에 이르는 사회적 과정에 자신을 철저히 적응시키는 여성을 주인공으로 채택한다. 그것을 통해 로맨스와 결혼이라는 이데올로기가 여성 개인을 호명하는 방식과 그 순응의 과정 안에서 벌어지는 정치적 국면들을 드러낸다. 로맨스를 둘러싼 '멜로드라마'의 시선을 역전함으로써, '친밀성'의 영역에서 벌어지는 가장 사적이고 일상적 사건들의 사회적 관계를 성찰할 계기를 부여한다.

「낭만적 사랑과 사회」는 '낭만적 사랑'이 사회적 요구에 기초한 이데올로기라는 점을 분석한 재클린 사스비Jacqueline Sarsby의 동명의 책을 제목으로 하고 있다. 이 딱딱하고 낯선 제목은, 이 소설이 로맨스를 다루는 방식이 낭만적 사랑을 신화화하는 일반적인 연애소설의 뒤집기라는 점을 암시한다. 이른바 대중적인 '로맨틱 소설'에서 여성들은 처녀의 순결을 통해 남자의 욕망을 불러일으키고 결국 순결한 결혼에 이르게 된다. 그러나 이것은 가부장제 문화에서의 여성 종속을 보여주는 것에 지나지 않으며, 이 소설은 로맨틱 소설의 이런 일반화된 관점을 해체한다. 이런 맥락에서 이 소설은 예리한 '반(反)연애소설'이다.

소설은 '순결'이라는 문제를 둘러싼 젊은 세대의 경험을 일인칭 여성 화자를 등장시켜 기술한다. 소설의 본문은 자신의 '순결'을 가장 효율적으로 활용하려는 '나'의 시선과 진술로 구성된다. 결정적인 상대를 택해 '순결'이라는 자신이 가진 유일한 카드를 제출하려는 것이 '나'의 전략이다. 이 전략은 체제 내부의 로맨스와 가족 이데올로기에 순응하는 인물을 통해 여성의 사회적 삶의 문제를 부각한다. '나'의 자기 진술은 사회 체제에 정상적으로 편입하려는 여성 개인의 사적 욕망이 사회적으로 구성된 것임을 드러내준다. 주목할 것은 이 소설의 각주가 '이종 서술자'의 시점으로 제시되고 있다는 점이다. 이 소설의 각주는 본문의 사건을 둘러싼 사회적 조건들을 드러내는 문법적 기제이다. 여기에는 본문의 주인공의 행위와 진술의 사회적 성격을 성찰하는 숨은 서술자의 사회적 시선이 자리하고 있다.

'나'는 마지막 보루인 '팬티'를 사수하기 위해 "레이스가 달린 팬티를 입지 않는" '고진감래'의 자기 절제를 고수하며, 그것은 '순결'의 이데올로기를 둘러싼 '팬티의 사회학'을 보여준다. 결정적인 순간을 위해 자신의 성욕마저 절제할 수밖에 없는 상황은, 순결 이데올로기가 개인적 욕망의 세계를 제한하는 힘이라는 것을 말해준다. '십계명'을 준수하는 장면은 이 소설의 압권에 해당한다. '십계명'의 핵심적인 내용은 자기의 '순결'을 상대 남성에게 확실하게 증명하는 것. 다시 말하면 남성의 상징 질서가 요구하는 '처녀성'을 '연기'하는 것이다. 그런데 소설은 그 순결의 증거와 흔적이 나타나지 않는 황당한 반전을 배치한다. 그토록 아끼던 단 하나의 무기인 '순결-유리의 잔'은 이렇게 '흔적 없이' 사라져버렸으며, 어쩌면 '처녀막'은 처음부터 '실체'가 아니었다고 할 수 있다. '나'에게 '순결'은 단 하나의 '진품'이며, '완벽한 결혼'에 이르기 위한 단 한 번의 '순결한 삽입 성교'는 절대적으로 수호해야 하는 가치였다. 그러나 결국 그 '진짜'로서의 처녀막과 순결한 성교는 실체가 없는 것이었고, 가상과 기호에 불과했다. 순결한 성교의 신화를 현실에서 실현하려는 결정적 순간, 그것은 증명할 수 없는 가상의 것으로 드러난다. 이것이 '처녀성'의 통렬한 아이러니이다. '남근의 법' 안에 있는 '처녀막의 신화'는 이런 방식으로 해체된다.

조건 좋은 남자와 그와의 윤택한 삶을 상징하는 '뉴비틀'과 '루이뷔통' 등 '명품'에 관한 '나'의 욕구는, 사회적으로 구성된 것이다. 그런데 순결을 '바친' 남자로부터 선물 받은 명품이 '짝퉁'일지 모른다는 '나'의 불안감은, '순결한 사랑'의 진위에 대한 불안과 동궤의 것이다. 그러나 주인공은 '낭만적 사랑'의 이념을 포기하기 힘들다. "아니다. 아니다. 누가 뭐래도 그는 내가 사랑하는 사람이다. 우리는 서로, 사랑하는 사이다"라는 절박한 자기 최면과 주술은 마지막 순간까지 버릴 수 없는 순결한 사랑의 신화를 환기한다. 주인공은 '진짜 사랑'의 이데올로기 바깥에서 살아갈 수 없기 때문이다. "유리의 성이 점점 멀어져가고 있다. 큐빅처럼 흩뿌려진 서울의 불빛들이 눈 한번 깜빡이지 않고 나를 바라다본다"는 소설의 마지막 문장은, 주인공의 불안한 내면 공간을 이미지화한다. 여기서 '유리의 성'과 '큐빅의 불빛'으로서의 도시는 '낭만적 사랑'의 신화처럼, '진정한 가짜'들의 공간이다. '나'를 바라보고 있는 그 불빛들은, '내' 욕망을 응시하고 규정하고 있는 '진정한 짝퉁'의 세계이다.

「홈드라마」는 「낭만적 사랑과 사회」의 여성 캐릭터가 결혼이라는 사회 제도를 실제로 경험하는 과정을 그리고 있다고 할 수 있다. 이 소설은 한국 사회의 '평균적인' 한 쌍의 연인이 결혼을 결심하고 그 사회적 제의를 통과하기까지의 사소한 현실적 세목들을 적나라하게 묘사한다. 결혼이라는 제도적 절차를 둘러싼 현실적인 정황들을 미학적 여과 없이 노출함으로써, 결혼과 결혼식이라는 상징 제의의 이데올로기 뒤에 숨어 있는 비루한 사회적 '계산'들이 부각된다.

이 소설은 독특하고 실험적인 구성으로 결혼의 사회적 도식성을 드러낸다. 우선 소설은 마치 희곡이나 시나리오처럼 '등장인물'을 처음에 소개하며, 본문 안에서도 인물들의 대화는 희곡의 대사처럼 처리된다. 이것은 결혼이라는 상징 제의가 일종의 '연극적 무대'라는 것을 암시한다. 그 무대 위의 두 남녀는 '배우'이며, 그 무대에서 상연되는 것은 한 편의 슬픈 코미디일 것이다. 처음에 이 등장인물들의 신상 정보가 나열되는 것은 그들이 현실 세계 속에 존재하는 인물이며, 사회 체제에 '등록된' 인물이라는 점을 부각하는 장치이다. 결혼의 과정과 비용을 둘러싼 두 남녀와 가족 간의 위선적인 줄다리기의 내용을 보고하는 소설의 본문이, '발단-전개-절정-결말'의 소제목과 구성으로 짜여 있는 것은, 결혼의 제도적 절차가 갖는 삶의 끔찍한 도식성을 드러내는 플롯이다. 이것은 이 소설의 제목이 '홈드라마'인 이유이기도 하다. 그러니 소설의 절정인 결혼식 축가 장면에서 서술자가 "따뜻하고 아름다운 장면이었다"고 말하는 것은 일종의 반어이며 냉소이다.

주인공이 결혼의 세속적 절차들로부터 받은 상처를 위로받기 위해 옛 사랑을 찾아 하룻밤을 보내고 그 결과로 '성병'이 생기는 것은, 이 결혼 '드라마'의 이중성을 함축한다. 로맨스의 정상적인 귀결로서의 결혼 절차에서 받은 상흔을 치유하고 결혼을 완성하기 위해, 새로운 로맨스가 필요하다는 이 '통속적인' 아이러니. 문제는 '프롤로그'와 '에필로그'이다. 소설 본문에 나오는 다소 희극적인 대사들과는 달리, 이 두 부분은 건조하고 상징적인 묘사를 보여준다. 그들이 같은 시간대에 경험하는 '성병'과 그 '성병'의 치료 과정, 그리고 신혼집에 출몰하는 '바퀴벌레'의 이미지는, 그 '결혼'이라는 공연 무대 뒤의 불길한 실존적·사회적 틈을 암시한다.

3. '정상성'과 '시선'의 감옥에서

이른바 '정상적인 것'은 누구에 의해 규정되는가? 정이현의 소설 속에는 제도적 정상성의 이데올로기에 희생되는 여성 캐릭터들이 등장한다. 여기에는 섹슈얼리티를 둘러싼 성 정치학이 개입되어 있다. 가부장적인 체제 안에서 남성의 관점이 정상성의 규범을 생산한다면, 여성의 시선은 갇힌 채로 이미지와 동일시하거나 이미지의 반사 속에서 쾌락을 발견하는 나르시시즘적인 것이 된다. 남성은 자신이 본 것에 대해 의미를 자신이 결정하고, 그 정상성을 판별할 수 있는 통제권을 가진다. 미디어와 풍문의 세계에서 여성은 남성 욕망에 의한 소비의 대상이며, 여성들은 대상화된 자신의 이미지를 소비하는 자리에 놓일 수 있다. 물론 이 남성적 관점과 시선을 넘어설 수 있는 여성적 실천의 가능성이 완전히 봉쇄되어 있는 것은 아니다. 정이현 소설은 정상성의 규범의 희생양인 여성을 통해, 그 규범의 자명성과 사회적 권력 관계를 의문에 부친다.

이를테면 '동성애'는 이성애 중심 가족 제도 안에서 '비정상성'의 표본이다. 「무궁화」의 주인공 여자는 가정을 가진 여자와 지독한 사랑에 빠진다. 그녀의 조바심과 열정과 질투와 불안은 이성애적인 사랑과 마찬가지이거나, 혹은 그 이상이다. 이성애 중심 사회 체제 내부에서 이들의 사랑은 이중적으로 '비정상적'이며, '탈제도적'이다. 동성애의 상대 여자가 결혼한 여자이기 때문에, 이 이중적인 '비정상성'은 이들의 사랑을 더욱 위험하고 치열한 것으로 만든다. 이를테면 그들이 "어디 가서 꼭 껴안고 싶"어서 사회적으로 묵인되는 불륜의 장소인 러브호텔에 대낮에 들어갔다가, "지금은 '대실'만 되니까 이따 밤에 오시라구요"라는 종업원의 말과 함께 거절당하는 장면은, 그들이 이 '불륜의 공화국'에서 이중으로 소외되어 있다는 것을 말해준다. 정이현 소설에서는 드물게 전통적인 단편소설의 화법을 계승하고 있는 듯한 이 소설은, 그러나 그 안에 배치된 '불편한' 시선과 상징적 기제들로 인해 낯설고도 불온한 작품이 되어버린다.

소설은 이인칭의 시점으로 구성되어 있고, 서술이 좀 진행된 후에야 주인공의 이인칭 연인이 '동성'임이 드러난다. 이인칭의 호명 방식은 사회적으로 호명이 허용되지 않는 '비정상적 연인'에 대한 매우 은밀하고 탈제도적인 '자매애'적인 호명이라는 성격을 띤다. 소설의 제목인 '무궁화'는 대한민국의 '국화'라는 제도적 상징을 전복적으로 활용한다. "공중변소 옆에는 왜, 벌레 먹은 분홍 꽃들이 피어 있을까" 하는 의문에 대해, "나라꽃이라 그래. 하수구와 공중화장실은 국가에서 관리하니까" 하고 연인은 대답한다. 화장실 옆의 '무궁화'는 국가에서 관리하는 섹슈얼리티의 상징이다. 이 상징은 이 소설에서 여성 성기의 이미지와 조우한다. 소설의 도입부에서 "그녀의 틈새" "세상의 모든 냄새"로 묘사된 여성 성기의 후각적 이미지는, 소설의 마지막에 가서는 나르시시즘적인 시각적 이미지로 재등장한다. 주인공이 '폴라로이드 카메라'로 자신의 다리 사이를 찍어서 "냉장고 한가운데, 그녀의 얼굴 옆에 붙이"는 사진 속 여성 성기는, "모로 누운 연갈색 거웃들과 그 속에 돋아난 작고 붉은 살덩이들, 너의 극지(極地). 공중변소 앞의 꽃나무처럼 무심히 시든 그것"으로 묘사된다. '무궁화'는 여성의 신체와 사적 욕망에 대한 국가적 통제의 상징이면서, 그 통제에 대응하는 여성적 전선의 한 강렬한 '극지'이다.

「무궁화」에서 여성 주인공이 완강한 이성애 제도의 감옥 안에 갇혀 있다면, 「신식 키친」에서는 육체의 자기 이미지라는 감옥 속에 갇혀 있다. 「신식 키친」은 거식증에 관한 이야기이다. '신식 키친'은 음식이 조리되는 현대적 공간으로서, 육체의 이미지를 둘러싼 현대의 정신적 질환과 관련되는 장소이다. 이 공간에서 '폭식'과 '거식'이라는 사적인 사건이 발생하며, 그런 맥락에서 키친은 그녀가 먹은 것들을 모두 게워내는 '화장실'의 공간과 짝을 이룬다. 소설은 파편화된 구성으로 여성 주인공의 행위와 의식을 묘사한다. 소설의 중간중간에는 다이어트의 방법과 관련된 정보들이 병치적으로 삽입된다. 이것은 그녀의 의식을 지배하는 정보들과 이미지들을 나열함으로써, 그 사회적 연관을 독자들이 추론하게 만드는 소설적 장치이다.

소설의 도입부에 등장하는 '비단뱀'의 이미지와 마지막에 등장하는 '배추흰나비'의 이미지는 텔레비전에 의해 대상화된 육체의 이미지이면서, '변신'과 '탈바꿈'이라는 주인공 여성의 욕망을 반영하는 이미지이다. (구청에서 '여권 증지'를 파는 그녀의 직업은 그녀가 처한 조직의 구속과 탈출의 꿈을 동시에 상징한다.) 현대 세계에서 육체를 매개로 사회적 질서에 편입해가는 과정에서 여성은 자기 존재의 정체성을 획득한다. 대중적인 소비문화는 젊고 날씬한 육체의 이상화된 이미지를 신화화하면서, '자기 보존'의 개념을 판다.

소설 속의 그녀는 "늙은 여자, 그 불쾌한 엉덩이, 엉덩이들"을 혐오한다. 그녀가 화장대 거울 앞에서 자기 육체를 "눈 한번 깜빡이지 않고" 응시하면서 "몰락한 왕의 무덤처럼 거대하고 황폐한" 유방과 "삼각 밴드 바깥으로 불룩하게 비어져 나온 허리살"을 보는 것은, 닫힌 여성적 나르시시즘에 관한 상징적 장면이다. 그녀가 앓고 있는 정신적 질병은, 여자의 육체를 둘러싼 사회적 '시선'과 '언어'들이 어떻게 한 여자의 육체와 의식을 지배하고 있는가를 보여주는 사례이다. 물론 이런 육체적 아름다움에 대한 욕구에는 어떤 '진정성'이 묻어 있다. 문제는 현대적인 육체의 신화가 그 '진정한 욕구'를 이용한다는 데 있다. 그러므로 소설의 마지막에 등장하는 주인공의 '비상'은 한 여성의 육체를 향한 꿈의 실존적·사회적 맥락이 동시에 새겨진 장면이다.

여성 존재가 갇혀 있는 시선의 감옥이라는 문제를, 근대 초기의 역사적 공간으로 이동하여 다루고 있는 작품이 「이십세기 모단걸」이다. 「이십세기 모단걸」은 김동인의 소설 「김연실전」의 패러디이다. 한국 근대문학의 선구적인 작가 김동인은 '신여성'으로서의 '김연실'이라는 실존 인물을 그리면서, 그녀의 윤리적·인간적 한계를 드러내는 남성적 시선을 노출한 바 있다. 이 소설은 김연실의 초상을 여성적 시선으로 다시 빚어내는 작업으로 볼 수 있다. 소설은 김동인의 작품처럼 '전(傳)'의 형식을 띠고 있다. 김동인이 중세적인 장르였던 '전'을 채택했던 것을 이어받아, 작가는 그 장르의 전통적 화법을 그대로 빌려온다. '출생' '입지' '유학' '사건' '실화'의 소제목으로 구성된 소설의 플롯은 한 개인의 일대기에 대한 전통적인 재구성이지만, 그 재구성의 시선은 남성적 인물 평전으로서의 '전'의 장르적 성격을 전복하는 것이다. 특히 소설의 도입부와 말미에서 숨은 서술자가 직접 자신의 얼굴을 드러내고 말하는 것은, 김동인 소설이 보여준 근대 소설적인 문체를 낯설게 하고 '소설적 허구'로서의 근대적 '전'의 성격을 뒤집는 작업과 관련된다.

기생의 딸로 태어난 신여성 연실은 유교적 신분 질서의 희생양이면서, 근대적인 세계 속에서의 남성 중심적인 '로맨스'의 희생양이라고 볼 수 있다. '동경'이라고 하는 '근대'적인 동경의 땅에서 유학생들 사이에 벌어지는 '로맨스'는 이들의 '자유연애' 이념이 가지는 근대적 성격을 보여준다. 그러나 남자 유학생의 구애를 무시한 죄로 풍문의 희생양이 된 이 신여성의 사회적 좌절은, 그 '자유연애'의 이데올로기적 한계를 극명하게 보여준다. '모던걸'의 "모단은 '모단(毛斷)'인지도 모르고 '모단(母斷)'인지도 모릅니다. 아니 어쩌면 '못된'일지도 모르겠습니다"라는 서술자의 진술은 '신여성'과 '자유연애'를 둘러싼 사회적 이중성을 함축적으로 표현한다. '신여성'은 남성적 욕망과 동경의 대상이며, 동시에 혐오와 윤리적 탄핵의 대상이었던 것이다.

소설은 김동인의 김연실에 대한 이미지가 사실은 남성적인 풍문에 의해 그녀를 '못된 여자'로 규정한 것임을 드러내려 한다. 소설의 대미를 장식하는 남자 유학생의 공식적인 '격문'과 이에 대응하는 김연실의 '편지'는 문제적인 대비를 이룬다. 공적인 윤리와 기만적 대의명분에 기댄 계몽적인 남성적 논설과, 자신의 무죄를 '편지'라는 사적이고 내밀한 소통 방식을 통해 '고백'할 수밖에 없는 여성적 언술의 극명한 대비. 이것은 남성적인 '시선'과 '풍문'들에 의해 왜곡된 신여성의 삶과 진실을 밝히고 그녀 자신의 가려진 '목소리'를 '복원'하는 소설적 노력이다.

4. 아이러니로서의 순응과 저항

정이현의 주인공들은 '위장'의 방식으로 체제가 요구하는 여성의 존재를 '연기'함으로써 자기 욕망을 실현한다. 그렇다면, 아마 이런 질문이 가능할 것이다. 이런 위장술이 무슨 '저항적 의미'가 있는가? 그것은 지배적인 상징 질서에 타협하는 인간을 보여주는 것뿐이 아닌가? 우선 이렇게 말할 수 있다. 현대 세계의 규율적인 권력의 메커니즘 안에서는, 저항 역시 그 권력 관계의 일부로서 존재할 수밖에 없으며, 저항은 개별화되고 고립될 뿐, 일반화되기 어렵다. 이를테면, 로맨스와 결혼과 섹슈얼리티를 둘러싼 지배적 질서는 개인을 직접적으로 억압하는 것이 아니며, 그 억압적 권력의 주체도 분명하지 않다. 개체는 '자발적'으로 그 정상성의 이데올로기를 내면화하기 때문에, 그 이데올로기에 저항하는 주체를 구성하기 어렵게 된다.

정이현 소설은 이 '자발성'과 '정상성'의 신화가 지배하는 일상 현실의 구조를 냉소적인 시선으로 드러냄으로써 그 신화의 허위를 폭로한다. 정이현의 여성 인물들이 '위장' 혹은 '연기'의 방식으로 이 세계에서 생존한다고 할 때, 그 행위 자체가 저항적 의미를 산출하는 것은 아닐 것이다. 그녀들은 이 체제에 대한 순응과 공모, 저항 사이의 '경계'에 서 있다. 그 경계적인 행위의 정치적 국면을 드러내는 함축적 화자의 비판적 시선을 통해, 소설은 체제에 대한 예리한 칼날을 준비한다. 연애와 가족 제도와 관련된 너무나 세속적이고 낯익은 일상적 장면들의 정치적 관계를 날카롭게 드러냄으로써, 그 '정상성'과 '자명성'을 낯설고 불편하게 만드는 것. 로맨스와 결혼과 섹슈얼리티를 둘러싼 지배적 상징 질서가 개인의 일상적 세계를 어떻게 규율하는가를 아주 '사실적'으로 보여줌으로써, 그 이데올로기를 '탈자연화'하고 '탈운명화'하는 것. 이를 통해 정이현의 소설은 지배적 서사에 대한 일종의 '역담론'이 될 수 있다. 가장 사적이고 일상적인 영역조차 정치적으로 사유할 수 있는 공간으로 만드는 작업은, 여성에게 부과된 제도적 삶의 '외부'를 사유할 수 있는 출발점이다.

무엇보다 정이현 소설의 세계 인식이 특유의 여성 화법을 통해 구현되고 있다는 점에 주목할 필요가 있다. 여성 주인공의 '위장술'과 작가적 언술 방식의 '위장술'은, '아이러니'의 미학을 통해 지배적 상징 질서에 대한 전복적 시선을 구성한다. 정이현 소설의 아이러니는 문법적인 것이면서 동시에 정치적인 것이다. 가령, 자기 욕망의 실현을 위한 여성들의

'기만'과 '음모'는 '탈내향적인' 일인칭 화자들의 벌거벗은 '육성'에 의해 드러나지만, 그 육성 뒤에는 그것의 정치적 의미를 구성하려는 함축적 화자의 시선이 자리 잡고 있다. 드러난 말과 숨겨진 말의 이러한 이중 구조는 정이현의 화법 자체가 '위장'과 '아이러니'의 언술임을 드러낸다. 이러한 위장과 아이러니의 언술 방식은, 삼인칭 소설에도 해당된다. 삼인칭 서술자는 단지 주인공에 대한 관찰자의 입장에 서 있는 것이 아니라, 주인공 여성의 욕망의 시선을 함께 따라간다. 동시에 서술자는 주인공의 사적 욕망의 사회적 관계를 주시함으로써 그 인물의 경험과 행위의 정치적 국면들을 드러내준다. 이런 화법적 특징을 '위티즘'의 미학으로 설명할 수 있다. 위티즘의 미학은 두 층위의 '화자/청자' 사이의 '화용론'적 관계에서 실현되는 차이의 문법이다. 정이현의 소설들은 독자가 그 표면적 언술 뒤에 숨어 있는 정치적 시선에 동참할 때, 그 의미화가 실현될 수 있다.

한국의 여성문학은 여성적 문법의 개발과 남성적 억압 구조의 의식화라는 문학적 성취를 쌓아왔으며, 특히 90년대 여성문학은 여성적 '내면'의 탐구와 가부장적 가족 제도에서 '탈출'하려는 욕망을 더욱 적극적으로 드러냈다. 이제 이 시점에서 정이현의 소설들은 기존 여성소설에 대한 '질문'이며, 동시에 새로운 여성 문법에 대한 '발견'이다. 이를테면 '내면'의 관념에 기초한 여성문학의 '고백'의 화법과, 제도로부터의 '일탈'을 의식화하는 '불륜의 서사' 모두를 거절하는 방식인 것이다. 기존 여성 서사가 정치적인 문제조차 내면과 운명과 사적 욕망의 문제로 다루었다면, 이것은 내면과 운명과 사적 욕망의 문제조차 정치적인 문제로 드러내는 작업을 의미한다.

남성적 위선과 엄숙주의를 뒤집는 발칙하고 불온한 상상력과 치밀한 언어 구성력을 통해, 정이현은 새로운 여성 문법의 가능성을 스스로 발견한다. 소설 미학의 유연함과 발랄함, 로맨스의 정치학에 대한 통찰력은, 한 문제적 신인 작가의 '도발'에 세대적인 의미를 부여하게 한다. 정이현의 '나쁜 여자들'과 '위장하는 그녀들'은 이 시대의 '신여성'이라고 볼 수 있으며, 그들에 대한 작가적 시선은 '20세기적인' 소설 관념을 교란하고 있다. 이제 정말 '2000년대적인' 문학이 시작된 것일까?

물론 새로운 세기에도 세상은 여전히 완강하고 도식적일 테지만, 그러나 분명한 것은 어떤 무거운 풍문에도 불구하고 미래의 소설은 그 '모단 걸'들처럼, "모든 걸 끊고, 모질게 끊고" "아무도 간 적 없는" 낯선 길을 떠나리라는 것이다. 몸 안의 경계를 몸으로 지우며.

시체들의 괴담, 하드고어 원더랜드
— 편혜영 소설과 모더니티의 엽기전

1. 시체들이 나타났다

소설의 첫 문장들은 시체의 출현을 알리고 있다. "여학생의 옷이 최초로 발견된 것은 저수지 뒤쪽의 숲이었다"(「저수지」), "시체는 왕피천 동쪽 끝자락에서 떠올랐다. 시체를 건어올린 것은 젊은 남자였다"(「문득,」), "전화가 걸려온 것은 아내가 실종된 지 한 달가량 지나서였다. 계곡에서 여자의 것으로 보이는 신체의 일부가 발견되었다고 했다"(「시체들」), "칼라는 거기에 있었다. 무릎을 꿇고 고개를 숙인 채였다. 스웨터는 입었지만 허리 아래는 나체였다"(「누가 올 아메리칸 걸을 죽였나」)와 같은 방식으로, 시체들이 소설의 도입부에 등장한다. 이런 소설의 서두를 읽으면서 아마 독자들은 스릴러 영화의 첫 장면이나, 탐정소설의 서두를 떠올릴지도 모르겠다. 당신은 어떤 이야기가 진행되기를 기대하는가? 이제 우리의 주인공이 등장하여 여러 혼돈과 곡절 끝에 끔찍한 범죄와 사고의 진상을 밝혀내게 될 것이라고 기대해도 될까? 그렇게 마음을 졸이며 스릴을 맛보고 나면 결국 사건의 전모가 내 손안에 주어질까? 미안하지만, 편혜영의 소설은 전혀 다른 방향으로 나아가기 시작한다.

실종 사건이 벌어지거나 미확인 시체가 발견되는 사건은 일상의 평온한 질서를 깨뜨리고 그 뒷면의 끔찍하고 부조리한 세계를 대면하게 만든다. '실종'이란 일상 세계에 속한 개인이 그 일상적 공간으로부터 증발되는 사건이며, '사체의 발견'은 살아 있던 개인이 하나의 죽은 육체로 드러나는 사건이다. 대중적인 장르 안에서 이 불가해하고 기이한 사건들은 어떤 방식으로든 해결되고 결국 '설명 가능한' 세계로 귀결된다. 불길한 사건들은 최소한의 인과적 관계로 얽혀 있음이 판명되어야 한다. 사건의 실체는 우리들의 주인공이 최후로 재구성하여 복원하는 선형적인 서사에 의해 밝혀질 것이다. 그래야만 불길한 사건들의 출몰에도 불구하고 세상은 여전히 살 만한 어떤 세계로 남아 있게 되며, '나와 우리'가 범죄와 참혹한 죽음에 연루될 수 있다는 공포와 죄의식은 면죄부를 받을 수 있다. 시체들의 괴담은 이곳이 아닌 저곳의 이야기가 되어야만 한다. 그런데 편혜영은 이런 스릴과 면죄부를 독자에게 선사하는 대신에, 시체들이 출몰하는 현실의 악몽을 극한까지 몰고 감으로써 인간의 문명 세계 전체를 지옥도로 그려낸다. 이런 측면에서 편혜영의 서사는 일찍이 지옥의 세계를 묘사한 단테적 상상력을 연상시킨다. 사건의 전모를 알 수 없는 것은 물론이요, 불길한 사건은 세계의 일부에서 벌어지는 것이 아니라, 이 세계 전체의 종말론적 상황을 압축하고 있다. 사건은 결코 해결되지 않고, 파국은 오히려 확산되며 이 지옥으로부터 빠져나갈 어떤 출구도 인간에게 주어지지 않는다.

그 지옥의 풍경 속에서 인간은 동물과 벌레와 물질의 단계로 퇴보한다. 인간은 추락하는 '개구리'가 되거나(「아오이가든」), 단백질을 섭취하지 못하여 죽어가는 실험용 쥐와 같아지거나(「마술 피리」), 구더기 천지 속에서 생과 죽음이 구별되지 않는 존재이거나(「문득,」), 박제되거나 실험실의 해부 테이블 위에 놓인 상황(「맨홀」)이 된다. 인물들은 어떤 벗어날 수 없는 정신적 신체적 결핍과 장애에 처해 있으며, 세상에 대한 사소한 희망과 인간에 대한 신뢰도 갖고 있지 못하다. 이런 카프카적 상상력은 편혜영 소설에서 개인의 실존적 부조리라는 주제 안에 제한되어 있지 않다. 이런 상상력은 마치 인간의 진보와 진화의 역사 전체를 야유하는 것처럼 보인다. 문명을 건설한 이성을 가진 위대한 인간은 시체와 벌레와 동물의 단계로 혹은 물질의 흔적으로 퇴행한다.

　진보와 진화의 신화가 인간이 발명한 이데올로기에 불과한 것이라고 한다면, 편혜영의 소설은 일개 짐승에 불과했던 인간이 진화의 역사 속에서 스스로 망각했던 그 짐승의 단계를 다시 기억하게 만든다. "모든 살아 있는 것, 그러니까 신생대 제3기 팔레오세(世)까지 거슬러 올라가면 발견되는 원시 포유류에게서 유래된 향성(向性)일 수도 있다. 그때 인간은 아직 쥐였으니까. 지나온 과거의 모습이 현재 속에 얼마나 들어 있는지는 알 수 없다. 그러나 루루를 보면 숨처럼 깊은 저 지질 시대의 어두운 숲에서 먹이를 찾기 위해 눈알을 굴려대며 웅크리고 있는 나를 느낀다. 나는 분명 새까맣고 형편없는 쥐의 모습이었을 것이다"(「마술 피리」). 인간이 쥐이거나 구더기였던 것을 상기하는 이 그로테스크한 역진화의 기억술은, 인간 진보의 신화를 근본적으로 부정한다. 여기에서 인간의 집단적 동일성뿐만 아니라, 인간 개인의 주체성은 근본적으로 박탈되어 있다. 인간 존재에 대한 이 원초적인 유물론은 이제, 어떤 '휴먼 스토리'도 개입하지 못하는 완벽한 악몽의 세계로 독자들을 초대한다.

2. 검은 물 밑에서

시체들이 출몰하고 인간이 동물로 화하는 공간은 어떤 곳인가? 작가는 그 공간에 국적과 구체적인 지명을 부여하려 하지 않는다. 그 공간들은 가끔 비현실적인 느낌을 주지만, 한편으로 그곳은 이 세계 어디에나 존재할 수 있는 '지구적인' 차원의 장소가 된다. 그곳들은 우선 도시의 저편에서 고립되고 버려진 원시적 공간으로 나타난다. 그런데 도시적 공간과 야만과 원시의 공간은 그리 멀지 않은 곳에 있으며, 그 원초적인 야만의 장소는 끊임없이 일상적 공간에 틈입한다. 그곳에서는 산 자와 죽은 자, 인간과 동물의 경계가 모호해진다. 가령 그곳은 바닥을 알 수 없는 검은 물이 있는 공간일 수도 있다. 검은 물의 심연은, 그 바닥을 알 수 없는 문명 세계의 부조리한 밑자리에 대한 깊은 상징이 된다.

이를테면 저수지 옆의 숲은 실종 사건이 끊임없이 일어나는 곳이다(「저수지」). 최근에도 한 여학생이 그곳에서 실종되었다. 한때 마을의 자랑거리로 아름다웠던 저수지는 '젖은 쓰레기통'이나 마찬가지인 흉물거리로 전락하였다. 저수지의 옆 방갈로에는 더럽고 병든 아이들이 숨어 살고 있다. 아이들은 저수지 속에 살고 있는 괴물의 존재를 생생하게 알고 있다. 엄마가 돈을 벌기 위해 문을 잠그고 도시로 간 이후, 방치된 아이들은 더욱더 끔찍하게 굶주리고 몸이 썩어가면서 죽어간다. 아이들이 숨어 있는 방갈로는 결국 사람들에 의해 발견된다. 그러나 실종된 여학생을 찾기 위해 물을 빼기 시작한 저수지에는 실종자의 흔적이 발견되지 않는다. 시체는 "아무리 물을 퍼내도 찾을 수 없는 곳, 지구의 핵을 지나 맨틀 가까이 다가간다고 해도 찾을 수 없는 곳에 유기되어 있을 터였다."

문명 세계의 공권력으로도 찾을 수 없는 시체가 숨겨진 공간은, 어떤 합리적인 탐색으로도 설명되지 않는 세계를 암시한다. 아이들이 알고 있는 저수지 속의 괴물의 존재, 그리고 아이들이 만화영화에서 본 괴물이 키운 왕자의 이야기 역시 근대적 합리성의 영역으로는 해명되지 않는 괴담의 세계이다. 저수지의 물을 아무리 퍼내도 시체가 숨겨진 저수지의 깊은 바닥이 결코 드러나지 않는 것처럼, 해결될 수 없는 실종 사건은 계속 벌어질 것이며, 괴담의 공간은 결코 사라지지 않는다. 쓰레기로 가득 찬 저수지는 괴물의 괴담이 살아 있는 문명 이전의 공간이거나, 혹은 문명 이후의 묵시록적 공간이다.

「문득,」에서 여자의 시체가 떠오른 호수는 관광지인 동굴의 주변에 위치한다. 주인공 여자가 일하는 동굴 내부는 바깥 세계와는 단절된 공간이다. 동굴은 일상적인 공간과는 차단되고 은폐된 태초의 공간이다. 그 태초의 공간 속에서 풍기는 이상한 냄새에 대해, 여자는 그것이 죽음과 관련되어 있다고 생각한다. 동굴은 문명 세계의 일상적 공간에 대비되는 원초적인 죽음의 공간이다. 취미로 마라톤을 했던 여자의 남편은 실종되었다. 남편은 아무 규칙성과 인과성도 없이 늘 여자를 때렸고, 마라톤 대회에서 40킬로까지 달리던 남편은 도착 지점 못 미친 곳에서 증발해버렸다. 여자가 키우는 고양이인 '제니퍼'가 숨겨놓은 죽은 쥐의 냄새 때문에 여자의 집 안은 구더기들로 가득하다. 그 구더기 천지에 여자가 가만히 몸을 누이는 마지막 장면은, 이 여자가 살아 있는 존재일까를 의심하게 한다. 소설은 여자가 이미 죽은 사람일 수 있다는 것을 곳곳에 암시한다. 관리소장은 떠오른 시체가 동굴에서 일하던 '강양' 같다고 추측했다. 빨간 터틀넥을 입고 있던 강양과 남편에게 당한 폭력의 흔적을 감추기 위해 목이 긴 스웨터를 입고 있는 여자는 동일 인물일 수 있다. 소설의 마지막 장면에서 여자는 거울을 들여다보지만, 그곳에는 여자의 얼굴이 없다. 그렇다면 이 모든 것들은 여자의 상상, 혹은 죽은 여자의 상상일까? 분명한 것은 "산 사람이나 죽은 사람이나 똑같이 살고 있는 것"이라는 것. 여기서 여자의 집과 동굴의 공간은 '죽은 자'들이 자신들의 방식으로 살고 있는, '시체들의 삶'이 있는 공간이다.

「시체들」에 나오는 U시의 계곡에는 "계곡보다 더 비밀스러운 물이 칼처럼 차갑게 흐르고 있는데, 그 물은 바닥이 보일 정도로 맑지만, 그런 곳일수록 실은 깊이를 알 수 없을 만큼 깊다." 그곳은 "산 사람을 잡아끄는 귀신이 산다는 소문"이 있는 곳이다. 주인공은 아내와 그곳으로 머리를 식히려고 갔지만, 아내는 실종되고, 아내의 것으로 추정되는 신체의 일부들이 계곡에서 발견된다. 처음에는 오른쪽 다리, 그 다음은 왼쪽 팔. 거기서 그는 아내의 몸을 확인하지 못한다. 아내와 그는 도시의 상가 건물에서 생선 백반을 팔아왔으나 건물은 철거를 앞두고 있다. 생선 눈알만을 조리해서 먹는 아내의 엽기적인 식습관은 아내의 실종 이후 썩어 문드러진 생선의 눈알을 빨아먹는 그의 엽기적인 행위로 전이된다. 마지막으로 발견된 것은 아내의 두상이다. 그는 자신의 손으로 아내를 계곡으로 떠민 것은 아닌가를 자문한다. 경찰서로 가기 전 계곡을 다시 찾아간 그는, 그곳에서 시체의 일부들을 낚아 올리는 엽기적인 장면을 목격한다. 급기야 그 자신도 계곡에 빠진 뒤, 낚싯줄에 걸려 올라와 어망 속에 담기는 극단적인 상황이 벌어진다. 구더기로 뒤덮인 "그는 깜깜한 밤의 계곡에 매장되었다." 계곡은 인간을 낚싯줄에 걸리는 몸뚱이로 만드는 죽음의 공간이다. 그곳에서는 산 자와 죽은 자, 죽은 자와 죽인 자가 구별되지 않는다. 그 공간에서 인간은 낚싯줄에 걸린 물고기이거나, 그 물고기들이 뜯어먹는 한낱 짐승의 시체에 불과할 것이다.

「서쪽 숲」에 나오는 도시 외곽 공간에는 거대한 공장 지대가 있다. 그런데 그 공장까지 가는 길을 아는 사람은 별로 없으며, 공장의 생산품 또한 알려져 있지 않다. 도시의 중앙에는 거대한 무덤이 있고, 이곳을 찾아온 관광객들이 도시 사람들을 먹여 살린다. 도시의 끝에는 숲이 있지만, 그곳은 실체가 없는 풍문의 장소이다. 그곳은 오래전 "형제가 누군가를 죽였다는 누명을 쓰고 사라진 숲"이다. 약국에서 '미라'처럼 앓고 있는 노인을 돌보며 일하는 여자는 관리소장의 의뢰인에게 서류를 전달하는 일을 한다. 그리고 여자는 이 불법적인 서류의 내용과 루트를 전혀 알지 못한다. 여자를 찾아와 불면과 환각을 호소하며 약을 사러 오는 사내는 무덤 입구에서 매표소를 지키는 사내였다. 여자는 결국 스스로 의뢰인이 되어 소장에게 서류를 준비해달라고 요구한다. 서류의 내용과 루트를 알기 위해 사내를 뒤쫓던 여자가 숲 속에서 발견한 것은 거대한 건물이다. 그 건물의 방들의 기이한 이미지들 속에 노인과 사내는 그로테스크한 장면을 연출하고 있다. 결국 '서쪽 숲'의 공간은 도시의 사람들의 삶으로부터 추방된 자리, 혹은 '서류'를 통해 전달되는 그들의 은밀하고도 어두운 충동과 죄의식이 만들어낸 괴담의 공간이다.

3. 도시 괴담

앞에서의 실종 사건이 주로 도시적인 공간과는 대비되는 어떤 원시적인 공포를 간직한 곳에서 벌어졌다면, 편혜영의 또 다른 소설들은 도시 공간 자체를 괴담의 자리로 만든다. 그곳에서 문명 세계는 이미 그 안에 끔찍한 야만을 간직한 공간이다.

「아오이가든」은 어디인가? 시커먼 개구리들이 비에 섞여 떨어져 깊이를 알 수 없는 쓰레기 더미 속으로 빨려 들어가고, 역병이 창궐하는 거리의 아파트 단지가 '아오이가든'이다. 동물들의 사체와 쓰레기로 가득 찬 도시는 부식되면서 지독한 냄새를 풍긴다. 역병을 옮기는 빨간 스카프를 두른 소녀에 대한 흉흉한 소문이 떠도는 그곳에서, 사람들은 철저한 고립과 공포 속에서 살아간다. '그녀-엄마'와 살고 있는 '나'의 집에 방문한 '누이'는 임신을 한 상태이다. 육체적으로 성장을 정지한 다리를 가진 불구의 '나'와 움직일 때마다 붉은 눈을 흔적으로 남기는 '그녀-엄마,' 그리고 임신한 병든 누이는 이 공간에 거주하는 결핍과 퇴행의 존재들이다. 집 안팎을 넘나들며 계속 임신하는 고양이 때문에, 엄마가 고양이의 자궁을 들어내는 장면은 자극적이며 강렬한 상징성을 얻는다. 폐경을 맞은 그녀-엄마가 다시 월경을 시작하면서 역겨운 냄새를 풍기고 누이의 찢어진 가랑이에서도 지독한 냄새가 나오는 이 공간에서는, 좀더 엽기적인 장면들이 기다리고 있다. 손에 밴 냄새를 씻어내기 위해 손가락을 태운 '나'의 뱃속으로 고양이가 들어가버리고, 누이는 붉은 개구리들을 낳는다. '내'가 그 개구리들과 함께 베란다 너머로 낙하하는 마지막 장면은, 더 나아갈 데 없는 도시의 악몽을 마무리한다. 어쩌면 끔찍한 것은 도시에 번져 있는 죽음의 징후가 아니라, '삶에 대한 악착같은 집착'과 월경과 임신으로 상징되는 동물적 몸의 본능일 것이다. 성장하지 않는 불구의 '내'가 '개구리'가 되는 것은 인간 진화의 신화 자체를 전복하는 상상력에 해당한다. 이러한 도시의 묵시록은, 도시 문명을 건설한 인간 진화의 역사를 거슬러 개구리와 고양이의 단계로 인간 존재를 되돌려놓는다.

　「맨홀」의 공간 역시 도시의 일부에 자리한다. 부모가 방치한 아이들은 도시의 맨홀 속에서 숨어 살고 있다. 단속반이나 세금 징수원으로 상징되는 국가 권력은 이 아이들의 적대자에 속한다. 어떤 미래도 없는 아이들은 쓰레기를 줍거나 지게꾼이 되거나 구걸을 하거나 범죄를 저지른다. 맨홀의 공간은 도시 뒷면의 소외되고 버려진 자리를 의미한다. 흥미로운 것은 이 소설에 나오는 과학관이다. 지난 세기의 전쟁으로 부서진 과학관은 전쟁의 잔해를 그대로 간직하고 있다. 방사능이 유출되었다는 소문이 있는 이 공간에서 '나'는 여자친구인 'C'와 시간을 보낸다. 과학관은 근대적인 과학적 진리의 세계를 전시하는 곳이다. 근대 세계가 '과학'의 이름으로 건설된 것이라고 한다면, 파괴된 과학관은 그 세계의 폐허를 보여주는 이미지이다. 임신하여 배가 불러온 'C'와 '나'는 급기야 단속반에게 잡힌다. 보호센터를 탈출한 '내'가 다시 과학관의 화학실 앞에 갔을 때, 그곳에서는 엽기적인 상황이 벌어진다. 'C'는 박제되어 있고, 그녀의 아기는 표본병에 담겨 있다. 그리고 과학자들이 탁자 주위에 몰려 해부하고 있는 정체 모를 동물은 다름 아닌 '나'의 몸이다. 이 소설에서 '맨홀'의 공간이 도시 아래에 숨은 버려진 아이들의 세계라면, 과학관의 세계는 근대 과학의 악몽을 보여주는 장소이다. 반면, 도시에서 멀리 떨어진 '레밍'이 살고 있는 겨울의 땅, 'C'의 고향은 도시 문명의 저편에 위치한 원시적인 세계이다. 눈을 가리고 카드를 읽어내는 'C'의 초능력 역시 과학으로 설명되기 힘든 영역이다. "어느 순간 종족 대부분이 북극해의 차가운 물속에 몸을 던져 죽는" 레밍의 행동 역시, 과학의 이름으로 밝히지 못하는 동물의 괴담에 속한다. 맨홀은 도시 문명이 감추고 있거나 설명할 수 없는 원초적이며 어두운 세계의 이미지를 그려낸다.

「마술 피리」에 나오는 실험실의 루루라는 쥐는 단백질 섭취를 제한당한 채 죽어간다. 단백질이 모자라 죽어가는 실험용 쥐 루루의 존재는 궁핍과 영양실조로 시들어가는 '나'와 동생 '미아'의 존재와 닮아 있다.

'나'와 병든 '미아'는 오래전부터 단백질이 든 것을 먹지 못했다. 엄마는 고깃집 박사장과의 연애 후 날마다 고기를 먹는다. 엄마는 나와 동생을 버릴 수도 있다. 인간 역시 동물과 마찬가지로 주어진 환경에 적응해야만 살아남을 수 있을 것이다. 그러나 분명한 것은 '단백질 결핍증'을 견디는 동물은 없다는 것. 미아를 등에 업고 도시의 밤거리에서 '내'가 부는 휘파람은 마치 '마술 피리'처럼 도시의 쥐들을 끌어 모은다. 동화적 상상력을 전복하는 이와 같은 장면에서 '나'와 쥐들의 행진은 "점점 솜털처럼 가벼워지는" 미아의 몸처럼 죽음의 시간을 향해 있다. 환경을 견디지 못하는 동물은 죽을 수밖에 없다는 측면에서, 도시는 실험실의 공간과 다르지 않으며, 인간은 실험용 쥐의 운명과 같다.

「누가 올 아메리칸 걸을 죽였나」의 주인공이 사는 세탁소는 일상적인 도시 공간의 일부이지만, 그곳의 가족 구성원들은 서로에 대한 혐오와 증오로 가득 차 있다. 폭력을 일삼던 가장은 몸져누워 가족이 똥을 치워주거나 죽을 먹여주어야 하고, '여자-엄마'는 '나'에게 극악을 부린다. 세탁 배달을 하던 '나'는 사소한 시비 끝에 아파트의 여자를 폭행하게 되고, 여자친구 은미는 '나'의 육체적 결함을 조롱한다. 소설은 '내'가 읽는 추리소설의 장면들과 교차 편집되어 진행된다. 혼란과 파국은 피할 수 없는 일이 되고 '나'는 살인범으로 몰려 체포된다. '내'가 읽고 있던 탐정소설 속의 진짜 범인을 확인하지 못한 것처럼, 서로에 대한 혐오와 악의로 가득 찬 이 도시적 일상 공간에서 '나'의 탈출구는 없다.

「만국 박람회」에 등장하는 '박람회장'의 장소 역시 근대 과학이 만들어내는 상징적인 공간이다. "박람회장에 전시될 것들은 전부 진보와 문명, 과학과 관계있는 것이다." 그런데 '나'와 '삼촌'이 속한 세계는 이와는 정반대의 세계이다. "도살이나 싸움, 속임수 따위로 돈벌이를 하는 삼촌의 일과는 정반대되는 것"이 박람회장이다. 박람회장은 과학의 진보를 선전하는 곳이지만, 소설 속의 주인공인 "나에게 미래란……, 짐작할 수 없는, 내가 알 바 아닌 시간이었다." 도시가 물에 잠겨 수많은 이재민이 생기고 흉흉한 소문이 떠도는데, 정부는 박람회의 성공적인 개최를 통해 수해 때문에 잃은 국가 기관의 위신을 회복하려 한다. '수해'라는 천재지변과 희망 없는 빈민들의 공간은 박람회의 세계 뒤편에 위치한다. 그러나 박람회장 안에는 "너덜너덜해진 개의 가죽, 유효 기간이 지난 구호품 봉지, 찢어진 만국기, 학교에서 훔쳐 온 비커와 알코올램프, 효능을 알 수 없는 의약품 따위들을 널어놓았다." 그리고 "그것들은 내게 있어 유일한 미래이자 전망이었다." 박람회장은 이미 그 안에 야만을 숨기고 있다. 흥미로운 것은 이 박람회장의 개막을 축하하기 위해 열리는 마술사의 공연이다. '마술'이란 과학의 세계와는 반대편에 있는 속임수의 세계이다. 개막식에 열리는 유명 마술가의 호화로운 대규모 마술쇼와는 달리, 삼촌이 원숭이를 사라지게 하는 속임수는 궁색한 것이다. 삼촌이 개막식에 준비한 불법적인 공연은 '나'와 굶주린 개의 싸움이다. 개에게 물려 죽기 직전 '내' 앞에 검은 상자가 나타나고, 급기야 전시회장 전체가 미세한 입자로 사라져가는 엄청난 '마술'이 벌어진다. 그 마술은 마술이기보다는 박람회로 상징되는 세계, 모더니티의 공간에 대한 종말의 이미지를 발산한다.

4. 웰컴 투 하드고어 원더랜드!

소설의 마지막 문장들은 더 나아갈 데 없는 엽기적인 판타지를 드러낸다. "그의 몸 위로 구더기들이 비처럼 쏟아져 내렸다. 그는 깜깜한 밤의 계곡에 매장되었다"(「시체들」), "구더기들이 양털처럼 떼 지어 모여 있었다. 여자는 거기에 가만히 몸을 뉘었다"(「문득,」), "나는 마디가 달라붙은 두 팔을 펴고, 나뭇가지처럼 가벼운 다리를 벌린 채 비강을 활짝 열었다. 죽은 새끼들이 썩은 몸을 일으켜 긴 소리로 울며 낙하하는 나를 마중하였다"(「아오이가든」), "벽에 박혀 불타고 있는 C는 눈동자가 빠진 하얀 눈으로 내가 흘린 내장들을 무심히 내려다보고 있었다"(「맨홀」) 등에서 소설의 끝은 바로 인간의 끝, 세계의 끝이다. 편혜영 소설의 마지막 판타지들은 시각적 충격 이상의, 세계관적 충격으로 다가온다. 악몽은 그렇게 완성되었다.

편혜영의 소설들은 하드고어적 상상력으로 만들어낸 엽기적인 괴담의 세계이다. 그럼 다시 묻자. 괴담이란 무엇인가? 괴담이란 전통적인 서사 안에서 자연 숭배나 외포심(畏怖心), 초월적인 신비감을 낳는 기이한 이야기의 영역이다. 그러나 이런 공포를 야기하는 비현실적인 서사는 낭만주의 이후 현대 문학의 주류적인 문법 안에 자리 잡지 못한다. 리얼리즘 소설 미학의 인과적 규율로 설명되지 않는 비현실적인 세계는 퇴행적이며 중세적인 것으로 치부되기 때문이다. 과학의 발전과 리얼리즘 미학의 주류화가 나란히 진행되는 동안, 괴담의 세계는 하위 장르의 일부로서 대중적인 매체 속에서 재현될 뿐이었다. 편혜영 소설은 현대 문학 제도 안에서 추방된 괴담의 상상력을 호출한다. 이것은 현대 문학이 역사적 리얼리즘 혹은 일상적 리얼리티의 이름으로 배제한 세계에 대한 미학적 재발견을 의미한다. 괴담의 서사는 모더니티가 배제한 어두운 세계를 탐구하는 모험이면서, 동시에 미학적 모더니티의 한 극단적인 사례가 된다. 엽기와 괴담의 서사는 모더니티를 야유하면서, 새로운 미학적 모더니티를 탐색하는 기획에 해당한다. 이러한 미학적 재발견이 하드고어적인 묘사력을 통해 드러나고 있다는 사실 역시 주목을 요한다.

하드고어hardgore적 상상력이란 무엇인가? 영화 등의 대중적인 매체에서 절단된 사지나 내장 등을 노출하는 것을 일컫는 이 용어는, 이미 대중문화 미학의 중요한 일부로 자리 잡고 있다. 하드고어적 묘사는 모든 대상의 세부를 자세하게 묘사하는 것을 의미하지 않는다. 편혜영의 묘사적 밀도는 시체의 세부적인 부분이나, 훼손되고 기형적인 인간과 동물의 몸 등 부분에 집중되어 있다. 서술자는 가장 추하고 불편한 대상에 대해 집중적인 묘사를 감행한다. 구더기가 득실거리며 썩어가는 몸에 대한 집요한 묘사는 그 구체적인 사례에 속할 것이다. 이런 시선을 '하드고어'적인 것이라고 한다면, 그것은 80년대 이전의 리얼리즘 소설의 문법이나 90년대 여성소설에서 나타나는 일상의 세부에 대한 묘사와는 전혀 다른 층위의 것이다. 그것은 인간의 이성적 통찰력이 이 사회와 역사의 전모를 파악할 수 있다는 자부심이나, 혹은 일상적 세부의 복원을 통해 개인 주체의 내면적 진실을 드러낼 수 있다는 생각과는 거리가 먼 미학적 지점이다.

편혜영 소설은 넓은 맥락에서 이미지가 서사의 중심 동력이 되는 소설로 보이지만, 그것은 오히려 시각의 쾌락 효과를 근본적으로 부정하는 세계이다. 끔찍하고 역겨운 대상에 대한 정교한 묘사는 단지 그것의 세부적 사실성을 드러내는 것이 아니다. 편혜영이 드러내는 세부는 일상적 현실의 공간에서 은폐된 어떤 지점이다. 자본주의 문명이란 구더기가 우글거리는 공간을 제거하고 은폐함으로써 세워진 세계이다. 역겨운 세부의 폭로를 통해 편혜영의 미학은 이 문명의 미끈함과 자연스러움을 충격적으로 벗겨낸다. 다른 방식으로 말한다면 그것은 주체화의 과정과 그 상징 질서 안에서 배제된 더럽고 역겨운 것들의 호출을 통해, 법과 언어의 상징적 세계로부터 탈주의 틈을 만들어낸다.

편혜영 소설의 서술자는 작중인물의 정서적 개입을 배제할 뿐만 아니라, 인물에 대한 독자들의 동일시의 가능성과도 거리를 두는 냉혹하고 무표정한 태도를 취한다. 이 하드보일드한 문체의 효과는 무엇인가? 탈내면성의 문법을 통해 세계에 대한 인간 주체의 시선의 우월적 위치 자체를 무너뜨리는 것이다. 그것은 어떤 휴먼 스토리도 배제한 채로 인간이라는 존재를 시체의 일부로 되돌리게 한다. 가령 "다리는 가차 없이 썩어가는 것으로 자신의 죽음을 증명했다. 수분과 단백질, 핵산 등의 유기물이 모두 빠져나간 그것은 이미 세상이나 삶 따위와는 동떨어진 사물에 불과했다. 그것은 살아 있다는 위안을 주지도 않았다. 오히려 인간의 몸이란 부패하기 쉬운 단백질 덩어리라는 사실만 각인시켰다"(「시체들」)와 같은 문장을 보자. 편혜영 소설에서 인간은 '부패하기 쉬운 단백질 덩어리'에 불과하다. 그것은 '인간은 동물이 아니다'라는 낯익은 명제를 거슬러 다시, '인간은 동물이며 더 나아가 부패하기 쉬운 단백질에 불과하다'는 극단적인 명제로 되돌아간다.

이런 인간 존재를 둘러싼 원초적인 유물론에 대해 가령 이런 질문이 가능할 것이다. 편혜영 소설이 한국 소설의 가장 극단적인 상상력의 하나라는 것을 인정한다 하더라도, 그것이 저 범람하는 엽기의 대중문화들과 무엇이 다른가 하는 점이다. 도착과 엽기의 이미지들은 하드코어적인 포르노그래피의 이미지와 함께 자본을 등에 업은 대중문화의 복음의 일부가 아닌가? 그런 의미에서 엽기적인 장면의 제시, 그 자체가 이 시대에 대한 저항의 의미를 산출한다고 보기는 힘들 것이다. 그렇다면 하드고어적 괴담의 미학은 어떻게 탈주의 예술이 될 수 있을까?

이론가들의 용어를 빌려 엽기적인 것들의 세부를 전시하고 대상화하는 하위 대중문화의 영역을 '억압적 탈승화'의 세계라고 부를 수 있다면, 편혜영의 소설 미학이 향하는 지점은 그것과는 조금 비껴서 있다. 그것은 엽기적 대중문화의 시각적 쾌락 효과 혹은 도착의 기호학 너머의 세계이다. 편혜영은 시체를 시각적으로 대상화하는 데 머물지 않고 인간 존재 자체를 '시체 되기'의 국면으로 끌고 나간다. 이 '시체 되기' '동물 되기' '벌레 되기'의 상상력은, 인간 존재의 주체화 과정을 해체하고 다른 차원의 삶을 경험하게 만든다. 중요한 것은 시각적인 코드에서의 시체의 발견과 전시가 아니라, '시체 되기'를 통해 경험되는 '다른 삶'이다. 이런 맥락에서 편혜영의 소설 미학이 향하는 지점은 탈억압적인 미학적 탈승화의 지점이다.

그러면 독자들은? 왜 이렇게 불편한 소설을 견뎌야 하느냐고? 흥미로운 것은 편혜영의 괴담과 엽기적인 장면들 속에 숨쉬는 강렬한 매혹이다. 이 매혹은 인간 진화의 역사가 건설한 문명 전체를 악몽으로 되돌리는 불길한 전복적 상상력으로부터 나온다. 자명한 것처럼 보이는 삶은, 얼굴을 돌리고 싶은 극단적인 야만의 사건으로 드러난다. 만약 이 끔찍하고 혐오스러운 하드고어적 이미지들 속에서 기이한 아름다움을 발견할 수 있다면, 그것은 현대 소설 미학의 낯선 차원을 만나는 두근거리는 모험이 될 것이다. 이는 근대 이후의 소설적 상상력의 어떤 '끝'에 해당한다. 이런 '끝'은 젊은 작가 편혜영에게는 하나의 눈부신 문학적 시작을 의미한다. 그리고 그것은 한국 소설의 특별한 '또 다른 시작'이기도 하다. 친애하는 독자 여러분, 웰컴 투 하드고어 원더랜드!

고독의 유물론
─ 이기성의 시세계

누군가 당신 앞에 손을 불쑥 내밀었다고 생각해보라. 그 손이 당신에게 어떤 호의를 표현하는 보드랍고 상냥한 손이 아니라, 지하철 안에서 구걸하는 노파의 누추한 손이라면? 그리고 그 손 뒤에 이 지리멸렬한 세계의 당신에 대한 악착같고 뻔뻔스러운 요구가 담겨 있다면?

지하철 안에서 졸다 눈뜨면 불쑥, 어떤 손이 다가온다. 무거운 고개를 처박고 침 흘리며 졸고 있던 나를 뚫어지게 보며 움푹한 손 내밀고 있는 노파. 창 밖에는 가물가물 빈 등(燈)이 흐르고 헛되이 씹고 또 씹던 질긴 시간을 열차가 거슬러 갈 때, 내가 마신 수천 드럼의 물과 불, 수만 톤의 공기와 밥알들 그리고 보이지 않는 혓바닥으로 무수히 핥아댄 더러운 손. 환멸의 등은 꽃처럼 발등에 떨어지고 움켜쥔 손바닥에서 타오르던 길은 뜨거운 머리카락처럼 헤쳐진다. 살얼음 낀 공중변소 깨진 거울 앞에서 천천히 목을 졸라보던 손, 이제 검은 넥타이는 풀어지고 딱딱한 벽돌처럼 혀는 굳어 있다.

　　그러니 이 지리멸렬의 세계여, 내민 손을 거두어라. 찌그러진 심
장을 움켜쥔 누추한 손을 이제 그만 접어라. 젖은 이마에 등을 켜고
열차가 터널을 빠져나갈 때 천장에 매달린 가죽 손잡이 한꺼번에 흔
들리고 세계의 지루한 목구멍이 찬란하게 드러난다. 악착같이 손 내
밀고 있는 노파의 구부러진 등 힘껏 떠밀고 나는 어둠으로 꽉 찬 통
로를 달려간다. 눈과 귀를 틀어막고 입에 물고 있던 무수한 칼 쩽강
쩽강 뱉어내며. 팽팽하게 당겨진 검은 피륙의 시간을 찌익 가르며
열차는 광폭하게 달린다.　　　　　　　　　　　　　　—「手」 전문

　　상황은 일상적인 장면으로부터 시작된다. "지하철 안에서 졸다 눈뜨면
불쑥, 어떤 손이 다가온다." "무거운 고개를 처박고 침 흘리며 졸고 있던
나를 뚫어지게 보며 움푹한 손을" '노파'가 내밀고 있는 것이다. 이 불편
한 순간으로부터 시는 일상적 현실 사이의 시-공간의 틈새를 엿본다.
'손'이란 무엇인가? '손'은 세계와 물리적으로 접촉하는 신체의 일부이
다. '손'을 통해 '나'는 세계에 대한 '나'의 욕망을 실현하고, 때로 그 욕
망을 배반한다. 무언가를 '움켜쥔 손바닥'은 "공중변소 깨진 거울 앞에서
천천히 목을 졸라보던 손"이 되기도 하는 것이다. 그럼 '내'게 내민 저 노
파의 손이란? 그것은 '나'에 대한 이 세계의 '호의'가 아니라, "지리멸렬
한 세계"의 "찌그러진 심장을 움켜쥔 누추한 손"이다. '손'은 노파가 내
민 것이 아니라, 차라리 그 "노파의 구부러진 등 힘껏 떠밀고" 있는 저
'지리멸렬한' 세계가 '악착같이' 내민 것이다. 그런데 이 장면은 달리는
지하철 안에서 벌어진다. 열차는 "팽팽하게 당겨진 검은 피륙의 시간을
찌익 가르며" 광폭하게 달리고, 그것은 "헛되이 씹고 또 씹던 질긴 시간
을" 거슬러 가는 것과 같다. 열차는 이 세계의 시간을 거스르고 가르며

'공간 이동' 한다.

이기성의 음울한 장면들 속에는 여자들이 있다. 그들은 '복수'의 '사건'으로 등장하기 때문에 하나의 표상으로 설명하기 어렵다. 가령 "약국의 먼지 낀 유리문 안에서 지루한 하품을 하는 여자"(「골목」)와 "환난의 구멍 속으로 자꾸 비어져 나오는 붉은 잎을 밀어넣는 그녀"(「꽃집 여자」) 혹은 "은행나무 아래 쭈그리고 앉은 저 떠돌이 여자"(「신촌에서 원숭이를 보았네」) 들이 출몰하는 것이다. 여자들은 불길하고 공허한 얼굴을 하고 풍경의 틈새 속에 끼어 있다. 여자들은 이 공간과 장면의 주인이 아니며, 그 공간을 점유하고 있지도 않다. 그녀들은 세계의 외곽에서 불편하게 존재하며, 기괴한 이미지에 둘러싸여 있다.

그런데, 이 시집 속의 여자들은 간혹 늙은, 혹은 미친 얼굴로 나타나기도 한다. 왜 늙은 여자일까? 늙은 여자는 '여자들'보다 더 변방에 버려진 여자이며, 그녀들은 조금 더 죽음에 근접해 있는 타자들이다. 그 타자들의 얼굴은 이 세계의 배면과 균열을 보여주는 불편한 이미지이다. 이를테면 "새하얗게 타버린 생의 머리카락을 움켜쥔 노파"(「일식」), "밥상 앞에서 징징 울고 있"는 '늙은 여자'(「밥」), "새점을 치는 노인"(「새점을 치는 노인」)을 둘러싸고 어떤 사건이 벌어졌는가를 구체적으로 알 수는 없다. 시는 단지 그들을 둘러싼 누추한 이미지와 그 이미지와 섞여 있는 그들의 늙은 신체를 드러낼 뿐이다. 그럼으로써 그 '늙은 여자'들은 하나의 관념을 체현하는 캐릭터가 되지 않고, 단일한 의미 연관 속에서 자리 잡기를 거부한다. '늙은 여자'들은 이런 방식으로 풍경의 어두운 균열을 살아낸다.

'그녀들'을 묘사하는 시의 언어는 서정적 속삭임과는 거리가 멀며, 객관적인 관찰의 말들도 아니다. 묘사는 고백의 문법과 섞여 있다. 하지만,

그 고백은 차라리 대상을 찾지 못한 독백에 가깝고, 묘사는 하나의 상징으로 모이는 언어들을 흩어놓는다. 시의 언어는 여자의 풍경을 하나의 단일한 프레임 속에 체포하지 않는다. 그래서 여자의 풍경들은 규정될 수 없는 고통을 머금고 한없이 떠돈다. 그 풍경들을 무엇이라 불러야 할까? 저 풍경이기를 거부하는 풍경, 대상이기를 거부하는 시적 대상들을 말이다. 그래서 이기성의 시들은 재래적인 서정시의 정서적 기율을 따라가지도 않고 현실을 '재현'하겠다는 관념도 비껴간다. 그 자리에서 시는 관념이 아니라, 균열의 감각을 체험하는 자리가 된다. 풍경의 '구상성'은 파괴되며, 서정적 원근법을 대체한 자리에는 어두운 신체가 분열된 배경과 뒤섞여 있다. 이를 통해 이미지의 분화와 공간의 분열이라는 미학적 사건이 벌어지고, 바로 이 지점에서 새로운 시적 리얼리티가 생성될 수 있다.

아무것도 기억할 수 없다. 푸른 페인트로 구름의 창이라고 쓴 카페의 창가에 여자가 앉아 있었을 뿐이다. 겨울 저녁 어둑한 구름 속에서 여자는 고개를 수그리고 뜨개질을 한다. 가느다란 손가락 사이로 진코발트빛 털실을 감아올리며, 오른손이 급하게 저녁의 한 끝을 끌어당긴다.

물이 가장자리부터 얼어붙듯 고통은 서서히 여자에게로 좁혀들었다. 어둠은 물의 깊숙한 중심에서 흘러나오고, 검은 눈동자처럼 얼어붙은 물이 기억하는 건 여자의 길고 차가운 머리카락. 필사적으로 움직이던 흰 손가락. 털실이 툭, 끊어지고 꺼져가는 목탄난로의 불빛이 여자의 옆얼굴을 뜨겁게 비추었을 뿐이다. 창 밖으로 몇 대의 자동차가 빠르게 지나가고 젖은 구름 속 코발트빛 털실뭉치는 스르르 풀려간다.

낡은 페인트 목조기둥 늙은 암코양이 훌쩍 올라앉아 꺄르륵 입을
벌리고 운다. 시뻘건 목젖이 활짝 드러나고 겨울 저녁의 물은 천천
히 얼어간다. 그 속으로 가라앉은 구름 한 덩이, 아무도 기억할 수
없다. 구름의 창은 금세 닫힌다.　　　　　　　 —「구름의 창」 전문

관찰자적인 화자가 있지만, 화자는 단순한 상황의 보고자가 아니다.
화자는 상황의 실체적인 내용과 그 의미를 설명하려 들지 않는다. "푸른
페인트로 구름의 창이라고 쓴 카페의 창가에 여자가 앉아 있"다. 그러니
까 '구름의 창'은 실제 구름이 보이는 창문이 아니라, 카페의 이름이다.
그 여자는 뜨개질을 한다. '뜨개질'은 전통적인 의미에서 여성적인 노동
과 연관되어 있다. 이런 맥락에서 이런 광경은 평온하고 따뜻한 느낌을
자아낼 수도 있겠다. 하지만 시의 언어는 다른 방식으로 여성성의 상징
공간을 낯설게 한다. "물이 가장자리부터 얼어붙듯 고통은 서서히 여자
에게로 좁혀들었다." 여자의 내면으로 고통이 진입해 들어가며, 이 얼어
붙은 물은 '털실'의 따뜻함과 선명한 대조를 이룬다. 흥미로운 것은 "얼
어붙은 물이 기억하는 건 여자의 길고 차가운 머리카락"이라는 것. '길
고 차가운 머리카락'은 '털실'의 이미지와 관계 맺으면서 그것과 구별되
는 어두운 마력과 공포의 감각을 선사한다. '물이 기억하는 머리카락'과
'긴 시간이 흐른 것처럼 풀려나가는 털실'은 공포스러운 시간의 감각을
일깨운다. 이 장면에 등장하는 '암코양이'라는 어두운 여성적 마력의 이
미지는 이 시간의 감각을 더욱 깊은 마법적인 공간으로 전환한다. 난폭
하고 냉담한 시간의 폭력과 관련된 '물'의 이미지와 연관되어서는 다음과
같은 시를 읽을 수도 있다.

등이 휘어진 별자리를 알고 있다. 나는 그녀에 대해 생각한다. 난
폭하고 은밀하며 냉담한 혓바닥이 핥고 지나간 길, 이를테면 그녀는
물의 운명을 살았다는 것. 눈을 뜨면 환한 것을 찾아 흐르고 단단한
것 만나면 숨을 멈추고 스며야 했다. 도시의 미끈거리는 성벽을 관
통하는 통로들, 지하의 거대한 기둥에 박힌 검은 이빨, 사방이 붉고
노란 횡단보도들, 꿈틀거리는 물의 식욕과 찌꺼기로 연명하며 때없
이 터지고 폭탄처럼 찢겨지던 늙은 입술의 시간. 검은 기름 둥둥 뜬
물 속에 살고 있는 흰뼈 물고기처럼 가슴 안쪽 둥그런 바늘이 박혀
벌렁거리는 밤, 지상의 단단한 것들이 움켜쥔 시간의 틈은 천천히
헐거워진다.   ―「물」부분

그녀는 '물의 운명을 산다.' 이것은 물의 상징성이 여성적 원리에 속한
다는 낯익은 상징 체계의 재현이 아니다. 적어도 이 시에서 '물'은 "꿈틀
거리는 물의 식욕과 찌꺼기로 연명하며 때없이 터지고 폭탄처럼 찢겨지
던 늙은 입술의 시간"을 흘러간다. '물'의 흐름은 생태학적 사건이 아니
라, 존재론적 사건이며 '시공간적' 사건이다. '물'은 "등이 휘어진 별자
리"와 같은 운명과 도시의 더러운 통로들을 흐른다. '물'은 시간의 흐름
을 공간의 사건으로 전환한다. '그녀―물'이 흐른 길은 '단단한 것'의 틈새
이면서, '시간의 틈'이다. '물이 흘렀던 먼 길'은 '그녀'의 몸이 지나간 흔
적이면서, 그 시간의 '휘어진' 길이다. 그렇다면 이제 그 '물―길'을 규정
하는 '벽'에 대해서도 말할 수 있을까?

통로의 저편 감시 카메라 둥그런 눈이 두리번거리며 허공을 빨아
당기기 시작할 때, 흰 페인트로 칠해진 광막한 시간이 펄럭이고 아,

나는 황홀한 아이였군요. 훔친 사탕을 움켜쥐고 비좁은 통로를 마구 내달리던 나는,

검은 미역처럼 미끌거리는 시간이 귓속을 흘러가고, 거대한 손아귀 따라와 머리채를 휘어잡을 듯한데. 검은 스커트 휘날리며 나는 마구 달리고 있었군요. 힐끔거리며 비켜서는 저 벽은 비극적인 텍스트처럼 잔뜩 굳어 있고요.

젖은 비린내는 브래지어 속까지 따라오고, 지금 내 혓바닥 위에서 천천히 녹고 있는 건 어떤 기억의 순간인가요. 나는 시간의 주름을 활짝 펼쳤죠. 빨강 보라 주황의 투명한 사탕들이 좌르륵 바닥에 흩어지고,

이렇게 달고 끈끈한 시간이 녹아내리는 동안, 벌건 손자국이 찍힌 뺨 위로 카메라는 스르르 돌아가고. 차가운 손은 조용히 스커트를 들추고 저, 저, 흰벽은 아득히 멀어지는데……
―「흰벽 속으로」 전문

"훔친 사탕을 움켜쥐고 비좁은 통로를 마구 내달리던" 아이가 있다. 그런데 "통로의 저편 감시 카메라의 둥그런 눈이 두리번거리며," "힐끔거리며 비켜서는 저 벽은 비극적인 텍스트처럼 잔뜩 굳어 있"다. 소녀는 닫힌 흰벽들의 공간에서 도주하고 있다. 어떻게 도주는 가능할까? 역시 화자는 공간의 사건을 시간의 사건으로 전환한다. "나는 시간의 주름을 활짝 펼"친다. 닫힌 공간의 사건은 열린 시간의 사건이 된다. 그래서 "끈

끈한 시간이 녹아내리"고, "차가운 손은 조용히 스커트를 들추"고 "흰벽
은 아득히 멀어지는" 시의 마지막 장면은 그야말로 '시공간적' 상황이다.
그렇다면 소녀는 흰벽을 뛰어넘은 것인가? 혹은 흰벽 속으로 사라진 것
일까? 시는 고정된 벽들의 공간을 다른 시간의 층위로 옮겨놓음으로써
그 도주의 평면성을 비껴간다. 닫힌 감시의 공간을 분절하여 시간의 공
간으로 전환함으로써 소녀의 '도주'는 다른 차원을 얻게 된다. 그러므로
그 공간의 체험은 공포스러우면서 동시에 '황홀하다.'

그렇다면 그 균열의 풍경 안의 '사내'들은? 물론 사내들 역시 하나의
표상으로 등장하지 않는다. 일상적인 장면들 속에서 사내는 "웃다가 찡
그리다가 천천히 낡아가는 대지(大地)의 얼굴처럼"(「휴일」) 웅크리고 잠
들어 있으며, "헛기침을 하며 모퉁이를 돌 때" 갑자기 무언가에게 습격
을 당하여 "사내는 웅덩이처럼 패인 가슴의 구멍에 흰 수건 틀어막고 서
류가방을 주워들고는 천천히 골목을 벗어난다"(「복수」). 사내들의 일상
은 지리멸렬하며 어떤 불길한 위험 속에 노출되어 있다.

또는 과장된 남성성을 보여주는 사내들도 있다. 모란 시장의 핏발 선
눈을 가진 "가래침 뱉으며 시커먼 고무장화 신은 사내"(「모란 시장에서」)
가 있는가 하면, "열차 안에서" "훌러덩 껴입었던 옷을 벗어던지는"(「축
제」) 사내가 등장한다. 혹은 결핍과 '비정상성'의 사내들은 "허리를 꼬부
리고" "그 달에 매달려 쭈글거리는 젖가슴을 빨고 있"는 '늙은 사내'
(「달」)로 등장하며, "새하얀 머리카락 같은 비단실 칭칭 감고 사내가 검
은 아스팔트 위에 배를 대고 기어가는"(「누에가 노래한다」) 것이다. 사내
들 역시 이 세계의 외곽에서 웅크리고 있거나 혹은 불편하고 낯선 모습
으로 나타난다. 그들 역시 이 세계의 주인이 아니며, 불길하고 기괴한
장면들 안에 파묻혀 있다. 그러면 '열쇠 깎는 사내' 이야기는 어떨까?

　　당신은 열쇠를 깎는 사람이다. 뭉툭하게 잘린 세 개의 손가락 협곡처럼 어두운 세계의 한 귀퉁이를 단호하게 벼려낼 때, 이를테면 세계는 열린 문과 열리지 않는 문, 어떤 섬광과 마찰의 틈새로 발목을 슬그머니 끌어당기는 구멍투성이 문장이다. 〔……〕 영원히 들어맞지 않는 틀니처럼 무수히 덜그덕거리는 마찰음 혹은 닳아빠진 하악골을 새어나오는 킥킥대거나 컥컥대는 검은 음절들, 때로 깊숙한 목구멍으로 훌러덩 빨려들어가던 물렁한 혀, 낄낄대는 혓바닥이 감춘 딱딱한 열쇠 혹은 세 개의 손가락. 검은 구멍 속으로 프레스처럼 날 선 언어를 끼워 넣을 때 당신은 어떤 무덤을 열고 있었던 것인지. 수천 톤의 힘으로 미친 듯 당신을 끌어당기는 바람, 그것만이 유일한 증언이다. 대낮의 비좁고 어두운 통로를 미친 듯 달려나오는 아이의 그림자처럼 질긴 탄식을 꼭꼭 걸어 잠그고 있는 당신은,

─「열쇠」 부분

　　'당신'이라는 이인칭을 호명하면서 시가 진행된다는 것은 어쩌면 사소할 것이다. 그런데 때로 이인칭은 삼인칭보다 멀리 있다. '당신'은 "뭉툭하게 잘린 세 개의 손가락"을 가진 사람이다. 그 손가락의 불구성은 그의 노동의 정교함과 대비를 이룬다. 혹은 그의 정밀한 노동에는 "뭉툭하게 잘린 세 개의 손가락"만이 필요할지도 모른다. 문제는 '당신'이 '열쇠'를 만드는 사람이라는 점. '열쇠'는 문을 잠그거나 열 수 있다. 그런데 "세계는 열린 문과 열리지 않는 문, 어떤 섬광과 마찰의 틈새로 발목을 슬그머니 끌어당기는 구멍투성이 문장이다." '열쇠' 만드는 사람인 '당신'에게 '구멍투성이 문장'으로서의 세계는 "눈앞에서 쾅 닫혀버린 문"일 수도 있

으며, '당신'은 "정오의 길 잃은 아이처럼 두리번거리"는 존재일지도 모른다. 열린 문을 여는 열쇠는 '구멍투성이 문장'으로서의 세계를 여는 '언어'이다. 그런데 어떤 '언어'가 이 세계의 닫힌 문을 열까? 아니면, 어떤 언어가 '어떤 무덤'을 열까? 혹시 '열쇠-언어'는 '문장-세계'를 여는 것이 아니라, '무덤-죽음'을 여는 것이 아닐까? 혹은 자기 생을 봉인할 '무덤'을 잠그는 것이 아닐까? 그렇게 생이 죽음을 향해 열린 것이라면, 이런 장면.

출근길의 안개 속 검은 아스팔트는 미끄럽게 빛난다. 가스통을 매달고 질주하던 오토바이, 허연 것이 눈앞에서 픽 튀어오르고 차고 뻣뻣한 고독은 순식간에 너의 얼굴을 훑고 지나갔다. 찬란하게 쏘아올린 폭죽처럼 너는 천천히 바닥으로 떨어진다. 영문을 알 수 없어 껌벅껌벅 눈꺼풀이 흔들리고, 어두워졌다 다시 밝아지는 시간의 틈새로 쿡쿡 실없는 웃음이 잠깐 비어져나왔던 것도 같은데,

엎질러진 농담처럼 주르륵 흘러내리는 벌건 내장의 육두문자. 입안 가득 쑤셔박힌 단단한 공기를 뱉어내며 너의 이빨은 맹렬하게 물어뜯는다. 부글거리는 거품 물고 펄쩍 뛰어올랐다간 다리 사이 고개를 처박고 뒹굴며 세계의 음부를 향해 헐떡, 헐떡거린다. 이렇게 둥글고 거대한 지구 위에서 물어뜯을 건 그것밖에 없으므로, 너는 쓸쓸하다.　　　　　　　　　　　　　　　　　　　　—「고독」부분

"출근길의 안개 속" "가스통을 매달고 질주하던 오토바이"는 달려드는 흰 개를 피하지 못한다. 시는 이 순간을 "차고 뻣뻣한 고독"이 "순식간에 너의 얼굴을 훑고 지나"가는 장면으로 묘사한다. 이 순간은 일상적 시간

을 순식간에 '뻣뻣한 고독'의 차원으로 돌려놓는 '시간의 틈새'이다. 흰 개의 주검은 "엎질러진 농담처럼 주르륵 흘러내리는 벌건 내장의 육두문자"로 드러나며, 흰 개의 육체는 "다리 사이 고개를 처박고 뒹굴며 세계의 음부를 향해 헐떡, 헐떡거린다." 몸을 웅크리고 자신의 음부를 향해 헐떡거리는 흰 개의 마지막 호흡은, "이렇게 둥글고 거대한 지구 위에서 물어뜯을 건 그것밖에 없으므로, 너는 쓸쓸하다"고 표현된다. 그렇다면 왜 '고독'이라는 관념은 이 장면에 끼어들게 되었는가? 시가 말하려는 것은 고독이라는 관념에 관한 추상적인 진술도 아니며, 그 끔찍한 사건에 드리워진 '고독'의 '인간적인' 의미도 아니다. 시가 보여주는 것은 고독이라는 '사건'이며, 그 사건은 철저히 '유물론적' 사건이다. 고독은 정신적 사건이 아니라, 존재론적 사건이다. 흰 개는 자신의 신체 기관을 밖으로 내보냄으로써 그 잔혹한 고독의 감각을 드러낸다. 관념으로서의 고독이 아니라, 고독의 신체를 적나라하게 그려냄으로써 고독의 물질성을 드러내는 방식. 그리하여 고독이 관념의 사건이 아니라, 육체적 사건임을 보여주는 것. 그런데 여기서 고독은 단지 죽어가는 흰 개만의 몫은 아니다. 가해자인 오토바이의 사내와 "차창마다 멍하게 응고된 눈들"을 하고 있는 구경꾼들 역시 자신들의 '감각'으로 이 세계의 고독과 공허를 나누어 갖는다.

가등의 그림자 어두운 길 한쪽 무심히 비추고 있다.
조금 전 사내의 차가 쿵 하며 벽돌담을 들이박았고
아직 말끔히 닦여지지 않은 끈적한 흔적은
사내의 머릿속을 채운 채 응고되었던
권태가 허공으로 흘러나온 것에 불과하다.

담배연기가 산발하며 흩어지듯

그도 길의 끝까지

달려가보고 싶었는지 모른다.

스펀지를 두드리듯 둔탁한 소리를 내며

그의 머리가 박살났을 때

누구도 들여다볼 수 없었던

무성한 숲처럼 헝클어진 머리카락 사이

헤치고 검은 살쾡이 한 마리

번개처럼 튀어나와 어둠 속으로

사라지는 걸, 아무도 보지 못했을 것이다.

―「아무도 보지 못한 풍경」 부분

또 다른 사건이 벌어졌다. "사내의 차가 쿵 하며 벽돌담을 들이박았"고 "그의 머리가 박살났을 때" 끈적한 흔적은, "사내의 머릿속을 채운 채 응고되었던/권태가 허공으로 흘러나온 것에 불과하"며, "무성한 숲처럼 헝클어진 머리카락 사이/헤치고 검은 살쾡이 한 마리/번개처럼 튀어나와 어둠 속으로/사라"진다. 이 사건은 자동차 사고인 동시에 "길의 끝까지/달려가보고 싶었"던 사내의 '권태'에 관한 사건이다. 시가 보여주는 것은 '권태'의 끝에서 벌어진 물질적 사건이다. 그런데 이번 사건은 아무도 보지 못한다. "아무도 보지 못한 풍경"이라는 이 장면의 성격은 이 사건이 순식간에 벌어진 것임을 보여주면서, 이 기괴한 사건의 '비일상성'을 암시한다. 그리하여 이 사건의 고독은, 사건 자체의 고독한 성격과 그 풍경이 타인의 시선에 잡히지 못한다는 문맥에서의 고독이라는, 두 가지 층위를 함께 갖게 되었다.

　그런데 이기성의 시들에서 고독과 공허의 사건들은 개인의 사건이면서, 한편으로는 집단의 사회적 사건이다. 이를테면 "해는 지고 생은 거듭 누추해지고 혈세(血稅)의 계절은 닥쳐"오는데, "끈끈한 식탁에 엎드린 등 뒤에서 검푸른 제복을 입은 관리들이 컹컹 짖으며 문을 두드리고 있다"(「열정」). 누추한 생의 현실은 일종의 정치적 사건이다.

　　사소한 교전은 정오에 있었다.
　　누군가 소각장의 첨탑에 올라갔다.
　　수백만 볼트의 전기가 그의 발바닥을 통과할 때
　　TV 앞에 몰려 있던 사람들의 머리통 고독한 공처럼 함께 튀어올랐지만,
　　이빨 사이에 박혀 있던 까만 수박씨가 탄피처럼 뱉어져 나오고는
　　모든 게 다시 제자리에 얹혀졌지만,
　　화면은 지지직지지직 교전 중이었다.
　　초록의 풀밭에는 열두 개의 다리가 거적을 뒤집어쓰고 나란히 누워 있었다.

　　어린 군인들은 묵묵히 지나갔고
　　농부들이 찌그러진 달을 굴리며 지나갔다.
　　아이들은 밀보다 빨리 자랄 것이다.
　　이발소에서는 머리카락 뭉치들 누런 부대에 넣어 팔려간다.
　　　　　　　　　　　　　　　　　　　　　　　—「마을」 부분

　'마을'에는 뭔가 심각한 일이 벌어졌다. 사건의 실체에 관한 정보는 제

한되어 있지만, 그것은 끔찍한 정치적 사건이었음이 암시된다. 시는 마치 하나의 우화를 전달하는 것처럼 몽환적으로 그리고 무감하게 사태를 전달한다. 소각장에 누군가가 올라갔고, "TV 앞에 몰려 있던 사람들의 머리통 고독한 공처럼 함께 튀어올랐지만," 그 끔찍한 사건은 '지지직'거리는 TV 화면 속에 은폐된다. 그리고 "초록의 풀밭에는 열두 개의 다리가 거적을 뒤집어쓰고 나란히 누워 있었다." 그러나 무서운 사건의 내용은 은폐된 채 "아이들은 밀보다 빨리 자랄 것이다." 이 시의 마지막 장면은 종말의 암시를 담고 있다. "누군가 실수로 리모콘을 누르자/발 밑에 뻥 뚫린 구멍으로 불빛들이/모조리 휘돌아 빠져나간다./지금 마을은 검은 어항처럼 고요하다." 마을 내부의 잠재된 그 절대적인 폭력이 마을 전체를 지우는 것이다. 그런데 이 어두운 마을의 전설은 한 마을의 이야기가 아니라, 이 시집 전체를 관통하는 묵시록적 비전의 일부이기도 하다.

K여, 허공에 매달린 창마다 불쑥 튀어나온 총구처럼 제국은 천 개의 눈을 반복한다. 욕조에 거꾸로 박힌 두 개의 다리가 고독하게 흔들릴 때, 둔탁하게 뭉쳐진 놈의 뿔이 흰 종이처럼 얇아진 당신을 찢으며 힘껏 달려갔던가. 컹컹거리며 개들이 쫓아오고 가속페달을 밟아 어두운 터널 속으로 달려가기 직전 당신은 조금 더듬거렸을지도 모르겠다. 눈부신 백미러 속에서 새하얗게 빛나던 이빨.

지금 검은 사슴 건너간 물에 엎드린 사내처럼 너무도 조용한 당신, 황혼의 욕조 속에서 팅팅 불은 당신의 몸을 건져내며 그들은 간단하게 멸종 이후의 삶을 요약할 것이다. 딱딱한 귓가에 매달린 웃음의 흔적, 손가락마다 찍혀 있는 검은 바코드. 영원히 아름다운 K여, 제국은 당신을 사랑한다.　　　　　　　　　　　　　　　　　—「산책」 부분이 시는 선명하게 '제국'의 존재를 각인한다. '제국'이란 무엇인가? 네그리의 '제국' 개념을 떠올리게 하는 이 시에서 '제국'은 더욱 구체적으로는 들뢰즈의 '통제 사회'의 이미지에 가깝다. 통제 사회는 직접적인 규율과 훈육이 아니라 모듈화된 사회적 통제의 시스템이 작동하며, 전자 족쇄는 새로운 통제 방식의 하나이기도 하다. 이 시에서 제국은 "천 개의 눈"으로 'K'를 감시한다 'K'는 '사소한 부주의'로 방부 처리 기한을 넘긴 검은 사슴을 놓쳤고, 그것은 일종의 금기이다. 그리고 그 금기는 욕조 속에 '당신-K'를 "거꾸로 박히게 만들고," "팅팅 불은 당신의 몸을 건져내며 그들은 간단하게 멸종 이후의 삶을 요약"한다. 'K'라는 익명의 이니셜은 개인이 처한 제국에서의 상황을 암시하며, "손가락마다 찍혀 있는 검은 바코드"는 그 제국의 전자 족쇄의 이미지를 선명하게 보여준다. 시는 이 끔찍한 제국의 우화를 몽환적으로 그려내며, 이인칭의 낭만적인 어조는 그 제국의 악몽을 역설적으로 표현한다.

그렇다면 이 시집에서 저 늙은 여자들, 소녀들, 사내들은 모두 제국에 갇힌 존재인가? 고독이 존재론적 사건이라면, 그들의 '고독'은 사실 '제국의 고독'이 아닌가? 그러면 이 시집의 마지막 질문은 이렇다. '검은 사슴'은, 혹은 앞서 나왔던 '흰벽 속의 황홀한 아이'는 제국의 저편으로 달아난 것일까? 탈영자들은 제국으로부터 탈출할 수 있을까? 미안하지만, 제국의 바깥은 없다. 다만, 이 시집은 상투적인 서정적 원근법을 잔혹한 고독의 리얼리티로 대체함으로써 시의 몸이 낯선 감각의 충격이 되게 할 뿐. 여기서 이기성의 시는 탈주의 이미지를 보여주는 것이 아니라, 그 자체로 탈영자의 사건이 된다.

내게서 먼, 긴 손가락
— 진은영의 시세계

1. 손가락

우선 시인의 손가락에 관해 말해보자. 손가락이란 무엇인가? 손가락은 무엇을 가리키는 의미 행위의 마력을 보유한다. 손가락은 대상에 관한 주체의 감정과 의식을 표현한다. 손가락은 지적하고, 감탄하고, 축복하고, 약속하고, 경고하고, 판정하고, 경멸하고, 망설이고, 침묵한다. 가령 '침묵'이라는 전언은 손가락을 입술에 갖다 대는 표현에 의해서 가능하다. 그것은 인식과 판별의 표지이다. 그러니까 손가락은 그것을 '소유한' 주체의 의식을 표현하는 신체의 끝이다. 그것은 주체의 중심으로 뻗어나온 의식의 지향점을 가리킨다. 그러나 과연 그것뿐인가? 시인에게 손가락은 "내게서 제일 멀리 나와 있"는 지점이다. 손가락은 혹시, 몸과 의식의 중심에서 '바깥'으로 탈주하고 싶은 것은 아닐까?

시를 쓰는 건

내 손가락을 쓰는 일이 머리를 쓰는 일보다 중요하기 때문. 내 손
가락, 내 몸에서 가장 멀리 뻗어나와 있다. 나무를 봐. 몸통에서 가
장 멀리 있는 가지처럼, 나는 건드린다, 고요한 밤의 숨결, 흘러가
는 물소리를, 불타는 다른 나무의 뜨거움을.

모두 다른 것을 가리킨다. 방향을 틀어 제 몸에 대는 것은 가지가
아니다. 가장 멀리 있는 가지는 가장 여리다. 잘 부러진다. 가지는
물을 빨아들이지도 못하고 나무를 지탱하지도 않는다. 빗방울 떨어
진다. 그래도 나는 쓴다. 내게서 제일 멀리 나와 있다. 손가락 끝에
서 시간의 잎들이 피어난다   ―「긴 손가락의 詩」 전문

여기서 시에 관한 시인의 자의식이 비교적 선명하게 드러난다. 시는
'머리'로 쓰는 것이 아니라, '손가락'으로 쓰는 것이다. 이것은 단순히
'시는 몸으로 쓰는 것이다'라는 말과 다르다. '손가락'은 내 몸에서 가장
멀리 뻗어나와 있"는 것이며, "몸통에서 가장 멀리 있는 가지"에 비유된
다. '손가락-가지'의 비유 관계는 새로운 것은 아니다. 문제는 그것들을
몸의 중심으로 '다른 것'을 향하는 존재로 해석하는 방식이다. 그 '가지'
는 가장 여리고, 가장 쓸모없는 존재이다. '손가락-가지'는 이를테면 몸
의 극지(極地)이다. 그러므로 '손가락'으로 시를 쓴다는 것은, "내게서
제일 멀리 나와" 있는 지점에서 '외부'와 만나려는 욕망과 관련된다. 그
지점이야말로 "시간의 잎들이 피어"나는 생성의 자리이다. 여기서 손가
락과 관련된 주체 중심의 상징 체계는 전복된다. 손가락은 머리로부터의
명령을 수행하는 신체 기관이 아니다. 그것은 '나 아닌 것'과 소통하고,
'나 아닌 것'이 되려는 움직임의 일부이다. 그러니, 시인은 '긴 손가락'을

가진 사람이다.

진은영의 시집 안에는 시에 관한 자기의식을 드러낸 시들이 몇 편 발견된다. 젊은 시인의 첫 시집에서 '시에 대한 시'를 적지 않게 만날 수 있다는 것은 드문 일에 속할지도 모른다. 이 젊은 시인은 시 장르에 관한 예민한 자의식으로부터 자신의 문학을 출발시키고 있다고 보인다. 장르에 대한 깊은 자의식을 소유한 자는 자기 부정(否定)을 통해 문학의 복수성(複數性)을 실현하는 사람이다.

> 이 시에는 아무것도 없다
> 네가 좋아하는
> 예쁜 여자, 통일성, 넓은 길이나 거짓말과 같은 것들이
>
> 다만
>
> 　　문을 열자 쏟아지는 창고의 먼지, 심한 기침 소리
> 　　네게 주려 했는데
> 　　실수로 꽝꽝 얼린 한 컵의 물
> 　　물 밑의 징검다리, 쓰임을 알 수 없는
> 　　약들이 있다
>
> 쉽게 말할 수 있는 미래와
> 뭐라 규정할 수 없는 "지금 여기"
> 더듬거리는 혀들이 있고
> 　　　　　──「이전 詩들과 이번 詩 사이의 고요한 거리」 부분

'시'에는 아무것도 없을지도 모른다. "예쁜 여자, 통일성, 넓은 길"과 같은 '좋은' 항목들은 시에는 없다. "실수로 꽝꽝 얼린 한 컵의 물"과 "쓰임을 알 수 없는/약들"은 현실적으로 소용될 수 없다는 측면에서 아무것도 아닌 것들이다. 거기에는 또한 "뭐라 규정할 수 없는 "지금 여기"/더듬거리는 혀들"이 있다. 시는 비효용성과 모호성을 그 내용으로 한다. 시는 "일부러 뜯어본 주소 불명의 아름다운 편지"이며 "너는 그곳에 살지 않는다"(「일곱 개의 단어로 된 사전」). 시는 '불명'과 '부재'의 언어이다. 이런 이유로 "이전 시들과 이번 시 사이의 고요한 거리"는 시간이 축적되는 자리가 아니다. "그 위로/시간이 눈처럼 자꾸 내렸다/아무것도 하얗게 덮지 않고 흩어져버렸다." 시의 시간들은 덮거나 쌓이지 않는다. 어쩌면 언표되기도 전에 사라져버린 어떤 것들이 '시적인 것들'이다.

> 내가 이름을 불러보기 전에
> 사라져버린 것들이여
> 내가 입을 열기 전에 숨어버린 모음들
> 손을 담그기 전에 흘러가버린 강물이여
>
> 너를
> 만나기도 전에
>
> 알 수 없는 폭풍 속에서
> 나는 그 많은 나뭇잎을 다 떨어뜨렸어　　　　　—「詩」 부분

그렇다면, "내가 이름을 불러보기 전에/사라져버린 것들," "내가 입을 열기 전에 숨어버린 모음들"을 어떻게 '언어화'할 수 있을까? 언어 이전에 사라져버린 것들, 혹은 언어로 붙잡을 수 없는 것들은 어떻게 시의 일부가 될 수 있을까? 진은영의 시어들은 그렇게 '사라져버린 것들' 혹은 '숨어버린 것들'에 바치는 '애도'의 형식이 된다. 애도는 우선 사라져버린 것들의 존재를 호명하는 일에서 시작된다. 다른 방식으로 말하면, '사라졌다'고 말하는 순간에 이미 '호명'의 행위가 개입되어 있다. '사라졌다'는 말 자체가 그것들이 '존재했었다'는 것, 그러니까 그 존재들의 존재감을 호출하는 작업과 관련된다.

2. 예언

위대한 악을 상속받았던 도둑들은 모두 사라졌다
밤[夜] 속에 가득하던 전갈들도

혼자 바닷가를 걷다가
바위와 바위 사이 구멍에 끼인 발

부어올라 빠지지 않는,
밀물이 들어오는 시간

검은 비닐봉지조차 가끔은
주황 지느러미가 빛나는 금붕어를 쏟아낸다

어떤 표정을 지어야 할까? 이런 예언을 듣고,
모든 표정이 사라지는 한밤중에　　　　　—「모두 사라졌다」 전문

　　서로 분명한 의미 연관도 없는 듯한 불길한 이미지와 전언들을 시는
흘려보낸다. 그 이미지들은 이름 붙일 수 없는 시간의 틈새에 관한 징후
적 장면들이다. 시적 자아는 그 징후들을 예민한 선지자처럼 읽어낸다.
화자는 그 불길한 이미지들을 일종의 '예언'으로 받아들인다. 거기서 '사
라졌다'는 선언에 실려 있는 애도의 시간은 어떤 어두운 '미래'에 관한 예
언의 시간과 겹쳐진다. "어떤 표정을 지어야 할까" 자문하는 화자의 고
백은 이 세계 바깥의 징후를 예지한 자의 발언이다. 시인—예언자는 그
징후를 먼저 읽어냄으로써 이 세계의 자명성과 완강함에 균열을 낸다.

　　물고기들이
　　노란 사이렌을 울리고
　　놀라서 고개 돌리면
　　저녁은 이미 교실 안으로 와 있다

　　칠판에는 백묵으로 무언가 적혀 있고
　　어둠 속에서 글자들은
　　너무 멀리 있어 이름을 알 수 없는 별처럼
　　희미하게 빛난다

　　하루 종일 침묵한 입을 위해

우리는 서로에게
강철로 된 드롭프스를 넣어준다   ─「교실에서」 부분

'교실'은 정상성의 규범이 훈육되는 공간이다. 교실의 공간은 그러나 '저녁'의 시간이 들어오면 불길한 예언이 언표되는 자리가 된다. "백주대낮에는/하느님이 정하신 일만 일어나"지만, '저녁'이 교실 안으로 들어오면 내용을 알 수 없는 예언의 징후들이 드러난다. 그 불길한 징후들의 이미지를 뿌려놓고, 시인은 "하루 종일 침묵한 입을 위해" "강철로 된 드롭프스를 넣어"줌으로써, 그 낮 동안의 침묵을 보상하는 동시에 조롱한다. 그것은 침묵에 관한 공포를 확인하는 것이기도 하다. 교실에 틈입하는 저녁의 공간은, 정해진 일들만이 일어나는 낮-시간이 불길하고 낯선 밤-시간으로 전환되는 그 틈새의 자리이다.

어두운 복도 끝에서 괘종시계 치는 소리
1시와 2시 사이에도
11시와 12시 사이에도
똑같이 한 번만 울리는 것
그것은 뜻하지 않은 환기, 소득 없는 각성
몇 시와 몇 시의 중간 지대를 지나고 있는지
알려주지 않는다

단지 무언가의 절반만큼 네가 왔다는 것
돌아가든 나아가든 모든 것은 너의 결정에 달렸다는 듯
지금부터 저지른 악덕은

죽을 때까지 기억난다   —「서른 살」 전문

'서른 살'이라는 나이 역시 어떤 '사이'의 시간대이다. 한 번만 울리는 괘종시계는 어떤 시간들 사이의 "중간 지대를 지나고 있"다는 것만을 말해줄 뿐, 몇 시와 몇 시 사이인가를 알려주지 않는다. 다만 '지금'이 어떤 시간들의 틈이라는 것만이 분명할 따름, 그 틈이 어떤 좌표 위에 있는가는 알 수 없다. "뜻하지 않은 환기, 소득 없는 각성"은 내용을 알 수 없는 시간에 관한 자의식을 만든다. '내'가 알 수 없는 시간의 틈새에 있다는 것, 나이에 관한 자의식이란 그런 것이다. '서른 살'에 관해 분명한 것은 이제 남은 생의 시간은 실존적 '결정'의 몫이라는 것, "지금부터 저지른 악덕은/죽을 때까지 기억난다"는 자기 진술은 그 실존의 시간에 관련된 개체의 윤리학이다.

3. 집

'집'과 '가족'에 관련된 진은영의 시들은 카프카적인 모티프를 연상시킨다. '집'에서의 '나'는 '벌레'와 '쥐'로 변신한다. '벌레·쥐 되기'란 무엇인가? 들뢰즈·가타리의 카프카론을 참조하면, '동물 되기Devenir-animal'의 '배치'는 '고아 되기'의 '탈주선'과의 연관으로서 기존의 가족 관계의 '배치'를 교란하고 전환한다. 그런데 진은영의 시에서 그 새로운 '배치'의 방식은 무척 암시적이다. 집의 그늘 혹은 뒷면의 존재들로서 '벌레'와 '쥐'는 '집'에서 인간들과 같이 생활하지만, 인간들에게는 유해한 것들이다. 카프카의 작품에서와는 달리 진은영의 시에서 '나-벌레-

쥐'는 가족들이 알아보지 못한다. 아무도 카프카의 작품 속의 '누이'처럼 벌레로 변신한 '나'를 측은하게 여기지 않으며, 가족은 그 '벌레'를 박멸해야 할 어떤 것으로만 취급한다. 여기서 가족 공간은 안락이 아니라, '공포'의 공간이 된다.

> 밖에선 바퀴벌레의 신음 소리
> 아버지가 숨겨둔 약을 먹은 것입니다
> 어머니 내 책상 위에
> 아버지가 피운 모기향 좀 치우세요
> 시집 위에 몸 약한 날벌레들
> 다 떨어지잖아
> 동생 문 열고 들어옵니다
> 나는 문밖으로
> 재빨리 나가려고⋯⋯
> 동생이 소리 질렀습니다
> **여기 또 있어**   ─「벌레가 되었습니다」 부분

> 나는 드릴처럼 튼튼한 이를 가진 쥐였다
> 내 가족이 사는 집 콘크리트 벽에
> 구멍을 내고 숨어들고 싶었다
>
> 집은 세상에서 가장 단단하다
> 집에 가려면 수챗구멍으로 들어가야 한다
> 성당의 내부를 장식했던 꽃 쓰레기들과

제사 때 먹다 버린 과일들

누군가 시궁창에 매달아놓았다

파란 모기떼 인도하는 어두운 길 따라가면

오! 내 어머니 사시는 곳

나는 돌아왔다.　　　　　　　　　　　　　　　　—「귀가」 부분

　앞의 시에서 '아버지'와 '어머니'는 벌레들을 박멸하기 위해 약을 숨겨두고 모기향을 피운다. '나-벌레'는 부모들이 장치한 살충제들을 피해 '문밖으로' 나가려고 애쓴다. 벌레는 그러나 문밖으로 탈출하기 쉽지 않다. "이렇게 많은 다리를 가지고도/문을 찾을 수" 없다. 탈출을 시도하던 '나-벌레'는 동생에게 발각된다. 둘째 시에서 '나-쥐'는 "내 가족이 사는 집 콘크리트 벽에/구멍을 내고 숨어들고" 싶어 한다. 그러나 "집은 세상에서 가장 단단하다." '나-쥐'의 "내 어머니 사시는 곳"으로 '귀가'는 "파란 모기떼 인도하는 어두운 길"을 따라 '수챗구멍'을 통해서만 가능하다. 그러나 이런 방식의 '귀가'가 의미하는 것은 "집의 붉은 혀가/깊은 뱃속으로 삼켜버"리는 것을 의미한다. '집-어머니 사시는 곳'은 단순히 모성적인 공간이 아니라, 괴물적이며 악마적인 이미지를 연출한다.

　두 편의 시에서 '집-가족'은 탈출의 대상이고 귀소의 대상이다. 그러나 '탈출'은 실패하고 '귀가'는 새로운 감금 혹은 죽음을 의미한다. 가족-집은 귀소해야 할 본질적인 공간이 아니라, '적들의 집'이고 '타인의 방'이 되어버린다. 이미 '벌레·쥐'가 되어버린 '나'는 가족 공간에서 아무것도 아닌 존재이기 때문이다. '벌레·쥐'는 그들에게 '타자'조차 되지 못한다. '벌레·쥐'에게 가족 공간은 유기체적인 연대감과 생장의 장소가 아니라, '죽음-죽임'과 함께 사는 지옥과 악몽의 장소이다. 이 '벌레·쥐 되기'의

시적 전언은 가족 관계를 둘러싼 이 세계와 체제의 완고성을 침식한다.
'벌레·쥐 되기'를 통해 가족 공간 내부의 '공포'를 환기하는 것은, 가족
관계를 중심으로 구성되는 제도적 삶의 자명성과 자연스러움에 균열을
내는 작업과 관련된다. 나는 그것을 '공포의 발견'이라고 부르고 싶다.
그러니, 다음과 같은 서늘한 시가 가능해진다.

밖에선
그토록 빛나고 아름다운 것
집에만 가져가면
꽃들이
화분이

다 죽었다   —「가족」 전문

4. 그녀

진은영의 시들에서 '가족-집' 공간에 대한 '나'의 관점에는 '여성적'인
시선이 내재되어 있다. 가부장제 혹은 전통적인 가족 삼각형의 완고성을
균열시키는 시선과 목소리는 '동물-여성 되기'의 연계 지점에서 가능해
진다.

이를테면 '달팽이 되기'에 관련된 시를 보자. 습기를 받아 마시며 벽을
오르다가 말라서 굳어가며 죽은(「달팽이 대장」) 달팽이 '무리'에 관한 이
미지는, 그것이 가지는 복합적인 상징성과 관련된다. 보편적인 상징 체

계 안에서 달팽이는 껍질에서 나왔다가 사라지는 모양으로 인해 '달'의
상징과 연관되며, 껍질은 나선형의 미궁과 지하 동굴의 이미지를 가진
다. 자웅동체인 달팽이의 생리학적 특징은 그 상징성을 복합적인 것으로
만들며, 느린 운동 방식은 '태만'과 '타락'의 이미지를 부여받는다. 진은
영의 달팽이는 그런 보편적인 달팽이의 상징성과 관계 맺고 있지만, 또
다른 몇 가지 시적 문맥을 함유한다. 아래 시에서 달팽이를 "집을 등에
이고 사는 것들"로 묘사한 것은 이채로운 것은 아니다. 더 나아가 그
'집'을 "집이 아니야 짐이야"라고 표현한 것도 어떤 문맥에서는 충격적인
것은 아니다. 문제는 거기에 '아버지 죽이기'와 '출혈로서의 달'의 모티프
를 개입시키는 작업이다.

집을 등에 이고 사는 것들은

모두 달로 가야 한다

나뭇잎 위에 앉아 있는 달팽이를 본 적이 있는가

배경으로 언제나 달이 뜬다

집이 아니야 짐이야

그 짐 속에는 아버지가 주무시고

어머니가 손톱을 깎으신다

동생은 수학 문제를 풀고

아버지 돌아가셨으면 좋겠어요

어머니 외출하셨으면 좋겠어요

꿈속에서 나는 자주 아버지를 총으로 쏴 죽였다

제발 나타나지 마세요 아버지 자꾸 죽어요

내 집이 피로 붉어요

애야 노을이 져야 달로 간다
나는 너에게 가르쳐주고 싶다
달이 창백한 건 일찍 나왔기 때문이 아니야
달은 출혈의 산물이야

내가 얼마나 피 흘리고서야 잔잔히 떠오르겠습니까

─「달팽이」 전문

달팽이의 "배경으로 언제나 달이" 뜨는 것은 보편적인 상징 체계와 관련된다. 시인은 그 무대 위에 가족 구성원들을 등장시키기 시작한다. 물론 가족의 일상적 장면들은 금세 악몽의 자리로 바뀐다. "꿈속에서 나는 자주 아버지를 총으로 쏴 죽였다." '내 꿈속'에서 '자꾸 죽는' 아버지로 인해 '집-짐'은 피로 붉어진다. 그 '피'는 '노을' '창백한 달'의 이미지로 연계되며, "달은 출혈의 산물이야"라는 진술에 이른다. 그러나 이 선명한 여성적인 상징이 시적 전언의 '결론'일 수는 없다. "내가 얼마나 피 흘리고서야 잔잔히 떠오르겠습니까" 하는 마지막 진술에 이르러 '달팽이 되기'는 '달 되기'로 전환되며, 그것은 나아가 식별 불가능한 것 혹은 '우주 되기'의 시적 가능성에 다가간다. 물론 '달팽이 되기'에서 '달 되기'로 나아가는 그 복수(複數)의 '되기'의 과정에는 '여성 되기'라는 매개가 있다. 진은영의 여성적인 상상력과 이미지가 더욱 선명하게 구현된 시는 「정육점 여주인」이다.

유리창 밖으로 붉은 눈발 날린다
커다란 칼을 들고 다정한 눈망울로 바라보는 수소를 힘껏 내리치던

때가 있었지, 요즘엔 아무 일도 없다
냉기로 달아오르는 난로 옆에서 그녀는 중얼거린다
천장에 오래 켜놓은 형광등이 깜빡인다, 칼은 녹슬었고

오늘 밤에는 들판에 나가야겠다
풀 먹인 하얀 앞치마에 가득히 떨어지는 별을 받으러.
장미 성운에서 온 것들이 쇠 다듬는 데 최고라니까
그녀는 왼쪽 유방의 부드러운 뚜껑을 열고
하얀 재를 한 움큼 쥐어본다   ──「정육점 여주인」 부분

  '정육점 여주인'은 평균적인 의미의 여성적인 초상과는 구별된다. 식물적인 여성성의 이미지는 처음부터 배제된다. '칼을 든 여자'는 남성 원리와 권력을 보유한 여자이며, 희생양으로서의 '수소'를 제단에 바치는 여자 제사장이기도 하다. 그러나 "커다란 칼을 들고 다정한 눈망울로 바라보는 수소를 힘껏 내리치던" 일은 이제는 '과거형'이다. "칼은 녹슬었고," "요즘엔 아무 일도 없다." '수소'에 대한 그녀의 폭력성은 과거형으로 기술됨으로써 순치된다. 그 대신 "풀 먹인 하얀 앞치마에 가득히 떨어지는 별"이나 "왼쪽 유방의 부드러운 뚜껑" 등의 또 다른 여성적인 이미지들이 등장한다. 이것들은 제도적인 여성의 초상을 전복한 자리 위에서 재문맥화된 여성적 이미지들이다. 앞치마로 받은 별은 '녹슨 칼'을 다듬는 데 쓸 것이고, 유방에는 '하얀 재'가 들어 있다. 치마의 여성적 원리와 칼의 남성 원리, 그리고 유방의 여성적 심상과 '하얀 재'의 죽음과 정화의 의미 자질은, 서로에게 스며들어 남성 원리와 여성 원리의 미학적 이분법에 균열을 낸다.

유리창 밖 풍경은 거대한 얼음 창고 안에 갇혀 있다

눈보라 속 나무들이 공중에 냉동고기처럼 검게 달려 있고

유리창에 입김을 불어가며 그녀는 바라본다

붉은 눈송이들이 녹아 흐르며

피범벅 된 송아지 같은,

제대로 일어서지 못하는 물렁물렁한 세계를.

미리 갈아놓은 칼로 겨울의 탯줄을 끊어야 한다

길고 부드러운 혀로 떨고 있는 어린것을 핥아주는 일.

여자가 성에 낀 유리창을 활짝 연다

눈이 그치고 맑은 하늘에 토막 난 붉은 구름 떠간다

―「정육점 여주인」 부분

이 시의 중요한 이미지 중의 하나는 '유리창'이다. '그녀'는 유리창을 통해 외부 세계를 본다. 유리창은 그녀와 외부 세계 사이에서 서로를 감금한다. 유리창은 외부와 내부를 소통시키는 것이 아니라, 구별짓고 가둔다. "유리창 밖의 풍경은 거대한 얼음 창고 안에 갇혀 있다." 그러나 '유리창'은 '벽'이면서 동시에 '눈'이며, 어쩌면 '출구'이다. 그녀에게 '본다'는 행위만큼 중요한 것은 없다. "유리창에 입김을 불어가며" 바깥을 바라보는 그녀는 '겨울의 탯줄'을 '칼'로 끊고, "길고 부드러운 혀로 떨고 있는 어린것을 핥아주는 일"을 결행하려 한다. '겨울 탯줄' 끊는 '칼'은 이제 더는 남성 원리의 상징이 아니다. 그것은 유리창 밖의 세계를 '낳는' 행위의 일부이다. "여자가 성에 낀 유리창을 활짝 여"는 것은 '여성'

으로서 '바라본다'는 행위의 연장이며 또 다른 층위의 실현이다. 눈과 성에의 흰빛과 대치되는 '붉은 눈발' '붉은 구름' '피범벅 된 송아지' 등의 강렬한 색채 이미지, '칼'과 '성에' '얼음'의 딱딱한 차가움과 충돌하는 '왼쪽 유방' '피범벅 된 송아지' '길고 부드러운 혀'와 같은 '물렁물렁'하고 따뜻한 것들 사이의 감각적 대비는 강렬한 '여성적 시선'의 미학을 드러낸다. 가혹하게 아름다운 이 시는, '그녀-시인'의 '긴 손가락'으로 씌어졌을 것이다.

코끼리군의 실종 사건과 탈인칭의 사랑
― 이장욱의 시세계

만약 한 편의 서정시에서 자명하고도 따뜻한 전언을 듣고 싶어 한다면, 당신은 이장욱의 시집을 읽지 않아도 된다. 그러나 한국 시의 모더니티의 한 극한에서 서정성 자체를 낯설게 하는 첨예한 시적 감각을 만나려 한다면, 이장욱을 읽는 것은 강렬한 경험이 될 수 있다. 그의 시에서 서정적 진술들은 문득 무심하고 모호한 무중력의 공간에서 부유하기 시작한다. 그는 눅눅한 잠언의 세계를 뒤집어, 건조하고도 서늘한 시적 현대성의 차원을 재구축한다. 현대의 좋은 시인들이 그러한 것처럼, 그 역시 날카로운 미학적 자의식을 보유한 시인이다. 그런 예민한 시인에게는 시의 언술 방식 자체가 이 세계에 대한 시의 존재론을 의미한다.

나는 조금씩 너에게 전달되었다.
나는 내 바깥에서 태어났다.
나는 아무것도 회상하지 않았지만
한 치의 오차도 없이

사라지기 시작하였다.
길을 걸어가는데
누군가의 기억이
내 머리카락을 들어 올렸다.
내 발이 지상을 떠나가는 풍경을
행인들은 관람하였다.

　　　　　　　　　　　　　　　　　　　　　　—「실종」부분

　우선 '실종'이라는 시적 사건에 대해 말해보자. 왜 하필이면 '실종'인
가? 재래적인 의미의 서정시는 순결한 일인칭의 목소리로 드러나는 영혼
의 자기 표현에 해당한다. 시는 무엇보다 단 하나의 내적 음성을 통해 대
상에 대한 주체의 의식을 표상한다. 그런데 이 시는 이상한 방식으로
'나'의 존재론을 펼친다. "나는 조금씩 너에게 전달되었다" "나는 내 바
깥에서 태어났다"는 두 가지 문장은 '나'의 존재 방식에 대한 낯선 감각
을 드러낸다. 기이하지 않은가? 만약 시적 주체가 직면하는 사건이 '실
종'이라면 이 시집에서 도대체 저 순결한 일인칭의 처소는 어디에 있는
것일까?

　우선 첫째 문장의 '전달'이라는 사건에 관해서. 일반적인 의미에서 서
정시의 '내'가 '너' 혹은 대상과 관계 맺는 방식은, 이른바 '서정적 동일
화'의 과정에서이다. '나'는 '너' 혹은 대상과 어떤 방식으로든 동일성의
관계 속에서 스스로를 실현한다. 그런데 '전달'이라는 사건은 그것과는
다르다. 전달은 피동적으로 옮겨진다는 것이고, 그 옮겨짐은 '나'를 '나'
로서 유지하는 방식이 아니다. 그것은 '내'가 조금씩 '나'의 바깥으로 옮
겨가게 되는 일이다. 그래서 둘째 문장이 이어진다. '전달'의 사건은 화
자에 의해 '내 바깥으로 옮겨지는 사건'으로 해석된다. 그다음의 문장들

222

은 이 사건에 대한 이미지의 구체화 과정이다. '실종'이란 '내'가 '나'로부터 사라지는 일이고, 그 일은 '나'의 회상이 아니라, "누군가의 기억이/내 머리카락을 들어 올"리는 장면이 된다. 여기서 '실종'이라는 사건은 단지 확실히 존재했던 '내'가 갑자기 지상에서 사라지는 사건이 아니다. 그것은 차라리 '나'의 '바깥' 그 '격렬하고 모호한' 장소로부터 '내'가 다시 태어나는 사건이다. 만약 '내'가 나의 외부에서 나 자신을 출발하게 된다면, 나를 표상하는 기표는 실제의 나가 아니라, 나의 대리 표상에 불과한 것이 된다. 그런데 '내'가 어떤 것이 되려고 한다면, 나는 이런 '실종'과 '외재화'의 장면을 피할 수 없다. 시의 마지막 문장은 "나는 햇살 속에서/두 팔을 한껏 벌렸다"이다. 이 시에서 유일하게 일인칭 능동태인 문장은 그렇게 그 바깥으로의 '나'의 투신을 조용히 선언한다. 그리고 이 사소한 동작은 이 시집의 시적 자아가 처한 상황에 대한 중요한 암시처럼 보이기조차 한다. 무슨 암시?

나의 몸은 집중적으로
지속된다.
나는 끝내
외향적이다. 끊임없이
나의 유일한 외부,
당신을 향해
이송 중이다.
          ―「투우」 부분

하지만 모든 것은
약간의 이동일 뿐이니까.

그것은 술을 마시며 네가 한 말이었다.　　　　　　　　—「이탈」 부분

그는 아주 빠르게
증발하였다.
아무도 고개를 돌리지 않았지만
그가 당신과 잡담을 나누고 있을 때
그의 손목은 지워졌다.　　　　　　　　　　　　—「확산」 부분

나는 복도에서
나는 자판기 곁에서
나는 버스 안에서
분수처럼 흩어졌다
흩어져서
아무 곳으로나 스며들었다　　　　　　　　　　—「잡담」 부분

　이 시집에서 '나'와 '그'는 도처에서 '이송'되고 '이탈'하고 '증발'하고 '흩어지고' '확산'된다. 이 존재의 끊임없는 '이동'을 어떻게 설명해야 할까? 만약 이런 상황을 그 흔한 '주체성과 동일성의 해체' 따위의 개념으로 환원하려 한다면, 그것은 오해일 수 있다. '내'가 나의 바깥에서 다시 태어나는 사건, 혹은 '나의 이동'이란, 일인칭의 정립 자체를 무화하는 관점은 아니다. 그것은 '이동'이라는 상황을 통해 주체의 존재론을 타자의 존재론으로 바꾸어놓는다. 그렇게 함으로써 주체의 완고함과 확실성은 이 세계의 균열과 만난다. 이장욱의 시는 그러한 균열과 대면하는 사건이다. 그러니까 그것은 해체의 사건이 아니라, '내'가 '나'의 외부와,

‘그’가 ‘그의 외부’와 기이하게 만나는 사건이다. 그 사건을 통해 주체는 모호한 위치를 드러내게 되지만, 그 모호성이야말로 ‘내’가 자기 바깥에서 다시 태어나는 사건의 효과에 해당한다.

> 당신과 나는 꽃처럼 어지럽게 피어나
> 꽃처럼 무심하였다.
> 당신과 나는 인칭을 바꾸며
> 거리의 끝에서 거리의 처음으로
> 자꾸 이어졌다.
> 무한하였다.　　　　　　　　　　　—「당신과 나는 꽃처럼」 부분

> 너와 나 사이에 비밀이 있었다.
> 나는 침묵했다.
> 사소한 비밀들로 팽팽히 채워진 채
> 진군하는 행인들, 우리는
> 금방이라도 터질 것 같애.
> 나는 내 얼굴을 지우고
> 그 얼굴을 기억하는
> 다른 얼굴이 되겠지만　　　　　　　—「새들의 비밀」 부분

> 우리는 완고하게 연결돼 있다
> 우리는 서로 통한다

> 전봇대 꼭대기에 올라가 있는 배선공이

어디론가 신호를 보낸다

고도 팔천 미터의 기류에 매인 구름처럼
우리는 멍하니
상공을 치어다본다

너와 단절되고 싶어
네가 그리워   —「전선들」 부분

　이 장면들에서 실종 사건들은 사랑의 사건이다. 사랑의 사건이 온전한
것이 되려면, 우선 주체의 확실성이 이인칭 '당신'의 영혼과 동일화되어
야 한다. 그런데 위의 장면들에서 "당신과 나는 인칭을 바꾸"고, "나는
내 얼굴을 지우고," 심지어 "너와 단절되고 싶어" 한다. 무슨 연유에서
일까? 이인칭과 일인칭의 동일화라는 사랑의 동력은, 이 시들에서는 인
칭을 바꾸고 얼굴을 바꾸고, 위치를 바꾸는 이상한 사건으로 변환된다.
그것은 사랑의 사건에서 낭만성을 탈낭만성과 대면시키는 방식이다. 가
령 이런 질문. 일인칭과 이인칭의 순결한 소통, 그 낭만적 사랑의 신화
가 기만이 되는 산문적 현실 속에서, 어떤 사랑의 문법이 가능할까? 이
를테면 위의 셋째 시에서 전봇대에 나란히 서 있는 새들은 서로 완고하
게 연결되어 '통하고' 있지만, 그것은 단지 '전선'을 통해서이다. 그런 상
황에서 그리움을 실현하는 방식이란 역설적으로 '단절'을 꿈꾸는 것이다.
인칭을 바꾸고, 얼굴을 지우는 사랑은 탈낭만적인 맥락에서 재구성된 사
랑의 다른 방식에 속한다.

우리는 마침내 서로 다른 황혼이 되어
서로 다른 계절에 돌아왔다
무엇이든 생각하지 않으면 물이 돼버려
그는 零下의 자세로 정지하고
그녀는 간절히 기도를 시작하고
당신은 그저 뒤를 돌아보겠지만

성탄절에는 뜨거운 여름이 끝날 거야
우리는 여러 세계에서 모여들어
여전히 사랑을 했다
외롭고 달콤하고 또 긴 사랑을

—「우리는 여러 세계에서」 부분

이런 사랑은 "서로 다른 황혼이 되어/서로 다른 계절에 돌아"오는 사랑이다. 그들은 여전히 "외롭고 달콤하고 또 긴 사랑을" 하지만, 그 사랑은 완전한 소통과 일치를 꿈꾸는 사랑이 아니다. 그들은 서로 다른 존재로서 서로 다른 시간에 돌아온다. 그럼에도 불구하고 이 다른 시간 속의 다른 자세들을 굳이 '사랑'으로 불러야 할까? 만약 그것이 사랑이라면, 그것은 일치의 미학이 아니라 다른 자세를 승인하는 미학에 속한다. 여기서 사랑은 하나가 되는 일이 아니라, '다름'이라는 방식으로 동시에 존재하는 사건이다. 그래서 사랑에 처한 코끼리군은 이런 엽서를 띄운다.

너에게 나는 소문이다.
나는 사라지지 않지.

나는 종로 상공을 떠가는

비닐봉지처럼 유연해.

자동차들이 착지점을 통과한다.

나는 자꾸

몸무게가 제로에 가까워져

밤새 고개를 들고 열심히

너를 떠올렸다.

속도 자체는 아무것도 아니야.

사물과 사물 사이의 거리가 있을 뿐.

나는 아무 때나 정지할 수 있다.

〔……〕

비닐의 몸을 통과하는 무한한 확률들.

우리는 유려해지지 말자.

널 사랑해.   ─「근하신년─코끼리군의 엽서」 부분

  우선 아주 사소한 의문. '코끼리군'은 도대체 누구인가? 이 의문은 어쩌면 유효하지 않다. 가상의 일인칭인 '코끼리군'이 반드시 이를테면 '기린군'이 아니라 '코끼리군'이어야 하는 필연적인 이유는 없다. '반드시 그래야만 하는 이유'는 산문의 세계에 속한다. 다만 시인은 '코끼리군'이라는 어떤 일인칭의 이미지를 선택했을 뿐이다. '코끼리군'은 아주 몽롱한 주체의 장소이다. 그것은 실체이기보다는 떠도는 이미지에 가깝다. 떠도는 이미지? 코끼리라는 덩치 큰 짐승이 어떻게 떠돌 수 있을까? 이런 이미지의 충돌의 효과는 이 시의 일인칭이 '코끼리군'이 되는 이유일지도 모른다. 이를테면 코끼리가 "종로 상공을 떠가는/비닐봉지처럼 유연"할

수 있다는 것. "몸무게가 제로에 가까워"진다는 것. 코끼리의 몸과 떠가는 비닐봉지의 몸 사이의 이미지의 대치는 시적 주체로서 일인칭의 실체적인 무게감을 덜어낸다. 아이러니하게도 혹은 슬프게도, 우리의 '코끼리군'은 결코 '사라지지 않고' '소문처럼' 떠도는 존재의 방식으로 '너'를 사랑한다. 코끼리의 무게가 비닐봉지의 무게로 화하는 장면을 무게의 '실종'이라고 표현할 수 있다면, 코끼리군의 사랑은 코끼리군의 실종으로 번역될 수 있다. 이 시가 '근하신년'이라는 형식으로 자신의 근황을 전하고 행복을 기원하는 '엽서'라는 점은 그래서 흥미롭다. 일인칭의 순수한 소망으로 가득 차야 할 '근하신년'의 엽서는 그렇게 코끼리군의 기이한 사랑의 존재 방식을 드러낸다. 그리고 또 다른 곳에 출몰하는 코끼리군의 모습을 볼 수 있다.

> 모호한 빛 속에서 느낌 없이 흔들릴 때
> 구름 따위는 모두 알고 있다는 듯한 표정들.
> 하지만 돌아보지 말자, 돌아보면 돌처럼 굳어
> 다시는 카운터 펀치를 날릴 수 없지.
> 안녕. 날 위해 울지 말아요.
> 고양이가 있었다는 증거는 없잖아? 그러니까,
> 가이사의 것은 가이사에게
> 구름의 것은 구름에게.
> 나는 지치지 않는
> 구름의 스파링 파트너.　　—「인파이터—코끼리군의 엽서」 부분

불연속적인 의미의 문장들과 단속적인 이미지들이 병치되는 이런 시

는, 방법론적 모호성을 새로운 시적 언술의 차원으로 들어 올린다. 우선 이 시에서 코끼리군은 또 한 번 엽서를 띄우는데, 그 엽서의 주된 전언은 아마도 "나는 지치지 않는/구름의 스파링 파트너"라는 것인가 보다. 그냥 그렇다고 치자. 그러면 우선 왜 구름이 나의 스파링 파트너인가 하는 의문부터. "저기 저, 안전해진 자들의 표정을 봐"라는 다소 도발적인 첫 문장에서 드러나는 것처럼, 구름은 "안전해진 자들"의 상대편에 서 있는 가변적이고 모호한 어떤 존재이다. 그들이 "구름 따위는 모두 알고 있다는 듯한 표정들"을 지으며, 구름의 존재를 대수롭지 않게 여길 때, '나-코끼리군'은 "벙어리처럼" 구름과 싸운다. '인파이터'는 지치지 않고 구름의 안쪽을 파고든다. 구름과 인파이터의 스타일로 대결한다는 것은 무모하다. 구름은 너무 유동적이고 실체의 무게를 갖지 않기 때문이다. 이 기이한 스파링은 그러나, '나-코끼리군'이 "안전해진 자들"과 다른 방식으로 구름의 움직임에 몸을 담는 하나의 방식이다. 이 시의 불연속적인 진술들은, 구름과의 스파링과도 같은 우발적이고 모호한 언어의 운용 방식을 보여준다. 그리하여 시의 언어 자체가 구름의 존재와 대결한다. 물론 '나'는 구름 자체는 될 수 없겠지만 말이다.

나의 사랑은 변하지 않았다
나의 죽음은 변하지 않았다
나는 금욕적이며
장래 희망이 있다

1968년이 오자
프라하의 봄이 끝났다

레드 제플린이 결성되었다
김수영이 죽었다

그 후로도 오랫동안
나는 여전히 태어나지 않았다
비가 내리자
나는 단순하게
잠깐 울다가
전진하였다   —「좀비 산책」 부분

친구들과 전화를 걸고 싶다.
하지만 너무 많은 것을 반성해서는 안 된다.
나에게는 신비로운 과거가 없으며,
나에게는 늙으신 아버지가 있으며,
나는 오로지 지금 이곳에 있다.
갑자기 무서운 생각이 시작된다.
단 하나의 생각이
나를 결박한다.
나는 얼어붙는다.
오 분 전과 머나먼 미래가 한꺼번에 다가온다.
나는 천천히, 몸을 일으킨다.   —「결정」 부분

　코끼리군으로 명명되지 않는다 하더라도, 이 시집의 일인칭들은 비닐
봉지처럼, 떠도는 코끼리의 존재처럼 그렇게 등장한다. 그것은 '좀비'의

모습을 갖기도 하며, "신비로운 과거"가 없는 존재로 나타난다. 그들은 "여전히 태어나지 않았"거나, '기원'의 신비와 권위를 갖지 않는다. 이 모호한 일인칭들은 확실한 주체의 공간에 거주하는 대신, 어떤 특정한 시간 속에서만 살아 있는 것처럼 보인다. '좀비'로서의 '나'는 왜 하필이면 '1968년'에 대해 말하고, '신비로운 과거'가 없는 '나'는 "오 분 전과 머나먼 미래가 한꺼번에 다가"오는 지금 이곳에 있는가? 이 일인칭들은 특정한 시간을 집요하게 호명하고 있지만, 그 특정한 시간의 내용과 의미를 아는 것은 거의 불가능하다. 일인칭은 특정한 시간 속에 처해 있지만, 그 시간은 다만 텅 빈 구체성을 갖는다. 반드시 그 시간에 처해 있어야 하는 이유를 찾아낼 수 없는 것은, 기원으로서의 과거와 현재의 확실한 관계 속에 시적 주체가 거주하고 있지 않기 때문이다.

나는 우연하여 집요한 의문에 시달리고
이제 일 년 뒤의 횡단보도를
다른 표정으로 건너가는 남자.　　　　　—「불균형한 생각」 부분

19세기의 비가 내리면
목요일에 전화할게.
목요일,
유일한 목요일에는 전화할게.　　　　　—「19세기의 비」 부분

오늘은 개인적인 관계로 가득하다.
오늘은 10년 후의 야구와 같다.　　　—「10년 후의 야구장」 부분

여름의 잎새들 사이로는

12월의 눈이 내렸다.

우리는 최선을 다해 서로에게서 멀어졌다.

　　　　　　　　　—「여름의 인상에 대한 겨울의 메모」 부분

오늘은 종신 보험을 들고

오늘은 前生이고

오늘은 모든 게 무책임해.　　　　　—「아마도 악마가」 부분

자꾸 다르게 보여

당신은 이미 태어났는데

당신은 사랑을 했었는데

당신은 지난해의 가을을 여행 중인데　　—「정확한 질문」 부분

　이런 장면들에서 비동시적인 것들은 도처에서 동시적인 상황으로 등장한다. 시제의 의도적 교란은 이장욱 시의 또 다른 문법적 특징이다. 선형적으로 진행되는 물리적 시간은 중층적으로 뒤엉킨 다른 차원의 시간으로 전환된다. 그래서 "일 년 뒤의 횡단보도를/다른 표정으로 걸어가는 남자"가 있고, "19세기의 비가 내리"고, "오늘은 10년 후의 야구와 같"으며, "오늘은 전생(前生)"이고, "당신은 지난해의 가을을 여행 중"이다. 현재의 시간대 위에 다른 과거와 미래 들이 중층적으로 개입한다. 그 개입은 과거, 현재, 미래라는 시간의 선형적 구조를 교란하고 현재 자체를 복층적인 차원으로 감각하게 한다. 일인칭의 실존적 동일성은 특정한 과거와 분명한 현재와 필연적으로 도래할 미래 사이에서 설정된다.

주체성은 기억을 상징적 질서 속에 구성되는 서사에 통합함으로써 확립된다. 그런데 만약 그런 선형적인 시간의 서사 구조 자체가 뒤틀린다면, 주체는 어느 시간대에서 구축되어야 하는 것일까? 이장욱의 시에서 시간은 그 선형적인 의미 내용을 박탈당한다. 과거는 현재의 기원이 아니며, 현재는 과거의 원인이 되지 않는다. 자아가 어떤 분명한 기원을 갖지 않은 것처럼 말이다. 다른 방식으로 말한다면, 이런 시간성의 교란은 기억의 개인 신화에 의해 구축된 '서사적 중력의 중심'으로서의 '나'를 벗어나게 만든다.

> 이 밤은 아홉 시에서 열한 시까지 흘러가요
> 오로지 이 밤은 아홉 시에서 열한 시까지의 밤이라서요
>
> ──「완전한 밤」 부분

> 오전 열한 시에 나는 소리들을 흡수하였다.
> 오전 열한 시에 나는 가능한 한 시끄러웠다.
> 창문을 열고 수많은 목소리가 되었다.　　　──「소음들」 부분

이 밤이 왜 하필이면 "아홉 시에서 열한 시까지"만인가, 혹은 '내'가 소리들을 흡수하는 시간이 왜 하필이면 "오전 열한 시"인가를 묻는 것 역시 무기력하다. 그 특정한 시간은 사실 특정한 인간적 의미에 의해 채워진 시간이 아니다. 이 특정한 시간에는 기억으로 충만한 개인 신화가 기록되어 있지 않다. 그 시간은 단지 떠도는 시간의 기표일 뿐이며, 그것이 선택된 것은 일종의 기표의 선택적 놀이에 해당한다. 다만 그런 개별화된 시간대가 '나'에 의해 발설되었을 뿐이다. 그렇다면 '정오' 역시 그러한가?

누군가 지상의 마지막 시간을 보낼 때

냉소적인 자들은 세상을 움직였다.

거리에는 키스 신이 그려진

극장 간판이 걸려 있고

가을은 순조롭게 깊어갔다.

나는 사랑을 잃고

당신은 줄넘기를 하고

음악은 정오의 희망곡,

냉소적인 자들을 위해 우리는

최후까지

정오의 허공을 날아다녔다.　　　　　─「정오의 희망곡」 부분

　'정오의 희망곡'의 문맥은 더욱 복합적이다. 같은 제목의 널리 알려진
FM 음악 프로그램이 있기 때문이다. 이 프로그램의 제목을 알고 있는
대중들이 적지 않을 것이므로, 이 제목은 시를 대중문화적 인유의 맥락
속에 위치시킨다. 그런데 시는 그런 대중문화적 코드를 드러내지 않은
채로, 그 시간성을 특유의 문법 안에 재배치한다. 정오란 그 '희망적'인
뉘앙스와는 달리 이 시에서는 종말적인 시간대로 채색된다. 냉소와 죽음
은 '정오의 희망곡'처럼 '정기적'으로 반복되면서, 세상을 움직인다. '가
을'처럼, '당신의 줄넘기'처럼, '정오'만 되면 흘러나오는 음악처럼, 시간
은 동어반복된다. 이 시에서 몇 구절이 동어반복되는 것과 마찬가지로,
정오라는 시간은 강박적으로 반복된다. 그것이 '내'가 경험하는 이 세계
의 시간성이다. 순결한 일인칭의 기억으로 충만한 개인 신화로서의 시간

성이 아니라, 무심한 강박적 반복으로서의 무시간적 시간성. 이 공간에서는 종말조차도 강박적으로 반복될 것이다.

이장욱은 일인칭 자아의 신비와 권위를 지워버리는 자리에서, 다시 어떤 다른 '사랑'을 발음한다. 주체의 정념의 자리를 소거한 채로 '나'는 그 첨예한 개별성만으로 겨우 존재한다. 이장욱의 '나'와 '그'는 주체의 인격적 권위와 실체성을 비워버린다는 의미에서, 탈인칭적이거나 비인칭적이다. 인칭들은 끊임없이 위치를 이동하면서 자신의 실체적 무게를 비워, 무중력 공간 안에 부유하게 된다. 그래서 이장욱의 사랑은 '나'의 인격적 지위를 주창하지 않는 다른 '나'의 존재 방식이다. 그것은 주체화의 불가능성을 승인하는 시적 주체의 존재론에 해당하며, 시간의 무시간성을 받아들이며 만나는 다른 시간 속의 음악이다.

외형적으로 서정시의 문법 안에 머물고 있는 것처럼 보이는, 이장욱의 시는 이렇게 서정성 자체를 낯설게 하고 사랑을 다른 문법 안에서 개별화한다. 그래서 한국 서정시에서의 잠언적 미학의 잔재들을 털어내고, 서정성 자체를 떠도는 스캔들로 만든다. 서정시는 순결한 지혜와 위안의 목소리가 아니라, 시적 자아의 우연적 일탈로서의 미학적 스캔들이 된다. 이장욱에게 문제적인 것은 서정시적 어법의 바깥에서가 아니라, 안에서 그것의 자명성을 무너뜨리는 작업이다. 서정성으로 하여금 서정성의 내질(內質)을 바꾸게 한다는 의미에서 그것은 서정시의 전유(專有)이며, 서정적 진술이 놓여 있는 맥락을 변경함으로써 그것을 다른 기호로 작용하게 만든다는 측면에서 그것은 서정시의 '재전유'이다. 그는 진정한 인파이터가 아니던가? 이장욱의 시가 한국 시의 모더니티의 한 극한에 서 있다는 것을 승인한다면, 이장욱은 한국 시의 가장 불행하고 "우울한 모던 보이"로 명명될 수 있다. 모던 보이가 우울한 것은 '모던'에 대

한 첨예한 자의식 때문이다. 그 자의식이 끝 간 데서 '나'-모던 보이는
존재론적으로 '실종'된다. 지금 글 쓰는 내가 이렇게 이장욱을 반복적으
로 호명하면, 이장욱이, 이장욱은, 이장욱을, 이장욱에서……사라진다.

4. 맥락

카니발의 아침
── 축제의 문학화

1. 축제를 위한 성찰: 축제의 재축제화를 위하여

축제가 끝나기 전에는 축제의 의미를 생각하지 않는다. 흥분과 소란, '오버'와 폭발의 순간들이 지난 후, 여명의 빛이 들린 지난밤의 흔적들을 드러낼 때, 저 희미한 혐오감이 몰려올 즈음, 축제에 대한 사유는 시작된다. 축제에 대한 성찰은 '축제 이후'에나 가능하다. 축제에 대한 사유는 축제적이지 않다. 이 글에서 보여주려는 것도 축제 그 자체는 아니다. 아마도 축제를 위한 성찰이거나 성찰을 위한 축제, 어느 쪽이다. 그리고 그 안에는 축제를 향한 동경과 혐오와 한숨이 뒤섞여 있다.

문학 속에 얼굴을 드러내는 축제는 직접적인 축제의 경험이 아니다. 문학 혹은 연극 속에서 나타나는 축제는 카니발의 직접 체험이 아니라 간접 체험이다. 이 간접적 체험은 예술 형식 일반의 간접성에 관련되는데, 그것은 직접적인 축제의 체험이 가져다줄 수 있는 "축제의 폭력성과 상흔의 문제를 해소"해준다.[1] 문학 속의 축제는 현실을 직접적으로 축제

화하지는 못한다. 그러나 축제를 억압하는 제도적 현실을 성찰하게 만들
며, 나아가 축제 그 자체의 폭력성을 사유하게 한다. 문학화된 축제는
현실의 제도적 폭력과 축제의 폭력성을 동시에 문제화한다. 여기서 축제
는 제도적 현실의 폭력에 대한 저항이면서, 동시에 또 다른 폭력성을 띤
다는 아이러니가 제기된다.

한국 문학 안에서 '축제'의 모티프를 찾는 일은 어렵지 않다. 고전 문
학의 구비적 장르 안에서 축제적인 요소는 적지 않게 발견된다. 특히 전
통 연희들은 그 자체로 축제적인 장르이거나, 축제의 일부였던 것들이
다. 이런 전통적인 장르 안에서 축제는 토착적인 민중적 활기와 해방의
시간을 향한 제의라는 인류학적 보편성을 동시에 드러낸다. 그러나 이
글 속에서 그 모든 축제적인 장르와 작품들을 모두 다룰 수는 없다. 내가
적극적으로 문제화하려는 것은 현대 문학 안에서 '축제적인 것'의 미학과
정치학의 관련이다.

현대 문학과 축제의 관련은 크게 두 가지 맥락에서 의미화될 수 있다.
우선 하나는 축제가 문학 속의 소재와 제재, 혹은 이미지와 모티프로 등
장하는 경우이다. 이것을 '문학 속의 축제'라고 부를 수 있다면, 이것은
자본주의적 일상의 시간과 다른 차원의 시·공간의 경험을 의미한다. 여
기서 축제적인 것은 합리적이고 정상적이며 이성적인 세계의 뒤편에 있
는 미친 진실의 세계이다. 규범과 금기로부터 일탈하는 상상력은 체제와
윤리가 억압하는 욕망의 출구로서 축제적 공간을 상정한다.

현대의 일상 세계에서 전통적인 축제의 활력은 종교적인 이벤트나 스
포츠 행사와 텔레비전 쇼 프로그램 등 문화 산업의 시스템 안에 갇혀버

---

1) 이인성, 『축제를 향한 희극: 몰리에르에 관한 한 연구』(문학과지성사, 1992), p. 255 참조.

렸다. "문명과 계몽이 증가함에 따라 비로소 강화된 자아나 확립된 지배는 축제를 단순한 소극Farce으로 만든다."[2] 축제적인 향유는 조작의 대상이 되고, 그것은 향락 산업에 흡수되어 하나의 이벤트 혹은 휴가의 개념으로 전락한다. 휴가는 축제를 해체한다. (축제가 지배 구조에 편입되거나 스스로 중심이 되려는 움직임은, 이미 축제 내부에 포함되어 있는 욕구라는 분석도 가능하다.) 축제는 이제, 제도적 권력과 자본에 의해 관리된다. 더욱이 후기 산업사회 혹은 이른바 포스트모더니즘의 시대에 축제적 공간과 일상적 공간은 서로 경계를 허물고 '일상의 축제화'가 실현된다. 문화 산업과 정보 사회 속의 축제는 이제 일상과 대립하는 공간이 아니며, 현대적인 삶의 한 구성 요소가 되었다. 이렇게 일상화된 축제는 그 고유의 비판적 계기들을 상실한다. 그렇다면, 현대 문학 속의 축제는 그 관리된 축제의 죽음을 넘어서 축제 그 자체의 저항적 에너지를 다시 체험하려는 작업이다. 이때 문학 속에서 재의미화된 축제는 단지 무지나 원시적인 상태로의 회귀가 아니라, 제도적인 시스템을 의도적으로 망각하는 새로운 형태의 상상력이며, 세계와 사회에 대한 다른 차원의 정치적 전망과 미학적 기획이다.

둘째는 문학의 언어와 형식 그 자체가 갖고 있는 '축제성,' 즉 '축제로서의 문학'에 관한 것이다. 이런 문제의식은 곧바로 바흐친을 연상시킨다. 널리 알려진 것처럼 바흐친은 문학 정전의 가치를 유머와 무질서로 전복하고 해방하는 카니발레스크라는 문학 양식을 민중 문화의 카니발에서 고급 문화와 저급한 것을 뒤섞어 전통적인 위계질서와 규범을 풍자하

<hr>

2) Th. W. 아도르노·M. 호르크하이머, 김유동 옮김, 『계몽의 변증법』(문학과지성사, 2001), p. 164.

고 전도하는 활동에 견주어 이론화했다.[3] 여기서 바흐친의 '카니발리즘'을 더 자세히 언급할 필요는 없을 것이다. 다만, 좀더 적극적인 의미에서 바흐친의 '다중 언어성'에는 '모든 고정되고 지배적인 형이상학적 기표들을 탈중심화하는' 급진적이고 해체적인 운동이 이미 내재되어 있다는 것, 그래서 이른바 탈구조주의의 이론적 모티프를 선취하고 있다는 것을 말할 수 있다.[4] 다성적이고 대화적인 문학 언어의 축제성은 단지 '민중주의적' 차원에서만 의미있는 것이 아니다. 그것은 다양한 타자의 '방언'들을 해방함으로써 주체의 통일성이라는 관념 위에 건설된 평균적이고 주류적인 미학을 전복하는 해체적인 기획이다.

'축제성'의 전복적인 에너지를 단지 민중주의적 이데올로기로만 한정하여 이해하려 한다면, 모든 위계와 규범의 위반이라는 축제의 불경스러운 '유희성'은 상당 부분 제한받게 된다. 축제를 민중적 집단 문화의 윤리라는 차원에서 의미화하는 것은, 축제 안의 유쾌하고 무질서한 '상대성'을 집단주의적·평등주의적 획일성으로 제약하는 일이 된다. 그렇다면 축제의 다양성과 다원성을 가능하게 하는 개체들의 언어와 운동을 더욱 급진적으로 개방하는 정치적·미학적 기획, 다시 말하면 축제를 재축제화하는 기획이 요구된다.

한국 문학 속의 전위적인 작가와 시인 들의 작품 안에서, 나는 하나의 언어가 타자의 언어 속에 내재하면서 담론 형식의 중심을 와해하는 문학

---

3) 미하일 바흐친, 『프랑수아 라블레의 작품과 중세 및 르네상스의 민중 문화』, 아카넷, 2001.

4) 테리 이글턴, 「축제로서의 언어」(여홍상 편역, 『바흐친의 문학이론』, 문학과지성사, 1997)는 이런 측면에서 흥미로운 통찰을 보여주지만, 이글턴은 바흐친 이론의 전복적인 활력을 마르크스주의적인 '민중주의'로 환원하려는 시도를 일관되게 보여준다.

적 모험을 발견한다. 그것은 새로운 '축제의 몸'을 매번 재구성하지 않으면 안 되는 축제 그 자체의 숙명적인 작동 원리와 관련된다. 축제의 재축제화는 축제의 맹목적 숭배나 축배의 거부를 의미하지 않는다. 그것은 축제의 전복성과 폭력성 그리고 그것의 제도화와 일상화에 대한 반성적 성찰의 한 극단적인 사유의 지점이다. 여기서 분석하려는 이청준의 「비화밀교」와 백민석의 「음악인 협동조합」 연작은 단순히 '축제'에 관한 소설이라는 측면에서만 의미있는 것이 아니다. 각각 80년대와 90년대에 발표된 이 소설들은, 당대의 정치적·문화적 지형 안에서 축제의 미학과 정치학의 관계를 날카롭게 드러내는 작품들이다. 축제의 종교성과 축제의 반문화성이라는 정반대의 지점에서부터 축제에 대한 탐구를 출발하는 이 소설들은, 축제의 재축제화를 위한 소설 언어의 자기 개방에 관한 첨예한 사례가 된다.

2. 이청준의 「비화밀교」: 축제의 종교성과 폭발의 정치학

이청준의 소설 속에는 축제의 모티프가 다양하게 변주된다. 장편소설 『축제』에서 작가는 어머니의 장례식을 소설화하면서 그곳에 축제적인 의미를 부각한다. 이 작품은 영화의 시나리오를 위한 글쓰기와 이에 의해 추동된 소설쓰기의 자의식이 복합적으로 드러나 있는 다층적인 텍스트이다. 이 작품은 모성의 죽음에 대한 추도의 시간이 살아 있는 존재들의 다성악적인 소음으로 가득 찬 축제적 생성의 공간으로 전환되는 축제적 원리의 역설을 보여준다. 그런 측면에서 『축제』는 바흐친적인 축제성에 부합하는 측면을 포함한다. 그러나 '축제의 축제성'에 대한 더욱 치열한 성찰의 과정을 보여주는 것은 그의 또 다른 작품 「비화밀교」이다.

「비화밀교」는 '축제의 축제성'에 대한 근원적인 성찰을 특유의 정치적 알레고리를 통해 드러낸 작품이다. 이 작품의 성찰적인 깊이는 축제를 제도적 권력에 대항하는 민중적 해방의 공간이라는 차원에서만 접근하지 않고, 그 안에서 축제의 윤리학과 폭발의 정치학을 집요하게 탐문한 데서 나온다. 이 소설은 논리의 세계 뒤편에 있는 집단적 무의식이 소망하는 세계가 가진 깊고 무거운 의미를 탐구한다. 동시에 축제성이 현실적인 힘으로 드러나기를 욕망할 때 나타나는 권력과 폭력의 문제를 성찰한다. 축제의 종교성과 폭력성에 대한 두 겹의 반성을 동시에 밀고 나가는 것이다. 그것은 바로, 80년대라는 정치적 공간에 대한 날카로운 알레고리적 인식의 하나를 던져준다.

소설가인 일인칭 주인공 '나'는 우연한 기회에 민속학을 하는 동향 선배 조선생의 제의를 받아 섣달 그믐날 밤 고향의 제왕산 등산길에 오른다. 여기서 벌어지는 집단적인 행사가 단순한 해맞이 행사 이상의 종교적 제의라는 것을 알게 된다. 소설을 끌고 가는 힘은 이 정체불명의 행사에 대한 '나'의 궁금증과 불길한 두려움, 그리고 그것을 둘러싼 진실들을 조금씩 풀어내는 조선생과의 팽팽한 심리적 긴장 관계로부터 나온다. 소설은 이청준의 다른 작품들에서도 동원되는 기법, 즉 모호하고 불투명한 사태의 핵심적 진실 안으로 탐구해 들어가는 여정으로서의 '탐정소설'적인 형식을 차용한다. 이때 독자는 '나'의 위치에서 조선생이 흘려주는 정보들을 참고하면서 사태의 핵심에 서서히 접근해 들어가게 된다.

산정에서 벌어지는 제의는 기이한 장면들을 연출한다. 서로 수인사를 나누며 정상의 분지로 모여들던 사람들은 전해의 행사 때의 불씨를 일 년 동안 간직해온 종화주(種火主)로부터 햇불을 붙여 자정까지 서 있다가 자정이 넘으면 불구덩이에 불을 묻고 하산한다. 그런데 이 단순해 보이는 제의를 둘러싼 분위기와 그것의 의미 내용은 그렇게 단순하지 않다.

산 정상에서 벌어지는 행사는 산 아래의 세속적인 공간과는 완전히 절연된 비밀스러운 성격을 띤다. 조선생은 "오늘 밤 여기서 있었던 일들은 듣고 보고 행동한 것 모든 것이 여기서 끝나 없어지고 마는 걸세. 산을 내려가면 그것으로 모든 게 없었던 일이 되고 마는 거란 말일세" 하고 '나'에게 미리 다짐해둔다. 그 제의의 장소는 "어떤 불빛이나 함성 소리도 산 아래서는 알아볼 수 없게 된 은밀한 지세"를 얻고 있고, "덕분에 행사가 그토록 비밀을 지켜올 수 있었겠지만 그 비밀스러움이 나를 더욱 두렵게 하고 있었다." 그 공간에서 만나는 사람들은 "산 아래에서의 처지나 각자의 입장은 허심탄회하게 모두 씻어버린 채" "누구든지 함께 어울리면서 서로의 마음을" 나눌 수 있다. "좋은 사람이나 나쁜 사람이나 선한 사람이나 악한 사람이나 산 아래서 지녀온 신분이나 입장은 아무 구별 없이 서로 똑같은 인간으로" 어울리는 공간. 이런 맥락에서 그것은 현실적인 위계질서를 넘어서 있는 진정한 소통과 해방의 축제적인 공간이다. 그곳은 개인의 지극한 소망들이 집단적인 소망적 체계를 이루는 종교성을 획득한다.

"이곳은 산 아래서 이루어지는 모든 세속의 질서가 사라지고 그저 한 가지 이 산 위에서만의 간절한 소망으로…… 나도 그것이 무엇인지는 확실히 알 수가 없지만…… 하여튼 오직 한 가지 소망에로 자신을 귀의시켜, 그 소망으로 하여 모든 사람들이 한데 뭉쳐서 어떤 보이지 않는 힘을 탄생시키고, 그것을 지켜가는 숨은 근거지가 되고 있는 셈이지……"

나는 속절없이 궁금증을 눌러둔 채 조선생의 이야기를 좇는 수밖에 없었다.

"하지만 어떻게 보면 이곳의 행사가 산 아래의 일들과 아주 상관없는 것도 아니야. 나도 대략 그것을 느껴온 터이긴 하지만, 선친의 말씀으로 이곳에서도 사람이 줄고 느는 기복이 있어왔다니까."

제의가 벌어지는 산 위의 공간은 "모든 세속의 질서가 사라지고" 한 가지 소망으로 사람들이 뭉쳐서 보이지 않는 힘을 탄생시키는 자리이다. 그곳은 현실 세계와는 다른 차원의 공간임이 분명하지만, 문제는 그 공간 역시 "산 아래의 일들과 아주 상관없는 것"은 아니라는 사실이다. 축제적인 공간은 현실과 완전히 절연된 자리가 아니라, 그로부터 어떤 은밀한 집단적 소망이 부풀어 오르는 자리이다. 그런 현실의 그림자는 축제적 공간의 순수한 종교성을 훼손한다. 종화주에게 불씨를 묻어 맡기는 '장화대(藏火臺)' 주위의 원시적이고 충동적인 횃불춤은 그 종교성이 훼손되는 불길한 징조를 나타낸다.

그 횃불춤을 뚫고 횃불을 던진 뒤, 분지를 나와 읍으로 내려가는 능선에서 그 제의의 공간을 굽어보는 소설의 후반부는, 축제에 대한 반성적인 성찰의 높이를 드러낸다. 축제의 장소를 내려다보는 능선의 위치는, 소설 전반부 현장에서 제의를 직접 경험하는 자리와 대비된다. 능선이라는 곳은 제의 자체의 현장감과는 멀어진 곳이지만, 그 축제에 대한 반성적 성찰이 가능한 '거리'를 확보한 장소이다.

그곳에서 조선생은 종화주였던 자신의 집안 내력과 2대에 걸친 힘든 소망의 내용을 토로한다. 그리고 바로 그 제의의 자리가 서로에 대한, 그리고 자신에 대한 "용서의 자리"였음을 고백한다. 그러나 그것은 '나에게 새로운 의문이 시작되는 계기이다. "언제까지나 폭발의 정점에 다다를 수 없는 힘," "폭발이 없는 대신 끈질긴 소망과 기다림"만이 있는 힘, 그 "기다림 자체로써 행위와 목적이 완성되어온" 도저한 종교적 정신주의가 도대체 무슨 의미가 있느냐는 회의적인 의문이 그것이다. '나'의 이런 의문에 대해, 조선생은 그 기다림이 "각자의 위엄과 자존심의 자각, 바로 원의적 자신에의 각성"의 가치와 의미를 갖는다고 피력한다. 그러나 조선생이 말하는 가치는 "타인과 세상에 대한 증거가 아니었다. 게다가 그 타인과 세상에 대한 소망의 증거랄 수 있는 폭발을 이상하게 두려워하고 있었다."

이렇게 능선에서의 조선생과 '나'의 대화는 제의의 가치에 대한 논쟁적 소통이라는 성격을 갖는다. 현장에서 멀어짐으로써 제의는 성찰적 관념의 대상이 된 것이다. 조선생은 "보이지 않는 음지의 질서는 그 존재 자체로서 충분한 역할을 수행해가고 있거든. 아니 그것은 숨어 있는 존재로서만이 오히려 그 역할이 가능하기 때문이지"라고 주장한다. 그 주장은 "음지의 힘에 어떤 가시적 질서를 부여하고 그것을 논리화하고 증거해 보이면 그 순간에 그것은 현상의 세계로 떠올라 가시적 현상 세계의 지배 질서 혹은 지배의 논리로 합세해버리거든. 드러나려는 것, 그래서 지배하려는 것, 그것이 사실은 이 세상 모든 힘의 본능적 속성이"라는 반성적 사유에 의해 뒷받침된다.

"나는 그 눈에 보이지 않게 숨겨져 실현을 기다리는 소망의 힘 또한 눈에 보이는 현상의 질서 못지않게 소중스럽게 지켜가구 싶은 거구. 어차피 한 번의 폭발로 모든 소망이 실현될 수 없다면 내일의 세상에도 꿈만은 줄기차게 이어져가야 하니까. 그래서 그 숨은 힘의

질서 속에 미래의 꿈의 씨앗으로 남아 있으려는 사람들의 노력도 그
만큼 용기 있고 값진 것으로 알고 있는 것이구……"

　"……"

　"사실은 굳이 증거되지 않더라도 사실의 존재 자체로서 신성한
것이지. 그 가장 값진 힘도 실상은 그 사실의 신성성에 있겠구. 그
것을 굳이 증거하고 싶어 하는 것은 사실 자체의 신성성을 잃게 하
고 그것을 또 하나의 현실적 지배력으로 편입시켜 들이는 노릇에 다
름 아닐 수도 있는 거지."

　축제의 종교성을 보존하려는 조선생의 신념에는 그것의 폭발을 향한
욕망이 새로운 권력을 낳게 될 수밖에 없다는 치열한 반성적 자의식이
내재되어 있다. 그 폭발에의 욕망은 사실 이날 밤 행사에서 드러났고 "최
면술사 같은 젊은 춤꾼"들의 행태가 바로 그 폭발을 향한 몸짓이었다. 결
국 그것은 어떤 끔찍한 '파국'과 '희생'의 결과를 초래하게 되었음이 암시
된다. 젊은이들의 광란의 춤은 "밀교의 운명을 재촉하는 파국의 춤"이었
고 "자신의 교단을 끝장내려는 가공스러운 범람과 자기 폭발"일 뿐이었
다는 것이다. 이날 밤 제의의 파국은 결국 축제의 윤리학 혹은 축제의 종
교성이 폭발의 정치학에 의해 파국에 이른 사태이다. 축제의 신성성을
보존하면서 그것의 폭발적 힘이 갖는 자기 파멸적인 욕망을 끝까지 성찰
하는 조선생의 '가열한 정신주의'는, 어쩌면 저 '80년대'에 대한 혹은 '광
주'의 기억에 대한 성찰의 일부라고 볼 수 있다.
　남는 것은 '나'-소설가가 이 무거운 사건과의 대면을 어떻게 소설쓰기
의 책임과 욕망의 문제와 연결하는가 하는 것이다. 소설의 마지막 부분
에서 그 모든 축제의 윤리학과 정치학의 문제들은 작가 특유의 소설쓰기

의 자의식의 문제로 수렴된다. 이날 밤의 산행을 통해 '나'는 기이한 소설거리를 제공받았지만, "그것은 동시에 소설로 씌어질 수 없는 숙명적 자기 금기를 수반한 소재"이며, 그 행사는 "세상에 알려질 때는 그것으로 그만 교리의 예비처가 소멸되고 말 운명의 지하 밀교 행사"이기 때문이다. 조선생은 "내게 하나의 충격적인 소설거리를 보여주고 나서 동시에 그것을 쓰지 못하게 하는 침묵의 굴레를 씌운 것이었다." "발설이 불가피한 소설의 숙명과 증거가 용납되지 않는 배반의 논리 앞에" '나-소설가의 피할 수 없는 선택은 "사실을 드러내지 않고 이야기를 완성해내야 하는 것" "사실을 보여주지 않고 그것을 증거해야 하는 것"이다. "사실의 기술이 아닌 사실의 암시와 증거." 그런데 바로 그것이야말로 이청준 특유의 알레고리적 소설 미학의 발생 원리이다. 거칠게 말하면 '광주'를 기술하지 않고 '광주'를 말해야 하는 그런 방식.

결국 이 지점에서 소설이란 무엇인가? 소설은 사실의 기술이 아니라, 사실의 암시를 통해 축제의 "차오르는 힘의 범람과 폭발"을 막을 수 있을지도 모른다. 그러나 그런 '나-소설가의 자각은 결국 축제의 윤리학이 폭발의 정치학에 패배한 사태 이후에나 가능해진 것이다. 조선생의 정신주의의 '패배'로 인해 "소설의 공안이 해결"될 수 있었다는 것. "하나의 사실이나 힘의 질서라는 것은 그 증거의 길이 지나치게 억제될 때 그것의 존재나 질서 자체를 궁극적인 덕목으로 지탱해나가려는 어떤 정신적인 조작의 틀도 무용한 것으로 만들어"버린다는 것. 놀랍게도 소설의 마지막 장면에서 작가는 조선생의 정신주의적 틀 자체도 치열한 반성적 성찰의 대상으로 삼는다.

축제에 대한 이와 같이 끝없는 비판적 성찰의 회로를 가능하게 하는 계기는 무엇인가? "사실이 일단 비극으로 완성되고 난 다음에는 그것을

다시 만인의 삶으로 함께 완성시켜나가는 이야기의 과정." 이야기 자체
의 운명과 생명력, 그리고 치열한 이야기꾼의 윤리가 축제에 대한 세 겹
의 반성을 동시에 철저히 밀고 나갈 수 있게 만든다. 그러니까, 축제를
억압하면서 축제를 낳은 현실과 축제 내부의 폭력성과 그것의 이야기화
에 관한 중층적인 성찰. 소설쓰기는 '축제'라는 사건의 숙명적인 아이러
니와 비극이 노출된 후에, 그로부터 '만인의 삶'을 완성해가는 과정이다.
이청준은 이런 방식으로 80년대라는 정치적 폭발의 시대를 소설화할 수
밖에 없었다. 그리고 그것은 80년대라는 '정치적 축제의 시대'에 대한 가
장 의미있는 소설적 탐구의 하나로 남아 있다.

3. 백민석의 「음악인 협동조합」: 분열증적 축제와 반문화적 탈주

　90년대라는 공간에서 백민석의 존재는 문학적인 이단으로 평가된다.
그는 기존의 주류 한국 문학에서는 볼 수 없었던 수준의 극단적인 환멸
과 혐오의 소설 미학을 통해 지배적인 문화적 규범에 대한 위반을 시도
한다. 여기에는 제도적 훈육을 거부하고 현실에 관한 스타일의 반란을
도모하는 불온한 아이들의 유희가 등장한다. 이들의 격렬한 허무주의는
새로운 세대의 가망 없는 나르시시즘과 저항의 표지를 드러낸다. 백민석
은 하위 문화적인 코드를 소설 속에 끌어들임으로써 바흐친적인 의미에
서 문화적 위계와 권위에 대한 카니발적 전복을 보여준다. 그것은 억압
에 대한 고전적 의미의 승화의 방식이 아니라, 더욱 급진적으로 해방적
인 탈승화desublimation의 코드이다.
　백민석은 『헤이, 우리 소풍 간다』를 통해 체제와 제도로부터 상처받은

새로운 세대의 고통스러운 통과 의례를 보여주었다. 그곳에는 세상에 대한 치명적인 혐오감과 증오심을 추동하는 파편화된 기억들이 안정된 형식과 선형적(線型的)인 서사를 거부한 채 뒤틀린 악몽처럼 펼쳐진다. 소설 속에 등장하는 아이들을 감싸고 있는 정서는, 성장에 대한 예감과 기대가 아니라 권태와 무기력과 공포와 환멸이 뒤엉킨 어둡고 괴기한 것이다. 그 아이들은 현란한 소비문화의 수혜를 받고 새로운 미디어 공간을 섭렵하는 세대가 아니라, '철거촌'이라는 상황이 말해주는 것처럼, 극단적인 생활의 억압에 시달리면서 문화적 체험들이 허락하는 도취의 공간 속에서만 사는 빈민층 신세대들이다. 아이들에게 만화, 대중음악, 영화, 포르노 같은 키치적 양식들은 삶의 원형과도 같다. 이들에게 대중문화 하위 문화는 그 자체로 '소풍' 혹은 '축제'의 의미가 있다. 컬러텔레비전 속의 만화는 이들 아이들의 상상의 공동체를 형성하는 '환상-현실'을 이어주는 매개체들이다. 이들에게 텔레비전의 만화 주인공들은 자신들의 실존적 정체성을 만들어내는 축제적인 인공 신화들이다.

더욱 불경스러운 키치적 환상을 통해 하위 문화적 상상력을 끝까지 몰고 간 것이 「믿거나말거나박물지」 연작이다. 이 소설집에는 단편 「그분」에 나오는 비디오 가게처럼 "우리가 상상할 수 있는 모든 것들뿐만 아니라, 상상할 수 없는 모든 것들까지" 담겨 있다. 상상할 수 없는, 상상하기 싫은 그런 황당하고 혐오스러운 것들이 생산되는 곳, 그곳이 "믿거나말거나박물지 공장"이다. 그 공장에서 생산하는 환상들의 상당 부분은 그로테스크하고 키치적인 것들이다. 문제적인 것은 그 환상의 황당무계함이 아니라, 그것을 통해 현실의 어떤 국면이 날카롭게 폭로되는 지점이다.

특히 그의 「음악인 협동조합」 연작은 그로테스크한 축제의 전복적인 에너지가 엽기적인 상상 공간을 연출한다는 측면에서, '90년대'의 '축제적인 것'의 의미를 발견하게 해준다. 우선 이 축제의 중요한 요소로 작용하는 비주류적인 음악 장르의 저항적인 의미를 생각해볼 수 있다. 반사회적이고 정치적 성격이 짙은 하위적인 음악 장르들은 이 소설에서 어떤 의미가 있을까?

"난 어째서, 우리나라에선 진정한 펑크도 메탈도 그런지도 나올 수 없느냐, 하는 얘길 하려던 참이었어. 진정한 펑크나 그런지는 아빠가 빵에 있고 엄마는 주정뱅이인 그런 애들한테서 나와야 해. 기탈 배울 시간도 기탈 살 돈도 심지어는 헨드릭스를 접해볼 라디오 하나 없는, 그런 애들한테서. 기타가 있대도 즐기기보담, 일찌감치 팔아버릴."

펨프는 진정 고백하는, 그런 표정으로 한 손을 무겁게 가슴팍에 올려놓곤 얘길 이었다.

"하지만 요즘 텔레비전에서 펑크 하는 애들은 손이 뽀뽀해주고 싶을 만치 도발적이고 곱더만. 인형 손 같애. 심지어는, 서울대학 출신도 있다더군, 세상이 어떻게 되려는지, 쯧쯧. 하버드 졸업한 백인 앵글로색슨이 갱스터 랩을 한다는 얘길 들어봤나? 음악에도 계층에 따라 가능한 음악과 아닌 음악이 있는 법이야."

한국 사회에서 펑크와 메탈의 전복적인 에너지는 무화되고 그것은 단지 취향이 특이한 사람들의 상업 음악의 하나로 취급된다. "기껏해야 과외나 받고 독서실이나 다니던 중산층의 아이들이 빈민 계층의 음악을 한답시고 날뛰는 우리 풍토" "우리 록 신엔, 펑크와 얼터너티브의 탈을 뒤집어쓴 캠퍼스 룩밖에 없다는” 것. 물론 여기서 제기하는 것은 취향과 차이의 정치학이다. 계급은 문화적 생활 감각과 취향의 차이를 산출하는 기본 조건이다. 한국 사회에서 취향과 문화적 차이의 정치학은 무마되며, 평균적인 가짜 중산층 상업 문화만이 양산된다. 백민석의 카니발은 그 문화적 차이의 정치학을 반사회적인 에너지로 드러내는 것이며, 또한 엘리티즘 문화에 관한 조롱을 담고 있다. 가령 ‘비트냐 펑크냐’라는 공연 제목은 김지하의 “풍자(諷刺)냐 자살(自殺)이냐”를 흉내 낸 것인데, 그 두 가지 명제를 “그게 그거”라고 진술하는 장면은 무척 시사적이다.

중산층 주류 문화와 문화적 엘리티즘에 대한 조롱은 새로운 가치를 대체하려는 싸움이 아니라, 기성의 가치 체계를 송두리째 부정하는 분열증적인 탈주의 모험으로 나아간다. 소설의 한 대사를 빌리면, “아들이 아빠를 죽이고 제 엄마와 씹하는” 오이디푸스적 장면은 “프로이트 이후로 가장 인기 있는 무대였는데, 이젠 제 아버지가 누군지도 몰라들 하는데 어떻게 아빠를 죽이겠어? 차라리 발가벗은 아버지 열댓 명과 함께 한방에 들어가 노는 게 요즘 추세”이다. 백민석의 앞 세대는 죽여야 할 아버지의 얼굴이 분명했고, 풍자와 야유의 표적은 선명했다. 아버지는 죽여버려야 할 권력과 체제에 대한 알레고리이자 메타포였기 때문이다. 하지만 ‘아버지가 누군지도 모르는’ 세대에게 남은 것은 그런 풍자와 비판이 아니라, 무차별적이고 하위 문화적인 테러와 저급한 악마적인 유희이다. 「음악인 협동조합 1」에 나오는 치킨헤드족 사내애는 “교장 책상에다 변을 보아”버렸다는 이유로 ‘짤렸지만,’ 교장이 가장 ‘내’가 증오한 인물은 아니라고 말한다. ‘내’가 가장 증오하고 ‘나’를 가장 증오한 인물은, 바로 ‘나’이다. 삶이 하나의 “불가사의한 괴물”로 인식되는 상황에서 격렬한 혐오는 자기 자신을 향한다. “어차피 우리를 둘러싼 이 세상도 이해 못 할

곳인데 어째서 우리만 이해할 수 있는 존재가 되어야 하나요?" "우리에게 왜 그걸 요구하나요? 우린 왜 하나의 불가사의한 괴물 같은 존재가 되어선 안 되나요?"

이러한 '괴물 같은 세계'에서의 '괴물-되기'의 미학적 전략이 폭발적으로 드러나는 공간이 백민석의 카니발적인 공간이다. 어떤 문화적 가치도 거부하는 세대의 반질서적인 초과와 광란의 자리가 그곳이다. 그로테스크한 하위 문화적 스펙터클을 펼쳐 보이는 공연은 「음악인 협동조합 2」에서 본격적으로 시작된다. '믿거나말거나박물지'에서 기획한 이 무대는 "1996년 한국의 수도권에 사는 우리로서는 거의 꿈조차 꿀 수 없는" 그런 공연들이 펼쳐지는 공간이다. "비트냐 펑크냐"라는 주제의 "지상 최후의 세기말 콘서트"는 그야말로 난장판이다. 이 아수라장은 자본주의적 일상의 권태와 무기력을 날려버릴 수 있는 히피적인 이벤트라고 할 수 있다. 하지만 그 콘서트는 히피들의 록 페스티벌처럼 자연 속의 자유로운 존재로 돌아가는 축제가 아니라, 기괴하고 혐오스러우며 우스꽝스러운 장면들이 지옥도(地獄圖)처럼 연결되는 자리이다. '삶은콩방귀포대(砲臺)' '수간(獸姦)의 고행' '생등심 고행' 등의 가학적이고 엽기적인 이벤트가 펼쳐지고, 신체의 오물과 분비물 등의 전시를 통해 원초적 혼돈의 세계를 드러낸다. 상상할 수 없는 "광란의 피학 무대"를 포함한 구역질 나는 쇼와 이벤트들과 함께 '젤라틴풀장'의 난교가 이어진다.

풀장은 피스톤 운동조차 버거울 만큼, 발가벗은 남녀들로 흘러넘쳤다. 그것은 내가 열두 살 때 회교도 성전에서 보았던, 난교 지옥을 연상케 했다. 쇠죽을 끓이는 좁은 무쇠솥에, 수백 명의 나체 남녀들을 꾹꾹 눌러 담곤, 섹스하게 하는 지옥이었다. 자지가 부러지고 보지가 찢어질 때까지.

'믿거나말거나박물지젤라틴풀장'은 부상자가 많기로 유명했다.

그곳은 불경스러운 장면과 금기의 언어들이 범람하는 폭발의 자리이다. 할리우드 B급 영화에서 포르노와 컬트 영화와 만화에 이르는 하위 문화적인 장르들의 하드코어적 스펙터클이 뒤범벅되는 난장의 축제가 연출된다. 그곳은 모든 저급한 대중 장르들을 뒤섞는 혼종 교배의 자리이다. 이 전도된 세계는 환상적인 방황이나 모험에 관한 서술이 시공간을 뛰어넘어 무차별적으로 전개되는 '메니파이 식 풍자'의 공간이라고 할 수 있다. 그 안에서 인간의 저열함, 비루함, 사악함, 더러움, 야수성 등이 무차별적으로 폭로된다. 통일적인 질서를 근본적으로 거부하는 욕망들이 제어되지 않고 그 원시적 야만성을 드러낸다.

이 공간은 엉뚱하고 비이성적이며 비정상적인 광기의 영역이다. 그런데 이곳의 '비정상성'은 현실 세계의 '정상성'을 보게 만드는 거울이 아니다. 차라리, 그 괴물적인 상황을 통해 현실의 괴물성을 보게 만드는 공간이다. 이 기괴한 축제는 생활 세계와 절연된 공간이 아니라, 압도적인 '생활의 절망'이 낳은 자리이다. 여기서 카니발의 비정상성은 정상과 비정상성을 나누는 사회적 체계와 제도와 규범 자체를 전복하는 계기를 이룬다. 그것은 정상성의 이데올로기에 기초한 사회 체계 전체를 총체적으로 거부하는 자리이다. 이 광기 어린 카니발적 공간은 광기 그 자체를 보여주는 것은 아니다. 백민석의 카니발은 단지 광기에 의해 구성된 공간이라고 볼 수 없다. 작가는 광기의 스펙터클을 전시함으로써, 그 광기와 비정상을 소외시키는 사회에 대해 저항하면서, 동시에 '정상적인 문화'에 길들여진 '정상인들'에게 공포와 역겨움과 매혹을 선사한다. 이제 정상적인 것은 이 분열증적인 장면 앞에서 스스로의 정당성을 물어야 한다. 이 '광기와 분열증의 전략'을 통해 세계는 탄핵되며, 자신의 유죄를 감지하게 된다.

백민석의 카니발적 공간은 어떤 리얼리즘도 알레고리도 메타포도 무화되는 순수하게 분열증적인 스펙터클의 세계이다. "삶은 하나의 불가사의한 괴물"이고 "나의 유일한 현실은 비현실이다"라는 명제만이 이 악마적인 축제의 내용을 설명한다. 문화적인 것의 압도적인 범람으로 문화 산업이 축제를 흡수한 90년대라는 상황에서, 백민석은 이렇게 극단적으로 반문화적인 축제의 얼굴을 드러낸다.

두 편의 소설을 통해 나는, 축제의 축제성을 끝까지 밀고 나갈 때 만나는 어떤 공포를 발견한다. 축제의 재축제화는 그 공포를 사는 일일 것이다. 그럼 이제 다시, 축제란 무엇인가? 문화 산업이 만드는 대중적 페스티벌과, 스포츠 자본이 조장하는 이벤트와, 관제적인 집단 행사와, 명분과 자발성을 가장한 저 거리의 축제들은, 혹시 '축제의 얼굴'을 한 '축제의 죽음'이 아닐까? 축제는 여기서 타자와의 근원적 소통을 가능하게 하는 소망적 공간이 아니다. 축제는 현실이라는 악몽이 낳은 또 하나의 악몽이다. 그것은 현실의 피안이 아니라, 지독한 현실의 내부이다. 그리고 축제는, 악몽은 계속된다.

연애시를 읽는 몇 가지 이유

그런데 사랑이란 정확히 이런 것이다: 은밀한 생, 분리된 성스러운 삶, 사회로부터 격리된 삶. 그것이 가족과 사회로부터 격리된 삶인 이유는, 그러한 삶이 가족보다 먼저, 사회보다 먼저, 빛보다 먼저, 언어보다 먼저, 삶을 되살리기 때문이다. 어둠 속, 목소리도 없는, 출생조차도 알지 못하는, 태생의 삶. ── 파스칼 키냐르, 『은밀한 생』

그토록 끊임없이 사랑의 시가 씌어지고 있다는 것은 놀라운 일이다. 저 낯익은 양식 속에서 새롭고도 강렬한 언어들이 끊임없이 쏟아져 나온다는 것은 말이다. 우선 이렇게 생각할 수 있다. 사랑이란 아주 보편적인 정서적 양태이며, 시간을 뛰어넘은 그 보편성이 끊임없이 사랑의 노래를 만들게 한다. 이런 관점에서 「황조가」의 시대부터 사랑의 노래는 씌어졌다고 하겠다. 그러나 '연애문학'이 문학 제도 안의 주요한 주제와 스타일로 자리 잡게 된 것은 '근대' 이후의 일이다. 여기서 '연애'라는 개념 자체에 대한 탐구가 필요하겠다. 연애라는 말과 개념의 본격적인 도입은 1910년대 이후라고 한다면, 그것은 남녀 사이의 개인적 친밀성의 영역에서 벌어지는 정서적 양태와 사건을 의미한다. 연애의 발명은 근대적 개인의 탄생과 긴밀하게 연루되어 있다. 연애와 섹슈얼리티는 모더니티의 전개와 사회에서의 공적인 영역과 사적인 영역의 분리라는 구조적 변동과 연관지을 수 있다. 그런데 명백히 현대의 사회적 산물인 연애는 사회 시스템의 일부로 작동하는 하나의 이데올로기이면서, 다른 측면으로는 제도적인 삶의 지배에 저항하는 '은밀한 생'의 영역이다. 사적 공간에서 두 사람의 무모한 열정은 이 사회의 산물인 동시에, 이 사회를 거부하고 경멸하는 '반사회적'인 공간이다. 그리하여 수많은 연애의 문학들은 집단과 제도의 동의를 구하지 않는 사랑을 문제 삼는다.

근대적인 의미의 서정시가 개인 주체의 대상에 대한 동일화의 열망으로 빚어지는 것이라면, 연애시는 그 근대 이후 서정시의 한 전형을 이룬다. '나'와 '당신' 사이의 결합과 소통에 대한 갈망은 연애시의 기본적인 발화의 동력이다. 그런데 세상의 그 많은 연애시들은 왜 사랑의 환희를 노래하기보다는 사랑의 결여를 노래하는 것일까? 왜 사랑을 둘러싼 시적 담화들은 '당신의 부재'라는 상황으로부터 출발하는 것일까? 그렇게 늘 당신은 부재의 방식으로만 존재하며, 나의 실존은 늘 당신의 치명적인 상실을 감당해야 하는 것인가? 여기에 연애시의 근본적인 모순이 가로놓여 있다. 나와 당신의 완벽하고 지속적인 결합에 대한 열망은, 역설적으로 그것의 불가능성이라는 조건에서 그 강렬함을 부여받는다. '지속 가능한' 육체와 영혼의 결합은 없다. 공간을 뛰어넘는 사랑이 가능하다 하더라도 저 난폭한 시간 앞에서 막막하지 않은 사랑은 없다. 다만 구체적인 것은 현존하는 두 사람의 육체일 뿐. 불가능하기 때문에, 나는 사랑을 갈망할 수밖에 없다. 서로 다른 두 존재의 결합이라는 연애시의 욕망은, 사실은 그 어긋남에 대한 암묵적인 승인을 전제한다. 그러니 모든 연애시는 '사랑은 가능하지 않다'고 노래하고 있는 것이 아닌가? 그럼으로써 연애의 주체는 사랑이라는 상처 속에서 실존적 동일성을 부여받는 것이 아닐까? 어쩌면 사랑을 방해하는 제도적 현실에 대한 경멸조차도, 그 사랑의 근원적인 불가능성을 은폐하는 알리바이일지도 모른다. 상처의 뼈아픈 깊이를 통해서, 연애에 처한 자는 주체성을 얻는다. 소통의 지속성이 아니라 부재의 지속성이, 사랑의 벗어날 수 없는 중독성을 보장한다. 그러니까 그 모든 부재와 상실과 환멸이 역설적으로 사랑을 증거한다. 따라서 사랑에 관한 노래들은 단지 쾌락을 향해 있지 않으며, 사랑이라는 상처를 지속적으로 후벼 파면서 쾌락과 고통이 구별되지 않는 '향유'의 지점을 향한다.

> 사랑은 그렇게 왔다.
> 발가벗은 햇빛이 발가벗은
> 물에 달라붙듯이
> 사랑은 그렇게 왔다.
>
> 수양버드나무의 그늘이 차양처럼
> 물을 어둡게 한다.
>
> 사랑은 그렇게 왔다.
> 할 말 없는 수초가 말
> 잃은 채 뒤엉키듯이
> 사랑은 그렇게 왔다.
>
> 가라앉아도 가라앉아도
> 사랑은 바닥이 없다.　　　　　── 채호기, 「사랑은」 부분

사랑이 시작되었다. 사랑의 시작은 햇빛과 물의 '발가벗은' 결합처럼 그렇게 자연스럽고 필연적이다. 그런데 시의 언어는 두 겹의 층위를 갖

는다. 하나의 층위가 사랑이라는 사건에 대한 묘사적 진술이라면, 숨어
있는 둘째의 층위는 사랑의 '그늘'에 대한 내적 진술이다. 둘째 층위는
물빛을 어둡게 하는 '수양버드나무의 그늘'처럼 사랑의 시작에 알 수 없
는 불길함을 드리운다. 그 불길함에 대해 "할 말 없는 수초가 말/잃은 채
뒤엉키듯이" 사랑은 불안한 침묵으로 시작된다. 바닥을 알 수 없는 곳에
가라앉는 일처럼, 사랑이 시작되는 일은 황홀하고도 불길하다.

　　사랑은 그렇게 갔다.
　　날아가며 남겨둔 여린
　　가지가 자지러지며 출렁이듯이
　　사랑은 그렇게 갔다.

　　손이 닿지 않는 곳에서만
　　꽃들은 예쁘게 피어났다.

　　사랑은 그렇게 갔다.
　　이미 범람해버린 강물이
　　지루하게 제 수위를 회복해가듯이
　　사랑은 그렇게 갔다.

　　사랑이 어루만진 부위에
　　홍수가 휩쓸고 간 잔해가 남았다.
　　　　　　　　　　　　　　— 채호기, 「사랑은」 부분

사랑이 끝나는 일은 사랑의 시작 안에 숨어 있는 불길함이 드러나는 사건이다. 새들이 하나의 나무를 떠나 날아오를 때, "여린/가지가 자지러지며 출렁이듯이" 그 진동만으로 사랑은 남겨진다. 그런데 사랑이 나무에 머물렀던 시간에서도, 손이 닿지 않는 곳에서만 피어나는 꽃처럼 사랑은 모순과 결핍으로 존재했다. 범람한 강물이 "지루하게 제 수위를 회복"하는 표면적인 풍경 뒤에는, 사랑의 "홍수가 휩쓸고 간 잔해가" 있다. 풍경과 이미지로서의 사랑은 그 아래에 좀더 잔혹한 내적 원리를 숨기고 있다. 시의 언어는 이렇게 사랑하는 '나'와 시 쓰는 '나'의 이중적 화자를 보여준다. '글 쓰는 나'의 심미적 주체가 매혹적이며 완결된 사랑의 이미지를 보여주고 싶어 한다면, '사랑하는 나'의 고통의 주체는 그 사랑의 불길함과 잔혹함에 전율한다. 사랑의 담화는 이렇게 분열된 주체의 이중적 목소리를 들려준다.

세상에! 네 몸 속에 이토록 자욱한 눈보라!
헤집고 갈 수가 없구나
누가 가르쳐주었니?
눈송이처럼 스치는 손길 하나만으로
남의 가슴에 이토록 뜨거운 낙인 찍는 법을
세상에! 돌림병처럼 자욱한 눈보라!
이 병 걸리지 않고는 네 몸을 건너갈 수가 없겠구나

[……]

모든 삶의 밑바닥에는 끔찍하게 무겁고, 끔찍하게

힘들고, 끔찍하게 뜨거운 것 있잖아?

그 뭉쳐진 것이 터지는 날

세상에! 눈보라처럼 흐느끼는 바이러스 같은 것!

나 어떻게 이 숨찬 눈보라 건너가지?

사랑은 사랑이 있는 곳에서 가장 많이 모자란다는데

— 김혜순, 「자욱한 사랑」 부분

사랑은 자욱하다. 왜 그런가? '네 몸 속'이 눈보라처럼 자욱하기 때문이다. 너의 몸 속의 자욱함 때문에 '나'는 네 몸을 건너갈 수가 없다. 문제는 그 자욱함의 연원이다. 자욱함은 삶의 밑바닥에 드리운 '무겁고 힘들고 뜨거운 것'이 터지는 사건과 연관된다. 그런데 그것은 일종의 '돌림병' 혹은 '바이러스' 같은 것이다. 자욱함은 그러니까 전염되는 질병이다. 여기서 하나의 명제가 나타난다. "이 병 걸리지 않고는 네 몸을 건너갈 수가 없겠구나"라는 것이다. 자욱함이 전염되는 질환이라면, 나는 너의 질병에 전염되어야만 네 몸을 건널 수 있다. 여기서 자욱함은 너의 증상이면서 나의 증상이 된다. 너의 증상은 내 존재의 유일한 통로이다. 더 나아가면, 너의 증상이야말로 내 사랑을 존재하게 한다. 그리하여 또 다른 명제 "사랑은 사랑이 있는 곳에서 가장 많이 모자란다는데"가 얼굴을 내민다. 사랑은 그것이 존재하는 곳에서 가장 결핍되는 어떤 것이다. 그리하여 모든 사랑의 자리는 자욱하다. 어떻게 할 것인가? 너의 자욱함이 사랑의 유일한 길이라면, 기꺼이 그 질환 속으로 걸어 들어가는 길밖에는, 그래서 그 속에서 내 사랑을 증거하는 수밖에는……

반초도 안 되는 순간,

어떤 벽에 뚫린 구멍은
벌어졌다 오므라들었네

그녀가 돌아올 때마다
그녀가 돌아갈 때마다
그에게는 구멍이 하나
안에서 밖으로 뚫어졌네

이 세상이 쉬 망하지 않는 이유
한없이 시간이 더디기 때문이라네
　　　　　　— 이윤학, 「반초도 안 되는 순간」 부분

'그녀'의 방문 때마다 '그'의 몸 속에 뚫어지는 구멍은, 사랑의 비극성을 압축한다. 사랑의 흔적은 구멍처럼 생성된다. 그런데 그 구멍은 사랑의 치명적인 비극성을 보여주는 동시에 사랑의 존재감을 만들어준다. 구멍의 흔적이 아니었다면 사랑은 세상에 없다. 구멍은 사랑의 결과이며, 또한 그 자체로 증상이다. 그러니까 그녀는 그의 증상이다. 그런데 문제는 '시간성'이다. 구멍이 뚫리는 것, 혹은 증상이 드러나는 것은 '반초도 안 되는 순간'이다. 사랑의 증상은 순간적으로 드러난다. 그것이 사랑의 비극성과 덧없음을 보여주는 것이라면, 그렇다고 해두자. 그런데 이 사랑의 짧은 순간과는 달리 세상의 시간은 더디게 흘러간다. 시의 화자는 바로 그것이 "세상이 쉬 망하지 않는 이유"라고 말한다. 세속적 시간의 지루함은 사랑의 강렬한 순간성에 대비된다. 사랑은 세속적인 공간과는 다른 시간 속에 있다. 다른 시간 속에서 권태가 끼어들지 못하는 치명적인 사랑의 구멍을 만들어낸다.

　　슬프다

　　내가 사랑했던 자리마다

　　모두 폐허다

　　완전히 망가지면서
　　완전히 망가뜨려놓고 가는 것; 그 징표 없이는
　　진실로 사랑했다 말할 수 없는 건지
　　나에게 왔던 사람들,
　　어딘가 몇 군데는 부서진 채
　　모두 떠났다

　　〔……〕

　　그러므로 나는 아무도 사랑하지 않았다
　　그 누구도 걸어 들어온 적이 없는 나의 폐허;
　　다만 죽은 짐승 귀에 모래의 말을 넣어주는 바람이
　　떠돌다 지나갈 뿐
　　나는 이제 아무도 기다리지 않는다
　　그 누구도 나를 믿지 않으며 기대하지 않는다
　　　　　　　　　　　　　── 황지우, 「뼈아픈 후회」 부분

직설적인 화법으로 화자는 사랑의 폐허를 말한다. 폐허란 무엇인가? 우선 폐허는 사랑의 자리에 남은 흔적이다. 그것은 존재의 '망가짐'을 의미하지만, 문제는 그 '징표' 없이는 사랑이 없다는 것이다. 지속 가능한 사랑이 없다면, 사랑이 거기 있었다는 것을 말해주는 것은 '폐허'뿐이다. 그런데 이 시의 화자는 그 폐허의 자리가 결국 '나'만의 것이었기 때문에, 나는 아무도 사랑하지 않았다는 좀더 극단적인 진술로 나아간다. "어떤 연애로도 어떤 광기로도/이 무시무시한 곳에까지 함께 들어오지는/못했"던 것은, "끝내 자아를 버리지 못하는 그 고열의/신상(神像)이 벌겋게 달아올라 신음했"기 때문이다. 나의 폐허 안에서 나는 '나'라는 '신상'을 섬겼던 것이다. 그렇다면 '나'는 정말 아무도 사랑하지 않은 것일까? 화자는 그것을 뼈아픈 후회라고 말했지만, 이 과격한 고백의 정직성은 역설적으로 그 사랑들로 인해 나의 '동일성'이 가능했음을 드러내준다. 나만의 폐허의 왕국은 "나에게 왔던 사람들"이 없었다면 건설되지 않았을 것이다. 폐허는 나만의 증상인 것처럼 보이지만, 어쩌면 그것은 사랑의 사건이 야기한 사랑의 증상이다. 그러므로 어떤 사랑으로부터도 고립을 선언하는 마지막 전언의 뼈아픔은, 아이러니하게도 사랑의 열정을 날카롭게 환기시킨다.

게처럼 꽉 물고 놓지 않으려는 마음을
게 발처럼 뚝뚝 끊어버리고
마음 없이 살고 싶다.
조용히, 방금 스쳐간 구름보다도 조용히,
마음 비우고가 아니라

그냥 마음 없이 살고 싶다.

저물녘, 마음속 흐르던 강물들 서로 얽혀

온 길 갈 길 잃고 헤맬 때

어떤 강물은 가슴 답답해 둔치로 기어올랐다가

할 수 없이 흘러내린다.

그 흘러내린 자리를

마음 사라진 자리로 삼고 싶다.

내림 줄 쳐진 시간 본 적이 있는가?

— 황동규, 「쨍한 사랑 노래」 전문

　사랑의 마지막 시간은 어디인가? "마음 없이" 살 수 있는 경지? "게처럼 꽉 물고 놓지 않으려는" 집착의 욕망을 끊고 마음 없이 살아가는 것. "마음 비우고가 아니라/그냥 마음 없이 살고 싶다"는 것은, 어떤 근원적인 초연성의 공간을 보여준다. 애써 버려야 할 그 어떤 것도 아주 없는 그런 상태는 가능한가? 그 상태에 시인은 하나의 이미지를 부여한다. 강물이 둔치를 흘러내린 자리, "내림 줄 쳐진 시간"의 자리가 그것이다. 그 자리는 사랑의 마음이 존재했던 것을 증거하는 자리이기도 하다. 화자는 그렇게 그 시간의 내림 줄 쳐진 자리에서 초연성의 경지를 지향한다. 정확히 말하면 그렇게 '살고 싶어 한다.' 그렇게 살고 싶다는 것은 아직 그렇게 되기 어렵다는 전언을 포함한다. 이를테면 이 초연한 노래의 제목은 '쨍한 사랑 노래'이다. 어떤 마음도 없이 살고 싶은 사람은 왜 '쨍한 사랑 노래'를 부를까? 그 초연함에 대한 열망조차 사랑의 일부라면, '쨍'이라는 단어의 어감이 주는 생동감은, 다시 한 번 기쁘게 사랑의 아이러니를 표현한다.

사랑은 사랑하는
사람 속에 있지 않다
사람이 사랑 속에서
사랑하는 것이다

목 좁은 꽃병에
간신히 끼여 들어온 꽃대궁이
바닥의 퀘퀘한 냄새 속에 시들어가고
꽃은 어제의 하늘 속에 있다
— 이성복, 「꽃은 어제의 하늘 속에」 전문

이제 나는 사랑에 관한 마지막 잠언에 도달했다. 사랑의 불가능성은 사랑의 외재성에서 비롯된다. 사랑은 늘 나의 바깥에 있다. 사랑한다는 것은 바깥의 사랑에 내가 잠시 속해 있는 사건이다. 그 사건의 일회성은 피할 수 없이 환멸을 동반할 것이다. "간신히 끼여 들어온" 사랑은 "바닥의 퀘퀘한 냄새"를 대면해야 한다. 그 냄새야말로 환멸의 자리를 보여주는 것이면서, '환멸의 주체'를 성립하게 하는 조건이다. 사랑은 늘 '어제의 하늘' 속에 속해 있기 때문에, 모든 사랑의 시는 결국 사랑의 사건에 대한 사후 애도를 노래한다. 아무도 지금 이 순간 벌어지는 사랑을 노래할 수 없다. 사랑 노래는 사후적으로만 사랑 노래이다. 시간은 사랑을 배반하지만, 사랑은 늘 지금이 아닌 다른 시간을 바라본다. 사랑은 여전히 당신과 나를 다른 시간에 살게 하는 힘이다. 그리하여 어떤 노래는 미래의 시간을 향해 이렇게 속삭인다.

내 사랑 내 귀에 속삭였네
"사랑은 나의 권력"
나는 내 사랑의 귀에 속삭이네
"내 권력이 약해지지 않도록"
"내 권력이 약해지지 않도록"
사랑이여
우리의 권력이 약해지지 않도록!

— 정현종, 「사랑은 나의 권력」 부분

사생활의 발견
─ 90년대 이후의 한국 문학

1. 90년대 문학이 시작된 자리

1990년대 이후 한국 문학의 내용을 '요약'한다는 것은 불가능한 일이다. 작품들의 다양한 양상 때문만이 아니라, 90년대 문학의 '현재성' 때문이다. 90년대적인 문학 작업은 완료된 것이 아니라 현재 진행 중이다. 90년대는 완결된 문학사적 시간대가 아니라, 살아 움직이는 의미 형성의 공간이다. 그러니 여기서는 다만, 그 현재적인 공간 안에서 움직이는 몇 가지 문학적 맥락을 점검해보는 일만이 가능하다.

90년대 이후의 문학은 80년대 이전의 문학과 무엇이 다른가? 이 질문에는 80년대와 90년대를 대비시키는 논리가 자리 잡고 있으며, 이것은 90년대 문학을 설명하는 낯익은 방식의 하나이다. 이 논리 안에는 80년대와 90년대에 관한, '집단/개인, 거대 담론/미시 담론, 정치적인 삶/문화적 삶, 역사/일상' 등의 세부적인 대립 명제들이 포함된다. 이 이분법은 단순성의 문제를 노출하고 있지만, 먼저 사회적 상황과의 관련이 설명될 수 있다.

현실 사회주의의 몰락과 자본주의의 전 지구적 지배가 공고화되는 90년대는 한국 정치의 민주화 과정과 겹쳐져 있고, 이것은 문학을 사회 변혁의 중요한 실천 방식으로 생각하는 문학 이념에 타격을 가했다. 90년대 이후 '문민 정부'에 이은 '국민의 정부'의 출현은 적어도 제도적 층위에서는 정치적 폭압의 시대가 사라졌음을 보여주었고, '적'에 대한 폭로와 분노를 쏟아내던 문학은 그 '표적'을 상실하게 되었다. 또한 한국 자본주의가 문화 혹은 정보 상품 개발을 통해 시장 개념을 확장하면서 노동 형태와 생활 양식의 변화가 이루어졌다. 이 과정에서 한국의 문화 산업은 정치 권력의 하부 구조라는 상태를 벗어나, 자본의 논리를 관철시키기 위해 스스로 시장을 확대해나가는 자율적인 생산 기구로서 자리 잡게 되었다. 문화 산업의 성장은 영상이나 음반 혹은 디지털 매체 영역에서 두드러지게 나타났지만, 여성 독자를 중심으로 한 문학 소비자군의 형성은 90년대 문학 시장을 확대했다. 출판 시장의 구조는 이른바 '본격 문학' 대신에 장편소설과 아마추어리즘을 노출하는 시집 중심으로 변화되어갔다. 이런 과정에서 문학은 피할 수 없이 문화 산업의 구조 안에 편입되어갔다.

문화 산업의 팽창과 디지털 미디어의 발전으로 인한 문학의 주변화, 더 극단적으로 말하면 '문학의 죽음'이라는 풍문은 90년대 내내 문학의 미래에 대한 불안감을 자극했다. 하지만 아직 문학은 숨을 거두지 않고 있다. 단지 다른 방식으로 숨쉬고 있을 뿐이다. 특히 상업주의 문제를 둘러싼 갖가지 추문들은 90년대 문학 공간을 진창으로 만들기에 충분했으며, 시장의 논리가 확장되면서 상품 경쟁력의 척도로 문학의 크기가 평가되는 상황이 빚어졌다. 여기에서 상품 미학의 척도와 대결하는 진지한 문학적 실천은 적어도 표면적으로는 고립되는 것처럼 보였다.

이런 상황 속에서 전 시대를 주도했던 정치적 상상력의 문학은 상대적으로 약화되었다. 한국 현대 문학의 주류적인 특성인 문학에 대한 정치적 소명과 계몽 담론의 요구는 약화될 수밖에 없었다. 80년대 문학의 두 추진력이었던 정치적 전위와 미학적 전위는 위축되었다. 특히 정치적 전위를 표방했던 문학 운동은 그 정점에서 불과 몇 년을 견디지 못했다. 더 이상 폭로할 것도 분노할 것도 없는 세계, 낯선 정보 사회적 환경과 자본주의적 일상성의 비속함 가운데서, 문학은 스스로의 존재 위치를 다시 묻지 않으면 안 되었다. 그런데, 오히려 여기서 90년대 문학의 새로운 문학적 가능성이 열린 것이다. 이 낯선 문화적 상황에서 문학은 자신의 미학적 자율성을 다시 생각할 수 있게 되었고, 집단의 이념에 가려져 있던 개인적 삶의 영역이 새롭게 부각되었다. 공적인 명분을 내세우는 대신에, 문학은 개인의 실존적·문화적 경험 안으로 깊게 들어가지 않으면 안 되었다. 이제, 이 다원화된 사회에서 개인의 사적 영역에 관한 관심이 새로운 문학적 탐구의 영역으로 등장하기 시작한다.

2. 90년대 문학을 둘러싼 몇 가지 테마들

90년대 문학 공간에는 사적인 생활 세계와 문화적 삶의 문제와 관련된 새로운 주제들이 떠올랐다. 내면성의 재인식, 여성주의와 섹슈얼리티, 도시적 일상성의 탐구, 대중문화와의 접속, 디지털 환경과 사이버 세계, 몸의 시학, 생태학적 상상력 등의 다채로운 테마들은 전 시대에 볼 수 없었던 세계 인식의 다원화를 가져왔다. 이것은 주제와 소재의 다양성이라는 차원을 넘어 문학적 인식과 그 대상과의 관계의 다원화를 의미하는 것이다. 특히 '내면'과 '일상' '영상 문화의 매혹' '여성성' 등의 키워드는 90년대 문학의 중심부에서 작동한다.

'내면' 혹은 '일상'에 대한 탐구는 근본적으로 보면 새로울 수 없는 테마이다. 근대 문학이 기본적으로 '내면적 인간의 형식'이라고 한다면, 90년대에 와서 왜 갑자기 내면성의 미학이 부각되었던 것일까? 80년대 이전의 한국 문학에서 계몽의 요청이 너무 강력했기 때문에, '내면성의 문학'이 주류로 부각되지 못했었다고 할 수 있다. 그 연장선상에서 '역사'와 '집단적 이념'에 대한 관심에서 '일상'의 탐구로 전환이 이루어졌다. 개인적 일상 세계에 대한 미시적 접근이라는 주제 역시 그러하다. 정치적 급변기에는 역사적 현장성을 조명한 문학이 주류가 될 수밖에 없었으나, 90년대 이후에는 나날의 삶과 사생활의 공간이 문학의 시선 안에서 본격적으로 드러나게 되었다.

이런 상황에서 90년대 문학은 전통적인 리얼리즘 미학으로부터 이탈하기 시작했다. 문학이 객관적 현실을 반영해야 한다는 '반영론'의 가치에 대한 야유가 대두되었고, 리얼리즘의 규범에 대한 반란이 새로운 문학적 모토가 되기도 했다. '실재/반영'의 도식을 해체하는 포스트모더니즘의 문화 논리와 맞물리면서 리얼리즘이 아니라 '낯선 리얼리티'가 새로운 문학적 관심사가 되었다. 미학 이데올로기와 문학 운동의 형태로서의 리얼리즘이 아니라, 생활 세계의 내부에 대한 현실적인 시선에 의해 포착되는 리얼리티의 문제가 현안이 된 것이다. 이와 연관해서 서사성의 약화가 지적되기도 했다. 소설에서 서사적 구조의 해체와 더불어 이미지와 기호의 유희가 우위에 서게 되었다는 것이다. 90년대 소비 생활의 심미화와 디지털 세계의 확대, 그 안에서 미디어가 생산하는 무한 복제의 이미지들은 재현의 코드를 의심스러운 것으로 만들었다. 이 이미지의 제국 안에서 소설은 이미지의 매혹을 위해 기꺼이 서사적 인과성의 원리를 희생시키기도 했다.

90년대는 그 어느 시대보다 '여성성'에 대한 관심이 증폭된 시기였다. 여기에는 몇 가지 문화적 조건이 관여한다. 기존의 변혁 이념이 다원화되는 자리에서 여성주의와 성 정치학 이론이 진보적 의미를 획득하게 된다. 진보와 보수의 전선은 단지 '좌/우'의 문제가 아닌 문화적 지형 속에 형성되었고, 페미니즘은 그 기존의 전선을 해체하는 새로운 급진성을 보여주기에 이른다. 또 다른 측면에서 문학 제도권과 독서 시장에서 여성 작가와 여성 독자층이 두터워졌다. 물론 이것은 한국 사회의 구조적인 변화에 맞물린 여성의 사회적·문화적 성장을 의미한다. 그리하여 한 번도 '주류'가 되어본 적 없던 여성적인 주제와 여성적 시선, 혹은 여성적 미학이 문학사의 전면에 부각된다.

물론 이에 대한 비판적인 시각도 있다. 여성문학이 리얼리즘의 후퇴를 가져왔다는 논리의 연장선상에서, 여성 독자들의 기호에 영합하는 사소설적 경향이 지배적인 상업성을 띠게 되었다는 것이다. 물론 일부 여성 작가들의 소설이 평면적인 여성성의 미학을 반복하고 불륜소설의 매너리즘에 빠지면서 그 문제의식의 날카로움을 보여주지 못한 측면도 있다. 또한 페미니즘이라는 개념을 둘러싸고 여성문학가 내부에서 상호 이견과 비판도 표출되었다. 문제는 여성성이라는 개념이 단일한 미학적 전술을 형성하는 것이 아니라는 데서 출발한다. 90년대를 통해, '언어 미학으로서의 여성성'과 '정치 의식으로서의 여성주의'는 하나의 작품에서 행복하게 만난 적이 별로 없다. 여성적인 문체 미학을 선보인 작품들은 여성의 생존에 대한 정치적 문제의식을 보유하지 못했으며, 정치적 의식의 과잉을 보여준 담론들은 '문학'의 차원에서 평가될 만한 성과물을 제출하지 못했다. 그럼에도 불구하고 90년대 새로운 여성문학의 탐색은 '성숙한 남성의 형식'으로서의 주류 서사 문학을 낯설게 만들었으며, 일상 세계의 정치학에 대한 새로운 문학적 탐구의 차원을 열어놓고 있다.

3. 90년대 문학의 얼굴들

'세대론'은 10년 단위의 시대 구분론과 함께 한국 문학사의 맥락을 설명하는 익숙한 설명 방식이다. '신세대 문학론'은 문학사의 전환기에 출몰하는 일종의 유령일지도 모른다. 그 유령을 보는 시선은 다분히 이중적이다. 문화적인 층위에서 이 용어는 새로운 세대에 대한 기성세대의 거부감과 우려를 담고 있는 동시에, 새로운 문화 생산자·문화 소비자이며, 그 자체로 문화 상품인 집단에 대한 매혹을 담고 있는 것이기도 하다. 거부감은 다소 윤리적인 것이었고 매혹에는 저널리즘과 문화 산업의 논리가 스며 있었다. 한쪽에서는 그들의 '가벼움'의 문제를 제기하고, 다른 쪽에서는 그 새로움과 전환의 논리를 긍정적으로 내세운다. '신세대 문학'이라는 명명은 그래서 부담스러운 영예인 동시에 받아들일 수 없는 오명이었다.

90년대 초반에 등장한 '신세대 문학론' 역시 뚜렷한 실체가 있었던 것으로 보이지는 않지만, 일군의 젊은 작가들이 80년대에는 나타나지 않았던 성향의 문학을 선보이기 시작한 것처럼 보였다. 저널리즘에 의해 '신세대 작가'로 명명되었던 일군의 작가들의 작품에서 집단적·문학적 동일성을 확인하는 것은 쉽지 않다. 그럼에도 불구하고 이런 개념이 출현할 수 있었던 것은 그들이 80년대 문학과는 다른 어떤 문학을 '따로 또 같이' 보여준 것처럼 인식되었기 때문이다. 무엇보다 이들은 정치 과잉의 시대였던 '80년대'와는 다른 목소리를 내지 않으면 안 되는 시대적 요청과 마주했던 세대였다. 이들 중 80년대 후반부터 활동한 세대들은 여전히 '80년대의 기억'을 중요한 문학적 관심으로 삼아 이른바 '운동권 후일담' 문학을 선보이기도 했다. 그러나 정작 세대적 새로움을 보여준 것은 영상 대중매체에 더욱 밀착된 성장의 경험을 갖고 있는 90년대 이후에 등장한 작가들이었다. 초기의 신세대 문학론은 박상우·구효서·이순원·공지영·김소진·김인숙·이인화 등을 대상으로 한 것이었지만, 실제로 90년대 중반 이후의 문학적 평가를 받은 것은 신경숙·윤대녕·성석제였고, 더욱 선명한 세대적 차별성을 선보인 것은 백민석과 배수아 그리고 김영하·박성원·김연수·김경욱 등이었다.

가령 신경숙의 『풍금이 있던 자리』(1993)와 윤대녕의 『은어낚시통신』(1995)이 억압되었던 한국 문학의 내향적 미학을 현실화했고, 그 연장 위에서 또 하나의 가능성은 배수아의 『푸른 사과가 있는 국도』(1995), 백민석의 『헤이, 우리 소풍 간다』(1995)로 그 징후를 드러내었으며, 성석제의 『새가 되었네』(1996), 김영하의 『호출』(1997)에 와서 더욱 선명한 미학적 차별성의 공간이 열리기 시작했다는 가설을 세워보자. 이 가설은 주관적인 것이며, 편향된 것이기도 하다. 이 가설을 뒷받침하는 90년대 문학의 동력 중의 하나는, 이미 알려진 것처럼 개인성 혹은 개인적 삶의 공간에 대한 문학적 탐구와 관련된다. 문제는 90년대 문학이 모두 개인성의 실재를 주창했다는 것이 아니라는 점이다. 90년대 문학은 개인성의 문제를 제기하는 동시에 그것을 해체했다. 개인적 공간에 대한 발견은 동시에 그 공간의 부재에 대한 회의를 동시에 확인하는 것이기도 했다.

  신경숙과 윤대녕이 보여준 자기 기원에 대한 탐사는 90년대 문학의 하나의 단초를 마련했다고 알려져 있다. 서간체와 자기 반영적 글쓰기 등의 형식으로 표출되는 신경숙의 일인칭 고백체가 가지는 문학사적 의미 역시 실존적 기원을 찾아가는 내면성의 지향이라는 맥락에서 이해되어왔다. 그러나 그것은 개인적 내면성의 실체를 확인하는 것이기보다는, 그 언어화의 어려움을 보여주는 문학이며, 개인의 실존적 윤리학을 탐구하는 문학이다. 그 고백적 인간이 보편적인 가족주의를 수락함으로써, 신경숙 소설은 정신적 성숙을 보여주는 동시에 근대적인 의미의 인간 윤리학으로 귀환한다. 이를테면 고백적 자아와 낭만적 자아로 요약될 수 있는 신경숙과 윤대녕 소설 속의 인간형들은, 집단적 주체를 대변하고자 했던 80년대 소설의 지배적 경향과의 차별적 지점에서 '안으로의 시선'을 드러낸다. 물론 이와 같은 경향이 90년대 여성소설의 주류로 부각되면서, 그 이후의 다른 여성 작가들에게도 인물의 스테레오 타입과 화법의 단성적·독백적 경향을 낳았다는 것도 주지의 사실이다.

  한편 상대적으로 늦은 나이에 등단하여 세대론에 편입되지 못한 은희경은 90년대적인 여성소설의 주제를 자신의 개성 안에서 확대해나가면서 많은 독자들을 확보했다. 은희경은 내면성의 지향과는 반대편에서, 사랑과 로맨스를 탈낭만화하여 연애와 결혼과 가족, 그리고 성장을 둘러싼 생의 비루함을 거침없고 날카로운 입담으로 풀어내었다.

  조금 다른 자리에서, 백민석과 배수아는 자기 성찰적 태도를 과감하게 던져버림으로써 새로운 세대의 미성년적이고 반사회적인 자아의 존재론을 보여주었다. 여기에는 제도적 훈육을 거부하고 생에 관한 스타일의 반란을 도모하는 불온한 아이들의 육성이 등장한다. 이들의 과격한 허무주의는 새로운 세대의 가망 없는 나르시시즘과 문화적 저항의 표지를 선명하게 드러낸다. 이 두 작가의 급진성은 그것이 체험적 혹은 생래적인 성격을 갖는다는 점이다. 이 두 작가는 문학 제도 안의 규범적인 미학으로부터 탈주하면서, 그로테스크한 악몽의 미학과 잡종적인 차원의 새로운 여성적 언술로 자기 문학을 확대하면서, 그 전위의 문법을 지켜나간다.

성석제와 김영하는 고백하는 존재로서의 작가 개념을 넘어서 직업적인 이야기꾼의 면모를 또렷하게 보여준다. 이들의 소설 안에서 작가와 등장인물 그리고 서술자 사이의 연계성의 문제는 더는 중요하지 않다. 이 두 작가에게서 우리는 '극화(劇化)된 화자'와 혹은 숨은 '구연가'로서의 서술자라는 면모를 여실하게 볼 수 있다. 그리고 그것은 계몽과 고백의 문법의 틈새로부터 새로운 화법을 실험했다는 맥락에서 의미있다. 성석제는 한국 문학에서 잊혀진 구연적 전통을 되살려 비루한 남성 영웅의 서사를 풍성한 유머와 위트를 통해 표현함으로써, 생의 아이러니를 포착하는 페이소스를 선사한다. 그는 여성적 화법이 지배적인 90년대 한국 문학 속에서 가장 선명한 개성 하나를 보여주었다. 김영하는 새로운 문화적 상황과 코드를 소설화했는데, 이것은 하위적이고 주변적인 장르들과의 접속을 통해 소설 미학의 새로운 영역을 개척하는 작업으로 이어졌다. 이러한 소설 언술 자체의 새로움을 지향하는 문학적 움직임은 박성원·김연수·김경욱 등 더욱 젊은 세대의 문화적 감각과 결합하면서 소설과 현실과 텍스트의 관계에 대한 새로운 질문으로 확대되었다.

4. 시가 있던 자리에서

90년대를 풍미했던 '문학의 죽음'이라는 풍문은 '시의 죽음'이라는 풍문을 거느렸다. 문학 시장이 문화 산업의 구조 안에 들어가면서, 이른바 '본격문학'의 공간 속에 소통되는 시들은 시장과 저널리즘의 관심에서 주변화되어갔다. 그런데 시는 오히려 이런 자기 부정의 상황을 통해 장르에 대한 자의식을 심화할 수 있는 계기를 맞았다. 이 문화적 주변성의 자리에서 시는 '시란 무엇인가'를 다시 근원적으로 질문할 수 있게 된 것이다. 90년대 시의 공간에는 죽음과 소멸의 미학, 도시적 일상성의 탐구, 대중문화와의 접속, 디지털 환경과 사이버 세계, 몸의 시학, 여성주의와 섹슈얼리티, 생태학적 상상력, 정신주의의 세계 등의 다채로운 테마들이 등장하여 시적 인식의 다원화를 가져왔다.

이 다원화된 공간 안에서 새로운 세대의 시인들이 등장했다. 우선 두드러진 것은 도시적 감수성을 보여주는 세대의 시였다. 대중문화를 자양분으로 성장한 이들은 사회 이념적 관심을 축소하고 자본주의적 일상의 이미지들을 표현하기 시작했다. 소비사회의 갖가지 문화적 영역들이 시의 소재로 등장했다. 이들은 대중문화적 매혹에 적극적으로 반응하면서도 다른 한편으로는 개인적 주체의 정체성의 혼란과 소외를 표현한다. 장정일 · 유하 · 함성호 · 장경린 · 함민복 같은 시인들은 현란한 자본주의적 스펙터클 뒤의 무의미와 공허와 혼돈을 노래했다. 이들에게 대중 소비사회는 비판과 반성의 대상이면서 동시에 벗어날 수 없는 실존의 자리이자, 강력한 매혹의 대상이었다. 이들의 시적 문법은 전통적인 서정시의 절제의 미학을 파기하고 자본주의적 욕망의 과잉과 분출을 표현하는 산문적 진술과 요설의 어법을 선택한다.

소비사회적 현실과 관련된 80년대 후반 이후의 한국 시의 변화를 선명하게 보여주는 시인은 장정일이다. 그는 소비사회의 제도적 지배와 사물화를 문제 삼고 있으며, 거기에서 가짜 낙원의 매혹을 동시에 보여준다.

그의 상상력은 80년대의 전위적인 시인들보다 경쾌한 것이었는데, 이는 소비사회의 삶의 생태와 리듬이 그의 시 속에 육화되어 스며들어 있기 때문이다. 이러한 새로운 세대의 도시적 감각을 대중문화적 상상력으로 확대한 시인은 유하이다. 첫 시집 『무림일기』에서 그는 무협지라는 하위 문화적인 장르를 패러디하여 정치 현실을 풍자한다. 두번째 시집인 『바람 부는 날이면 압구정동에 가야 한다』에서 '압구정동'이라는 공간은 자본주의적 스펙터클이 전시되는 장소이다. 시인은 여기서 세속 도시의 욕망의 풍경을 반성적으로 인식한다. 그는 거리의 풍경 안에 들어 있는 욕망의 만화경을 이미지의 연상을 통해 펼쳐 보인다. 이어지는 시집들을 통해 그는 '세운상가'와 '경마장'이라는 또 다른 도시적 공간을 탐사한다. 유하의 시적 자아는 소비사회의 매혹과 환멸을 '훔쳐보는' '반성적인 산책자'라고 할 수 있다.

다른 한편으로 서정시의 전통을 도시의 공간에서 현대화하는 작업도 이어졌다. 장석남은 전통 서정시의 새로운 해석에 있어서 섬세한 감각을 보여준 시인이다. 첫 시집 『새떼들에게로의 망명』은 새로운 세대에 의해 심화된 서정적 언어를 보여준다. 그는 전통적인 서정시의 정서를 더욱 감각적인 언어로 다듬어, 원초적인 자리로 귀환하려는 마음의 움직임을 섬세한 언어적 화음으로 빚어낸다. 이윤학의 시들은 폐허의 이미지로 뒤덮인 버려진 변두리의 공간에서 삶의 쓸쓸함과 비애를 직관하는 시적 묘사를 보여준다. 그의 시에서 생은 폐허 그 자체이거나 폐허를 건너가는 시간일 뿐이다. 이윤학의 소멸과 폐허의 풍경들은 생의 실존적 조건에 대한 응시의 공간이 된다.

이런 서정시의 현대적 변용과는 조금 다른 층위에서, 시적 자아를 탈인간화 혹은 탈주체화하는 독특한 개성을 지닌 작업을 만날 수 있었다.

꿈의 자리에 현실을 채워 넣으며, 그 안에서의 몸의 포복을 통해 독특한 몸의 시학을 그려낸 채호기와 죽음의 상상력을 극단적으로 밀고 나가면서 세계에 대한 묵시록적 상상력을 건조한 시 언어로 드러낸 남진우, 시적 언술의 현실적·의미론적 연관을 파괴함으로써 초현실주의적 상상력을 선보인 박상순의 시들은, 자기 문법의 탐색이라는 측면에서 선명한 문학적 개성을 성취한다.

여성 시인들의 문학적 성장은 90년대 시 공간을 풍요롭게 만들었다. 여성적 존재의 감각을 더욱 세밀하게 드러내주는 여성 시인들의 활동은 90년대 시를 풍요롭게 만드는 가장 강력한 힘이었다. 새로운 여성적 시학은 서정시의 전통을 여성적 서정성을 통해 풍부하게 하거나 더욱 전복적인 여성적 상상력과 탈중심화된 언술 방식을 드러내주었다. 김혜순은 여성적 상상의 공간을 주술적인 어법과 여성적인 몸의 시선을 통해 드러내줌으로써 90년대 들어와서 더욱 괄목할 만한 시적 성취를 보여주었다. 남성적 시선이 아닌, 여성적 존재의 관점에서 세계와 사물을 인식하는 여성 시인들의 작업은, 문화적인 층위에서의 전위적인 의미를 함유하는 것이다.

최정례의 시는 허위와 허무를 감추고 있는 일상의 시간들을 냉정하게 들여다본다. 그의 시에서 지리멸렬한 일상은 그 안에 날카로운 아픔과 생의 모순을 숨기고 있다. 시인은 절제되고 투명한 언어를 통해 그 일상의 조각들을 재구성함으로써 그 틈새의 또 다른 삶의 진실을 암시한다. 그래서 기억의 흔적과 일상적 시간은 낯설고 불길한 것으로 묘사된다. 허수경은 토착적인 정서와 가락으로 세간의 고통을 감싸안은 감성을 보여준 시인이다. 『혼자 가는 먼 집』에서 그의 시는 숙성한 여성적 감수성의 경지를 드러낸다. 허수경 시의 가장 빛나는 부분은 세속적 삶의 남루와 비애를 끌어안는 '통속적인' 가락인데, 이것은 삶의 질곡과 타자의 상처를 어루만지는 모성적 감수성으로 표현된다. 나희덕은 미묘한 마음의 색채와 사물의 빛깔들을 관찰하는 시인이다. 나희덕의 서정성은 주관적 감정으로 사물을 규정하는 것이 아니라, 삶과 사물에 관한 성찰적 시선과 자기 발견의 시학이다. 그리고 여기에는 모성적인 감성을 바탕으로 한 연민이 정서적 주조를 이룬다. 시인은 삶의 본질적인 어둠을 응시하면서도 그 안에서 여러 겹의 마음을 읽어내고 삶의 깊은 의미들을 찾아낸다.

젊은 시인 이원은 여성적인 상상력과는 조금 다른 차원에서 탈인간주의적 시선으로 사물과 공간의 보이지 않는 움직임을 가시적으로 묘사한다. 그의 시에서 사물들은 인간 주체의 관점에서 대상화되는 것이 아니라, 자기들의 물질적 공간 안에서 그 존재성을 드러냄으로써 주체화된다. 여기서 우리 시대의 상황은 물질적인 상상력과 전자적인 이미지에 의해 묘사된다. 이 물질적 상상력은 디지털 공간과 전자 사막에서의 유목이라는 주제로 나아간다. 이것은 90년대 시가 새로운 문화적 상황과 만나는 징후라고 볼 수 있다.

5. '2000년 이후 문학'의 행방

만약 '90년대 문학'이라는 개념이 가진 근본적인 문제점에도 불구하고 그 이름을 용인할 수밖에 없다면, '2000년대 문학'이라는 명명 역시 가능할 것이다. 그러나 이 명명은 '80년대/90년대'의 단절론을 반복하면서 앞 세대를 캄캄한 과거 속으로 밀어 넣는 세대론 전략 이상의 것이 되어야 한다. 그러면 지금 무엇을 할 수 있을까? 우선은 90년대 문학의 작업을 섬세하게 읽어주는 독법, 그리고 그로부터 '시작'된 미학적 주제들을 더욱 다양한 방식으로 실현하려는 시도가 중요하다. 그것은 90년대라는 '기억'을 현재화하는 일이며, 그 기억의 시간을 '새롭게 사는' 일이다.

나는 이 글에서 90년대 이후의 문학을 '사생활의 발견'이라는 개념으로 호명했다. 그런데 이 '발견'의 미학은 나름의 한계를 갖는 것이다. 가령 90년대 문학이 과연 사생활을 일차원적으로 드러내는 차원을 넘어서, 사생활의 '정치학'을 적극적으로 탐구했다고 볼 수 있을까? 일상적 삶의 세부가 어떻게 사회적 힘들의 자장 속에 놓여 있는가를 보여주는 것이 90년대 문학의 하나의 가능성이었다면, 90년대 문학은 그 가능성을 얼마만큼 적극적으로 실현했는가 하는 의문을 가질 수 있다. 그러니까 사생활의 발견을 생활 세계의 정치학으로 밀고 나가는 작업은 이제 겨우 '시작'된 것이다. 그리고 이 새로운 시선은 새로운 문법과 언술을 요구하고 있다.

그런데 그러한 미학적 징후들은 이미 실현되고 있는지도 모른다. 가령 젊은 작가들이 보여주는 화법의 범주에서의 전복은 한국 문학사의 그 어떤 내용주의적 전환보다 근원적인 전환에 가까운 것이다. 90년대 문학 이후 나타난 한국 문학에서의 '개인의 목소리'는 타자를 배제한 독백이 아니라, 타자로 하여금 말하게 하는 공간을 구현함으로써 새로운 대화적 관계를 구성한다. 우리가 이 낯선 문학에서 들을 수 있는 것은 공적인 담론의 억압 아래 오래 침묵하던 사사로운 인간의 언어이다. 그 언어는 공동체와 집단의 언어가 아니라 철저히 사적인 영역의 개인 언어이다. 그것들은 국가와 가족이라는 제도의 경계를 넘어서는 사적인 욕망의 움직임을 보여주었다.

    2000년대의 중반부에 들어와서 한국 문학은 이른바 '포스트 386' 세대를 중심으로 새로운 미학적 패러다임을 드러내고 있는 것처럼 보인다. 90년대 문학과 2000년대 문학의 경계에 서 있던 김연수·김경욱, 이후 천운영·윤성희·정이현·김애란 등은 90년대 내면 지향적 여성문학이 보여주지 못한 새로운 미학적 차원을 열어 보이고 있으며, 김중혁·박민규·이기호·한유주 등은 좀더 극단적인 차원에서 탈현실적이고 탈일상적인 문학 공간을 만들어낸다. 2000년대 작가로 떠오른 이들의 상상력은 인문학적 소양보다는 새로운 대중문화적 감각과 미디어와 과학적 상상력 그리고 하위 장르적 문법을 차용한 극단적인 판타지와 우화적 요소를 과감하게 도입하게 만든다. 혼종적이고 무중력적인 상상력이 돋보이는 이러한 서사적 모험은 한국적 현실 경험의 중력으로부터 자유롭지 못했던 90년대 작가들에 비해 더욱 과감하고 근본적인 차원의 것이다. 90년대적인 소설의 중요한 미학적 영역 중의 하나였던 '내면적 일상성의 발견' 같은 것은 더 이상 매혹적인 공간이 아니다. 2000년대 작가들은 '거대 서사/미시적 일상성'이라는 '80년대/90년대'의 이분법을 가로지르며, 탈역사적인 서사 공간을 만들어가고 있다. 그러나 2000년대 문학은 아직 진행형이다. 이제, 그 열려 있는 가능성 앞에서 두근거리는 마음으로 2000년대 문학을 지켜볼 수 있다.

해체의 시대와 현대성의 새로운 모험
─80년대 이후의 한국 현대시

1. 낯선 현대성의 출현

80년대 이후의 한국 시는 자신의 현대성을 새로운 차원으로 진입시키는 모험을 감행한다. 한국 근현대 문학의 형성기에 이루어낸 시의 현대성이 70년대에 이르러 하나의 완성된 미학적 형태를 보여주었다면, 80년대 이후의 한국 시는 그 현대성을 근본적으로 재인식하고 재구성하는 시기에 돌입하게 된다. 그것은 두 가지 맥락에서 설명될 수 있다. 문학 내적으로 볼 때, 한국 현대시가 이른바 '4·19 세대'에 이르러 현대 한국어의 완결된 미학에 이르렀다고 한다면, 그다음 세대에게 주어진 것은 그 성취를 근본적으로 재구성하는 작업이 될 수밖에 없었다. 이것은 한국 현대시의 현대성을 새로운 방식으로 재인식하는 것이다. 한국 현대시의 근대성 혹은 현대성의 성취는 새로운 현대성의 출발을 의미한다. 그리하여 현대시의 현대성 자체를 더욱 전위적인 차원에서 재편하는 작업이 진행되었다. 현대시의 주류적인 문법에 대한 탈중심화의 모험이 시작된 것이다.

문학 외적인 맥락에서 그것은 80년대 이후 한국 사회의 역동성과 관계 맺고 있다. 80년대 이후 한국 사회는 단절의 연대에 돌입한다. 80년대는 군사 정권의 마지막 폭압이 드러나면서 이에 대한 시민 투쟁의 결과로 제도적 민주화의 실질적인 진행이 있었다. 90년대에 이르러서는 더욱 유연해진 사회문화적 분위기 속에서 대중문화와 디지털 매체의 확산이 진행되어 새로운 소비문화적 환경을 만들어내었다. 이것은 70년대까지의 산업화 과정에서 이루어낸 자본주의적 성취들이 문화적인 영역에서 새로운 소비사회적 성격을 보여주는 것으로 이해될 수 있다. 이런 상황 속에서 한국 현대시는 정치적인 것과 문화적인 것, 서정적인 것과 탈서정적인 것이 교차하는 지점에서 자신의 현대성에 대한 근본적인 질문법을 만들어나갔다.

2. 80년대, 해체의 화법과 새로운 시적 주체들

80년대 초 한국 사회는 70년대 이후 군사 정권의 정치적 폭압이 해소되지 않았고, 오히려 더욱 야만적인 정치 권력의 폭력을 경험하게 된다. 짧은 서울의 봄이 극악한 정치적 폭압으로 귀결되었던 비극은, 그러나 역설적으로 새로운 문학에 대한 열망을 솟아오르게 만들었다. 한국 사회 체제의 구조적 폭력성에 대한 확인은 앞 세대의 문학적 이상 가운데 하나였던 '자유'의 관념 자체를 근본적으로 사유하게 만들었다. 신군부가 『창작과비평』『문학과지성』 등의 비판적인 문예지들을 폐간시켰고, 이것은 70년대에 이룩된 한국 사회의 비판적 지식인 문화의 시련을 의미했다. 이들 매체들이 월간지 중심의 보수적인 '문학주의'를 극복하고 이른바 4·19 세대를 중심으로 한 새로운 문학적 움직임을 보여준 것은 70년대 문학의 핵심적 활력이었다. 이와 같은 계간지 문화에 대한 군사 정권의 탄압은 새로운 비정규적 문학 운동을 촉발하는 계기가 된다. 이에 무크지를 중심으로 한 새로운 소집단 운동이 일어났고, 그 운동의 중심에는 시가 있었다. 시 동인지 운동의 활성화는 새로운 세대의 등장과 함께 미학적으로 더욱 급진적인 시쓰기를 만들어내었다. 시쓰기는 전투로서 인식되었고 부정과 해체의 언어가 전면적으로 대두되었다.

시 장르가 가진 원천적인 기동성은 정규적인 문학적 소통 체계가 가로막힌 시대를 뚫고 나아가는 에너지가 되었다. 강렬한 부정의 언어가 시라는 매체를 통해 발현된 것은 필연적이었다. 소설의 언어가 현실의 억압적 구조를 드러낼 만한 서사적 성찰의 거리를 확보할 여유를 갖지 못했을 때, 시는 가장 날카롭고 즉각적인 언어로 시대에 대한 시적 비명과 단말마를 쏟아낼 수 있었다. 그러나 80년대 초의 시인들이 쏟아낸 것은 단순한 비명 이상이었다. 그들의 비명은 현실의 억압에 대한 감각적 반응 그 자체가 아니라, 그 폭압의 심층을 꿰뚫고자 하는 열망을 새로운 시의 육체로 만들어가는 것을 의미했다. 80년대 초반의 시들은 시가 어떻게 현실의 폭력을 꿰뚫고 문학의 전위가 될 수 있는가에 대한 문학사적 사례의 하나가 되었다.

그리하여 80년대의 시는 야만의 시대에 또 하나의 강력한 세대를 등장시킨다. 유신 군사 정권 시대에 문학 수업을 받았던 이들 세대는 앞 세대가 이룩한 시적 현대성의 성취 위에서 시의 장르적 관습과 문법에 대한 더욱 근원적인 질문들을 시의 양식으로 만들어갔다. 이들 세대는 자신들의 선배 세대이자 스승의 세대였던 4·19 세대의 미학적 성취 위에서 시쓰기를 출발시키지 않을 수 없었다. 그들 앞의 세대에게는 4·19로 상징되는 자유의 신화와 인문주의적 지성의 위의가 가로놓여 있었다. 그러나 70년대 후반 이후 80년 초에 이르는 한국 사회는 가장 극단적인 군사 정권의 물리적 폭력을 경험하였고, 그것은 더욱 급진적인 정치적 상상력을 추동하는 계기가 되었다. 이런 급진적 상상력은 정치적으로는 국가 권력에 대한 본질적인 회의를 동반한 것이었고, 문학적인 측면에서 그것은 일체의 가부장적인 미학의 권위에 대한 부정적 상상력을 자극하였다. 근대 이후의 시 장르의 문학성에 대한 근본적인 해체적 언어가 솟아오르기 시작한 것이다. 서정시의 장르적 관습과 내적인 구조에 대한 재구성이 진행되면서, 시적 현대성을 새로운 차원으로 밀고 나가는 더욱 강렬한 부정의 언어가 쏟아져 나왔다.

80년대 초의 시를 새로운 공간으로 이동시킨 것은 해체의 전사들이었다. 이들은 현실 야만성의 뒤에 도사린 억압적 구조를 심층적으로 드러내면서 그 완강한 현실의 질서를 해체하는 작업을 밀고 나간다. 현실의 폭력성을 강력한 부정의 언어로 드러내면서도 단순한 정치적 선언의 수준을 넘어서, 문학 언어 자체에 대한 치열하고 근원적인 반성을 수행해 나간 것이다. 현실에 대한 부정의 열망이 시적 구조 자체에 대한 전면적인 해체와 재구성의 시적 모험으로 드러난 것이 80년대 초반 시의 역동성을 만들어낸 문학적 에너지였다.

이성복·황지우·박남철·김혜순·최승자 등의 80년대 초반의 시는 이런 맥락에서 일상적 현실 속의 억압적 질서를 전복하는 것이면서, 한국 현대시의 현대성에 대한 전면적인 재인식을 보여주는 것들이었다. 이성복의 『뒹구는 돌은 언제 잠 깨는가』는 하나의 상징적 사건이었다. 뒤이어 최승자의 『이 시대의 사랑』, 김혜순의 『또 다른 별에서』가 이어지면서, 새로운 시인들은 유신의 시대를 통해 이미 경험한 억압적 현실의 내부를 더욱 강력한 부정의 언어로 드러내 보이는 작업을 밀고 나간다. 급기야 황지우의 『새들도 세상을 뜨는구나』와 박남철의 『지상의 인간』에 이르러서는 그 해체적 방법론의 한 극단을 통과하게 된다. 그리하여 80년대 초반의 시는 시의 몸 자체가 현실을 관통하는 칼날이 되게 했다.

이성복은 가부장적인 우상을 해체하고 병든 시대의 황폐한 내면을 충격적인 방식으로 드러내었으며, 그것은 현실의 부정성이 어떻게 개인의 일상적 삶에 침투해 있는가를 예리한 감각으로 포착하는 시적 세계를 보여주었다. 한편으로 그는 이런 참혹한 세계를 감싸 안은 모성적인 비전과 연애시의 새로운 드라마를 연출하는 현대적 감각의 서정성을 진화시켜나갔다. 황지우는 80년대 시의 해체적 전략의 한 정점에 서 있는 형태 파괴적인 시쓰기를 보여주었다. 그는 시가 될 수 없었던 일상의 주변적 텍스트들을 시적 담론으로 끌어들이면서 중산층 공간의 비루한 일상을 통렬하게 풍자하고 그 안에 도사린 정치적 억압을 날카롭게 드러내었다. 한편으로는 초토와도 같은 이 세계를 넘어서는 초월의 가능성을 몸의 언어로 표현하는 데에 이르렀다.

박남철의 해체적인 작업은 정치적인 것이기보다는 문화적인 것이거나 실존적인 것에 가까웠다. 그는 비속어 등의 사용과 활자의 뒤집기 등의 방식을 통해 서정시의 소통 체계와 미학적 규범 자체에 대한 근본적인 야유를 보여주었다. 그것은 억압적 현실에 대한 부정이면서 서정시 장르의 제도화된 구조에 대한 전복의 효과를 가져왔다. 최승호는 80년대 이후의 이른바 '도시시'의 흐름을 주도한 시인이다. 그는 도시 공간을 지배하는 욕망의 존재 방식을 비판적으로 묘사하고 해부하면서, 문명 비판적인 시선을 보여주었다. 도시인의 사물화된 삶에 대한 비판적 인식은 욕망 자체에 대한 근원적인 성찰로 나아갔으며, 이것은 생태학적인 비전과 만나면서 이후 90년대 시의 중요한 흐름을 만들어내었다.

김혜순은 주술적인 어법과 탈중심화된 상상력으로 죽음과 몸에 대한 시적 사유를 심화시켰다. 죽음 저 너머의 세계를 이끄는 것이 여성적인 몸이라고 한다면, 여성의 몸은 죽음으로써 살게 만드는 살아 있는 부재의 공간이다. 김혜순은 독특한 몸의 시학을 밀고 나가면서 안과 밖이 구별되지 않는 몸의 현실을 그려내어, 한국의 여성시를 새로운 차원으로 견인했다. 최승자는 낭만적인 믿음과 행복의 공간을 전면적으로 부정하고 체제가 여성에게 부여하는 억압적인 정체성을 근본적으로 거절하면서, 공포와 치욕의 시간을 되새김질하는 자학적인 고백의 언어를 발산했다. 이를 통해 가부장적인 언어의 지배력을 해체하고 여류시의 미학적 편견을 돌파하는 비명으로서의 언어를 보여주었다.

이러한 80년대 초반의 전위적인 시들은 재래적인 서정시의 규범적 의사소통 체계에 대한 전복적인 반성 작업으로 이해될 수 있다. 해체적인 시쓰기는 자기 동일적 주체의 억압적 중심을 해체하고 주체 내적 차이를 드러내려는 문학 전략이었다. 문학화의 규칙과 방법 자체를 근본적으로 변혁하는 문학적 기획으로 볼 수 있다. 이들은 서정시의 절대적인 주관성의 세계를 뒤집는 새로운 의사소통의 체계를 보여준다. 이것은 시가 될 수 있는 세계와 시가 될 수 없는 세계의 경계를 지워버리는 시적 시도라고 볼 수 있으며, 시를 고정된 규범적 체계로 보는 관점에 대한 공격으로 이해된다. 여기에서 자기 동일성의 양식이었던 서정시의 화법은 전복된다. 일관된 하나의 목소리, 개성을 가진 하나의 인격을 표면적으로 만나지 못한다. 이것은 주체의 소외라는 70년대적인 문제의식을 넘어서 주체의 방법론적 분열로 이해될 수 있다. 세계와 자아의 구별이 어려운 공간에서 이 세계의 부정성을 드러내기 위해서는, 세계와 자아를 동시에 부정할 수밖에 없다는 인식이 가능해진다. 뿌리 깊은 주체의 이데올로기의 붕괴와 연관된 그러한 인식은 '나'의 언어만이 유일하게 작품의 전체를 지배하는 재래적인 소통의 체계와 서정적 주체의 확고함을 뒤흔든다.

한편으로 시가 사회 변혁의 적극적인 역할을 담당해야 한다는 70년대 이후의 요구는, 시적 주체의 계급적 성격에 대한 새로운 인식으로 나아가게 되었다. 박노해의 『노동의 새벽』은 노동자 계급의 역사적 성장이라는 사회사적 맥락 위에서 생산되었다. 그것은 농어민층의 급감과 노동자 대중의 급증으로 집약되는 급속한 자본주의적 계급 분화 과정의 연관 아래 이해될 수 있다. 『노동의 새벽』은 그러나 그것이 탄생하게 된 사회적 토대의 반영의 차원을 넘어서 노동자 계급의 자기 의식화를 광범위하게 충격한다. 그 충격의 가장 중심적인 국면은, 문학의 주체에 대한 재래적인 의식의 전복이었다. 그것은 문학의 주체는 지식인이며, 문학성의 수준은 지적인 세련미와 밀접한 연관이 있다는 통념에 대한 거부를 의미했다.

하지만 박노해 이후의 노동문학이 문학적 문제틀의 해체에 기여한 부분은 더욱 깊은 곳에서 찾을 수 있다. 그것은 문학의 진정한 주체로서의 자율적인 개인이라는 근대 이후의 문학관, 개인의 개성을 중요시하는 문학 이데올로기를 부정하고, 집단적 삶의 모범으로서의 문학 개념을 제시했다는 점이다. 노동문학의 문학적 주체는 하나의 개인이 아니라 하나의 집단이며, 이런 맥락에서 박노해가 익명의 한 노동자로 시쓰기를 진행했다는 것은 의미심장한 일이다. 이런 문학적 태도는 백무산 등의 새로운 시인들을 만들어내었다. 이러한 시쓰기는 개인적 개성의 창작품으로서의 문학 개념을 약화하고 운동으로서의 문학 개념, 선전 선동으로서의 문학 개념을 강화하게 된다. 일차적으로 그것은 노동자들의 생활 세계의 발굴이라는 부분에 기여하는 것이지만, 중요한 것은 세계의 해석이 아니라 정치적 과제의 수행이었다. 80년대 후반 노동문학의 작업들이 장르 확산과 집단 창작 등, 서정시의 장르적 규범과 글쓰기 주체에 대한 새로운 의식을 드러낸 것은 이와 같은 맥락에서 이해될 수 있다.

이러한 문학의 흐름은 한편으로는 김정환 등에 의해 현실의 억압을 돌파할 정치적 상상력을 새로운 힘의 언어로 표현해내는 성취를 이루었다. 김정환은 도시 변두리의 삶의 질곡과 한국 현대사의 고통을 정면으로 응시하면서, 그것을 새로운 민중적 감수성으로 형상화하고, 혁명적 열정을 시적 에너지로 만들어내었다. 한편 최두석·김용택 등은 사회적 상상력이 서사적 요소와 결합하고 서정시의 전통적 화법과 조우하는 장면을 만들어내었다. 또한 이른바 '민중시'의 전통을 이어서 시 작업을 전개한 고재종·심호택·이재무 등은, 생활 세계의 고단함을 서정적 언어로 재현하거나 자본주의적 물질주의에 맞서는 생태학적 문제의식과 만났다. 이른바 민중시적 감수성이 그 정치적 예각성을 완화한 지점에서 생태학적 상상력과 만나는 장면은 이후 90년대에 이어지면서 하나의 주류적인 영역을 만들어내었다.

그리고 이러한 80년대 시의 부정의 언어들은 새로운 개성적인 화법과 만나는 모색을 이어나갔으며, 권혁진·황인숙 등은 80년대 초반 시의 전위성을 다른 현대적 차원에서 심화해나갔다. 그것은 80년대 초반의 전위적인 시적 흐름이 더욱 개별화된 시적 개성으로 전환되는 양상을 드러내었다. 전통적인 서정시에 미학적 현대성을 부여하는 작업 역시 그 사이에서 조용히 그러나 밀도 있게 진행되어나갔는데, 송재학·이창기·이문재 등이 80년대의 서정시를 새롭게 만들었다. 그것은 전통적인 서정시의 화법에 낯선 현대성을 부여하는 작업을 의미했으며, 서정성의 밀도를 새로운 각도에서 재인식하는 계기를 만들어내었다.

　그리고 80년대의 마지막 자락에서 젊은 시인 기형도의 유고 시집 『입
속의 검은 잎』은 하나의 문화적 상징이 되었다. 기형도 시의 감수성은
80년대에서 90년대로 이어지는 시대정신의 틈을 예민하게 언어화하고
있다는 점에서 80년대 시의 마지막 점화였다. 이 시집은 80년대 초반 시
의 전위성이 어떻게 90년대 시의 환멸의 언어들로 스며들게 되는가를 보
여주는 시적인 사건이기도 했다.

3. 90년대, 소비사회적 상상력과 새로운 서정성의 조우

　90년대에 들어서면서 전 시대를 주도했던 정치적 상상력의 시들은 상
대적으로 약화되었다. 정치적 억압과 긴장이 선명했던 시대의 시는 얼마
간 산문의 리얼리즘을 대신하는 문학적 전위로서 역할을 담당할 수밖에
없었다. 그러나 더 이상 폭로할 것도 분노할 것도 없는 세계, 낯선 정보
사회적 환경과 자본주의적 일상성의 비속함 가운데서, 시는 스스로의 미
학적 정체성을 다시 탐문해야 했다. 집단적인 정치적 명분을 감당하는
대신에, 시는 개인의 실존적·문화적 경험 안으로 깊게 들어가지 않으면
안 되었다. 개인의 '문화적 삶'에 대한 관심은 새로운 문학적 탐구의 주
요 영역으로 자리 잡았다.
　한편 문화 산업의 팽창은 이미지의 시각적 쾌락을 선사하는 매체를 부
상시켰다. 출판 시장의 구조는 장편소설과 아마추어리즘을 노출하는 시
집 중심으로 급격히 변화되었고, 시는 문화적인 주변부로 밀려나는 상황
을 맞이했다. 그래서 '문학의 죽음'이라는 풍문은 '시의 죽음'이라는 풍문
을 거느렸다. 그러나 시장과 저널리즘의 관심에서 주변화됨으로써, 시는

오히려 자기 부정을 통해 장르의 자율성에 대한 자의식을 심화할 수 있는 계기를 맞았다. 이 문화적 주변성의 자리에서 시는 '시란 무엇인가'를 다시 근원적으로 질문할 수 있게 된 것이다.

90년대 시의 공간에는 '문화적 삶'의 문제와 관련된 새로운 시적 주제들이 떠올랐다. 죽음과 소멸의 미학, 도시적 일상성의 탐구, 대중문화와의 접속, 디지털 환경과 사이버 세계, 몸의 시학, 여성주의와 섹슈얼리티, 생태학적 상상력, 정신주의의 세계 등의 다채로운 테마들은 전 시대에 볼 수 없었던 세계 인식의 다원화를 가져왔다. 이것은 주제와 소재의 다양성이라는 차원을 넘어 시적 인식과 그 대상의 관계가 다원화됨을 의미하는 것이다.

이 다원화된 공간 안에서 새로운 세대의 시인들이 대거 등장했다. 우선 두드러진 것은 도시적 감수성을 보여주는 세대의 시였다. 대중문화를 자양분으로 성장한 이들은 사회 이념적 관심을 축소하고 자본주의적 일상의 이미지들을 표현하기 시작했다. 소비사회의 갖가지 문화적 영역들이 시의 소재로 등장했다. 이들은 대중문화적 매혹에 적극적으로 반응하면서도 다른 한편으로는 개인적 주체의 정체성의 혼란과 소외를 표현한다. 장정일·유하·함성호·장경린·김영승·함민복·성기완·서정학·연왕모 등의 시인들은 현란한 자본주의적 스펙터클 뒤의 무의미와 공허와 혼돈을 노래했다. 이들에게 대중 소비사회는 비판과 반성의 대상이면서 동시에 벗어날 수 없는 실존의 자리이자, 강력한 매혹의 대상이었다. 이들의 시적 문법은 전통적인 서정시의 절제의 미학을 파기하고 자본주의적 욕망의 과잉과 분출을 표현하는 산문적 진술과 요설의 어법을 선택한다.

소비사회적 현실과 관련된 80년대 후반 이후의 한국 시의 변화를 선명하게 보여주는 시인은 장정일이었다. 그는 소비사회의 제도적 지배와 사

물화를 문제 삼고 있으며, 거기에서 가짜 낙원의 매혹을 동시에 보여준
다. 아버지로 상징되는 제도적 권위를 부정하는 상상력은 소비사회의 삶
의 생태와 리듬이 육화되어 스며들어 있었다. 장정일의 소비사회적 감수
성 안에는 특유의 신화적인 상상력과 알레고리가 내재되어 있었다. 이러
한 새로운 세대의 도시적 감각을 대중문화적 상상력으로 확대한 시인은
유하였다. 그는 무협지라는 하위 문화적인 장르를 패러디하여 정치 현실
을 풍자했으며, 시집 『바람 부는 날이면 압구정동에 가야 한다』에서 '압
구정동'이라는 자본주의적 스펙터클이 전시되는 장소를 그려내었다. 대
중문화와 하위 문화의 공간은 유하에게 소비사회를 상징하는 이미지이면
서 실존적인 추억의 장소이기도 하다.

최승호 등이 그 시적 성취를 보여준 '도시시'의 흐름은 김기택에 이르
러 또 다른 개성을 얻는다. 김기택은 도시적 삶을 건조한 투시적 언어로
묘사한다. 그의 시적 문법은 사물에 대한 섬세한 관찰력을 통해 그 안에
내재된 숨은 힘을 포착한다. 이 투시적 상상력은 육체와 도시적 공간에
대한 해부학으로 나아간다. 그것은 일상적 공간의 실체성에 관한 자명한
의식을 뒤흔드는 반성적인 성찰의 계기가 된다.

서정시의 화법을 이어가면서도 더욱 정밀한 미학적 현대성을 추구하
는 작업 역시 90년대 시의 한 성취를 이루었다. 장석남은 전통 서정시의
새로운 해석에서 섬세한 감각을 보여준 시인이다. 첫 시집 『새떼들에게
로의 망명』은 새로운 세대에 의해 심화된 서정적 언어를 보여준다. 그의
시는 행간에 침묵을 채워놓는 언어적 절제를 통해, 사물과 마음의 미세
한 떨림을 포착하려 한다. 그의 시는 대지의 공간으로 귀환하는 상상력
을 통해 정밀한 서정성을 선보인다. 이윤학의 시들은 폐허의 이미지로
뒤덮인 버려진 변두리의 공간에서 삶의 쓸쓸함과 비애를 직관하는 시적

묘사를 보여준다. 이윤학의 소멸과 폐허의 풍경들은 생의 실존적 조건에 대한 응시의 공간이 된다. 그의 시는 폐허와 상처의 자리를 은폐하지 않고 그 안에서 삶을 수락하는 시적 직관의 순간을 보여주며, 이것 역시 현란한 자본주의적 이미지에 대한 반성적 의미를 가질 수 있다.

이렇게 서정시의 전통을 도시의 공간에서 현대화하는 작업은, 80년대 중반 이후부터 활동한 이문재·송재학·장옥관·송찬호·박주택·고진하에 의해 진행되었다. 이들은 자본주의적 도시 뒤편에 숨어 있는 우울한 실존적 현실을 정제된 언어로 표현하는 작업을 이어나갔다. 차창룡·박형준·이정록·박용하·배용제·박정대·김태동·윤의섭·문태준·이장욱 등의 시인들도 이러한 영역에서 자기 언어를 개성적인 영역으로 만들어갔으며, 여기서 서정시의 문법을 재문맥화하는 작업은 다양한 시적 개성과 만날 수 있었다.

이런 서정시의 현대적 변용과는 조금 다른 층위에서, 시적 자아를 탈인간화 혹은 탈주체화하는 독특한 개성을 지닌 작업을 만날 수 있었다. 꿈의 자리에 현실을 채워 넣으며, 그 안에서의 몸의 포복을 통해 독특한 몸의 시학을 그려낸 채호기와 죽음의 상상력을 극단적으로 밀고 나가면서 세계에 대한 묵시록적 상상력을 건조한 시 언어로 드러낸 남진우, 시적 언술의 현실적·의미론적 연관을 파괴함으로써 초현실주의적 상상력을 선보인 박상순의 시들은 자기 문법의 탐색이라는 측면에서 선명한 문학적 개성을 성취했다.

여성 시인들의 문학적 성장은 90년대 시의 공간을 풍요롭게 만들었다. 남성적 시선이 아닌, 여성적 존재의 관점에서 세계와 사물을 인식하는 여성 시인들의 작업은, 문화적인 층위에서의 전위적인 의미를 함유하는 것이다. 여성적 존재의 감각을 더욱 세밀하게 드러내주는 여성 시인들의 활동은 90년대 시를 풍요롭게 만드는 강력한 힘의 하나였다. 한국 현대시에서 서정시의 주류적인 문법과 이념이 남성적 동일성의 미학이었다는 비판적인 재인식은, 80년대 이후 여성시의 도전에 문학사적인 의미를 부여하게 만들었다. 한국 현대시가 이른바 '여류시'의 미학적 관습을 돌파하고 새로운 여성적 화법과 정체성을 모색하기 시작한 것은 80년대 이후의 일이라고 볼 수 있으며, 김혜순·최승자·고정희·김정란 등의 작업은 이런 맥락에서 중요한 의미가 있다.

90년대에 들어와서 새로운 여성적 미학은 두 가지 방향으로 심화와 확산의 과정에 돌입한다. 우선 서정시의 전통을 여성적 서정성을 통해 풍부하게 하는 방향이었는데, 이것은 80년대 여성시의 전위적인 화법 대신에 서정시의 화법을 정교하고 풍부하게 만드는 미학적 성취에 집중한다. 다른 한편 더욱 전복적인 여성적 상상력은 탈주체화된 분열증적인 화법을 통해 새로운 문화적 환경에서의 탈중심화된 시적 담론을 보여주었다. 허수경·조은·나희덕·이진명·조용미·최정례·이원·이수명 등의 여성 시인들은 90년대 시공간을 여성적 존재의 언어로 채워주었다.

허수경은 토착적인 정서와 가락으로 세간의 고통을 감싸 안는 감성을 보여준 시인이다. 『혼자 가는 먼 집』에서 시인은 숙성한 여성적 감수성의 경지를 보여주었다. 허수경 시의 가장 빛나는 부분은 세속적 삶의 남루와 비애를 끌어안는 '통속적인' 가락이다. 그것은 삶의 질곡과 타자의 상처를 어루만지는 모성적 감수성으로 표현되며, 이러한 미학은 그 후 신화적인 차원을 얻게 된다. 나희덕은 미묘한 마음의 색채와 사물의 빛깔을 관찰하는 시인이다. 나희덕의 서정성은 주관적 감정으로 사물을 규정하는 것이 아니라, 삶과 사물에 관한 성찰적 시선과 자기 발견의 시학이다. 그리고 여기에는 모성적인 감성을 바탕으로 한 연민이 정서적 주조를 이룬다. 그는 삶의 본질적인 어둠을 응시하면서도 그 안에서 여러 겹의 마음을 읽어내고 삶의 깊은 의미들을 찾아낸다.

최정례의 시에서 지리멸렬한 일상은 그 안에 날카로운 아픔과 생의 모순을 숨기고 있다. 시인은 절제되고 투명한 언어를 통해 그 일상의 조각들을 재구성함으로써 그 틈새의 또 다른 삶의 진실을 암시한다. 시는 그런 균열 안에서 삶의 근본적인 불모성과 불우를 경험하도록 한다. 그의 시의 침묵을 포함한 시어들은 이런 생의 아이러니와 시간과 기억의 균열을 드러내는 장치이다. 이원은 여성적인 상상력과는 조금 다른 차원에서 탈인간주의적 시선으로 사물과 공간의 불가시적인 내밀한 움직임을 가시적으로 묘사한다. 사물들은 인간 주체의 관점에서 대상화되는 것이 아니라, 자기들의 물질적 공간 안에서 그 존재성을 드러냄으로써 동사화 혹은 주체화된다. 이런 시적 상상력은 탈인간적인 문화적 경험과 만나고 있다는 측면에서 문제적이다.

4. 한국 현대시와 열린 시간

80년대에서 90년대로 이어지는 시기의 한국 현대시는 한국 현대시의 형성기와는 다른 차원의 시적 모험을 보여주었다. 그 이전 시기까지의 한국 현대시가 자신의 언어 구조를 만들어가는 과정이었다면, 80년대 이후는 그 구조를 해체하거나 재구축하는 작업이 중요한 문학적 의미를 지녔다. 이것은 시 장르의 미학적·정치적 존재 방식을 극단적으로 시험하는 것이었으며, 이런 맥락에서 한국 현대시의 현대성은 새로운 문맥을 얻게 되었다. 모더니즘과 리얼리즘의 미학적 이항 대립이라는 틀이 무너지면서, 시의 모더니티가 중요한 미학적 원리로 제기될 수 있었다. 서정시의 문법을 새롭게 하려는 노력 역시 그것이 어떠한 모더니티를 얻는가 하는 문제로 구체화되었다. 따라서 80년대 이후 나타난 해체시·도시시·여성시·환경시 등의 느슨한 범주들은 모두 그것이 어떤 미학적 과정에서 모더니티를 얻고 그것을 넘어서려 하는가 하는 점에서 문제시되었다.

이러한 80~90년대 시의 탈중심화 작업들은 2000년대에 진입하면서 더욱 다양화된 시적 화법들과 만나게 된다. 이원·이장욱·문태준이 각기 다른 미학적 범주에서 보여준 90년대 후반의 시적 성취는, 2000년대에 들어와서 김행숙·진은영·황병승·장석원·신해욱·유형진·이민하·김민정 등의 더욱 분열증적인 문법을 구사하는 젊은 시인들에 의해 새로운 역동성과 만나게 된다. 이 역동적인 공간은 80년대 초반 해체시의 정치적인 문맥과는 달리 시적 언술의 인간적 차원 자체를 다른 무중력 공간으로 이동시키고 있다. 이런 전위적 활력은 80년대 초반과 같이 몇몇 시인들에게 집중되지 않고, 복수의 젊은 시인들의 집단화된 에너지로 드러난다. 이들의 혼종적이고 무중력적인 상상력은 2000년대의 한국시가 또다시 새로운 현대성 혹은 탈현대성의 모험을 시작하고 있음을 보여주는 것이다. 현대성을 둘러싼 한국 현대시의 모험은, 낯선 이름과 시간을 향해 움직이고 있다.